ハーレクイン文庫

世継ぎを宿した身分違いの花嫁

サラ・モーガン

片山真紀 訳

HARLEQUIN
BUNKO

THE PRINCE'S WAITRESS WIFE

by Sarah Morgan

Published by Harlequin Japan, a Division of K.K. HarperCollins Japan, 2024

世継ぎを宿した身分違いの花嫁

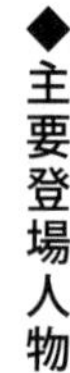

◆主要登場人物

ホリー・フィリップス……ウエイトレス。
ニッキー……ホリーの同僚で親友。
エディ……ホリーの元婚約者。
カスペル……サンタリア公国の大公。
エミリオ……サンタリア公室の警護隊長。
ピエトロ……サンタリア公室の料理長。

1

「目はずっと伏せていて。料理を運んだら、すぐに戻ってくるのよ。いつまでもプレジデンツ・スイートにいないこと。カスペル陛下をじろじろ見たり、お話ししたり、誘われても応じたりしないこと。そう、とくに誘いにのらないよう心してね。陛下は、こと女性関係に関してはご立派な経歴の持ち主ですから。ホリー、聞いているの？」

　自己憐憫の沼に沈んでいたホリーは、一時的に浮上し、うなずいた。「ええ」しゃがれ声で返事をする。「聞いているわ、シルヴィア」

「それじゃ、今なんて言った？」

　睡眠不足と絶え間ない厳しい自己分析のせいで、頭がぼうっとしている。「今言ったのは、その……ごめんなさい。わかりません」

　シルヴィアはむっとしたようすで唇を引き結んだ。「いったいどうしちゃったの？　いつもはとてもしっかりしていて、頼りになるのに。だからこそ、この役目をあなたに頼んだのよ」

しっかりしていて、頼りになる。

その言葉はホリーの胸にぐさりと刺さった。

これもきっとそうなんだわ。エディに捨てられる原因となった欠点の長いリストに、ホリーはその二つをつけ加えた。

シルヴィアは自分の言葉がホリーを動揺させたことにも気づかずに続けた。「今さら繰り返すまでもないと思うけど、今日は私の仕事にとっていちばん大事な日なの。なんたってトゥイッケナム競技場で大公家の方々に食事をお出しするんですからね。しかも今は六カ国ラグビーの真っ最中。年に一度の、最も重要な大会なのよ。世界じゅうの目が私たちに向けられているの。ここで立派な仕事をすれば、成功間違いなし。私の商売が繁盛するということは、あなたの身も安泰ってこと。そのためにはとにかく集中してくれなくちゃ！」

長身でほっそりしたウエイトレスがからのシャンパングラスをのせたトレイを手に、挑むような顔で二人に近づいてきた。「勘弁してあげてください。ホリーはゆうべフィアンセからいきなり婚約解消を言い渡されたんです。こうして出勤してきただけでも奇跡だわ。私だったらベッドから抜け出すこともできないでしょうね」

「婚約解消？」シルヴィアは二人のウエイトレスの顔を見比べた。「ホリー、ニッキーの話は本当なの？　なぜ彼はそんなことを？」

それは、私がしっかりしていて頼りになるから。私の髪がひまわりの色じゃなくて夕日の色だから。私のヒップが大きすぎるから……。

延々と続く欠点のリストを思い浮かべ、ホリーは再び絶望の波にのまれた。「エディは企画部長に昇格したんです。彼の新しいイメージに、私は合わないんですって」とりあえず、今までのところは泣かずにすんでいる。ホリーはそんな自分を誇らしく思った。それと同時に、少しとまどってもいた。なぜ涙が出てこないの？ エディを愛していたのに。将来を誓い合った仲なのに……。「これからは顧客やマスコミへの対応も考えなくちゃならないから、車もポルシェに買い替えて、女性もそれにふさわしいタイプが必要だってことだと思います」力なくほほえみ、肩をすくめると、冗談めかして続けた。「私はむしろ家族向けのミニバンだから」

「あんな男にホリーはもったいないわ」ニッキーが怒ったように顔をしかめた。トレイの上のグラスが揺れて音をたてる。「あのろくでなし――」

「ニッキー！」シルヴィアがあわててさえぎった。「お願いだから言葉に気をつけて。あなたたちはうちの会社の顔なのよ！」

「だったら、費用は会社持ちでボトックス注射を打たせてください。毎日毎日ろくでもない連中に料理を運んでいるせいで、どんどん眉間のしわが深くなるわ」ニッキーの目が怒りに燃えた。「ホリーの元彼ときたら、派手なブロンド美人を連れてきて、二人してものすごい勢いでシャンパンをあけているんですよ。まるで大企業の企画部長にでもなったみたいに。部長といったって、たかが〈ペット・パレス〉の地方支社じゃないの」

「彼女も一緒なの？」ホリーは顔から血の気が引いていくのがわかった。「だったら、私、階上になんか行けない。エディの会社のボックス席はプレジデンツ・スイートのすぐそばだもの。お互い気まずい思いをするわ。彼の同僚ばかりか、彼女にまでじろじろ見られるのよ。いったいどうしたらいいの？」

「すぐに別の男とつき合うのね。ろくでもない男のいいところは、いくらでも補充がきくってことよ」卒中でも起こしそうな顔をしているシルヴィアにトレイを押しつけると、ニッキーはホリーと腕を組んだ。「さあ、深呼吸をして。吸って、吐いて……そう、その調子。これからどうしたらいいか教えるわね。あなたは貴賓席まで颯爽と歩いていって、あの罪深いほどセクシーな大公にキスをするの。どうせ実らない恋をするなら、相手は富と権力にあふれた男でなくちゃ。彼のキスはきっと世界最高水準よ。危険を冒すだけの価値はあるわ。トゥィッケナムで大公と舌をからめるの。エディにがつんとショックを与えてやるのよ」

「きっと大公にとってもショックでしょうね」ホリーはくすっと笑い、ニッキーの腕から手を引き抜いた。「せっかくのアイデアだけど、週に二度もこっぴどく振られるのは気が進まないわ。〈ペット・パレス〉の企画部長につり合うだけの魅力がないのなら、プレイボーイで鳴らす大公につり合うとはとても思えない。あなたにしてはあまりさえてないわね」

「どうして？　お城（パレス）つながりってことでいいじゃないの」ニッキーはウインクしてみせた。「ボタンを二つ三つはずしてプレジデンツ・スイートへ行き、魅力を振りまいてらっしゃい。私ならそうするわね」

「幸い、ホリーはあなたとは違うのよ」シルヴィアは怒りに顔を赤らめてニッキーをにらみつけている。「ボタン一つだってはずさせるものですか。うちのウエイトレスにはお客といちゃいちゃするためにお給料を払っているわけじゃないの。だいたいカスペル陛下の恋愛対象は私たち平民とはほど遠いわ。なにより、大公家の担当者から厳重に釘（くぎ）を刺されているの。ウエイトレスに美人は選ばないようにって。陛下が気をとられるような相手はぜったいにだめ。とくにブロンドは厳禁。だからあなたを選んだのよ、ホリー。赤毛でそばかす。あなたなら完璧（かんぺき）だわ」

その言葉は再びホリーの胸にぐさりと刺さった。完璧？　完璧に背景に溶けこめるってこと？

ホリーは奔放にカールした赤毛に触れた。今は無数のピンを使ってなんとかおとなしくさせてある。これから自分を待ち受けていることを想像し、そうでなくても打撃を受けた自信が完全に地に落ちた。プレジデンツ・スイートに入ることを考えただけで身がすくむ。

「シルヴィア、本当に無理なんです。今日だけは勘弁してください。だって……」だって、なに？　今日は髪型が決まらないから？　今日はむくんで見えるから？　欠点ならよりどりみどり。問題はそのどれを選ぶかだ。ホリーは震える手でシルヴィアの持つトレイを取った。「これ、厨房へ持っていきます。大公一行の給仕はニッキーにやってもらってください。こんな姿を見られるなんて耐えられない。それに、まるで……」

まるで、そこにいないように無視されるなんて……。

「ちゃんと任務を遂行していれば、見られることはないはずよ」シルヴィアは偶然にもホリーの不安を見事に言い当てると、彼女の手から強引にトレイを奪い、ニッキーに押しつけた。からのグラスがはらはらするほどがちゃがちゃと音をたてる。「ニッキー、これはあなたが厨房へ持っていって。ホリー、この仕事を続けたければ、即刻プレジデンツ・スイートへ行きなさい。変な気を起こさないでよ。大公の気を引いたところで、どうなるものでもないんだから。彼みたいな地位の男性が気まぐれにウエイトレスに声をかけても、求めるものはただ一つですからね」そこでシルヴィアは別のウエイトレスに目をとめた。彼女はピッチでウォーミングアップをしている選手を夢中で見ている。シルヴィアは怒りに口をぱくぱくさせた。「ちょっと、そこのあなた！　男の脚を眺めさせるために雇っているんじゃないのよ！」ホリーとニッキーのことはしばし忘れ、シルヴィアはそのウエイトレスの方へ突進していった。

「こっちは男の脚を眺めるために雇われているに決まってるじゃないの」ニッキーが言った。「なんのためにラグビー場のウエイトレスなんかしていると思っているの？　スクラムやらラインアウトやら、ルールもろくにわからないけど、選手たちがとびきりセクシーなのはわかるわ。ほんと、これぞ男の中の男って感じよね」

ホリーは親友の言葉も耳に入らず、ただ宙を見つめていた。生まれてこのかた、ここまで自信を喪失したことはなかった。「エディに捨てられたのは理解できるけど、そもそも彼はどうしてこんな私とつき合ったのかしら……」

「なにをばかなことを言っているの」ニッキーが顔をしかめた。「まさか、あんな男のために夜どおし泣いたんじゃないでしょうね？」

「それが、泣かなかったの。ただ、いろいろと考えてしまっただけ」ホリーは眉をひそめた。「あまりのショックで泣けないのかしら」

「チョコは食べた？」

「もちろん。あの、チョコレートビスケットだけど。あれもチョコのうちよね？」

「数にもよるわね。ビスケットで同じ効果を得るには、大量に食べないと」

「二つ食べたわ」

「ビスケット二つだけ？」

ホリーは頬を赤らめた。「二箱よ」小さくつぶやいてから罪悪感にうめいた。「食べたあと、よけいに自分が嫌いになったわ。でも、とにかくみじめで、むしょうにおなかがすいてたの！　エディは婚約解消の話をするために私を夕食に誘ったのよ。人目がある場所なら、大騒ぎされずにすむと思ったみたい。オードブルを注文したとき、なにか変だとは思ったのよ。彼、それまでオードブルを注文したことなんてなかったから」

「まったく」ニッキーは軽蔑をこめて唇をゆがめた。「別れ際になって、ようやくまともなものを食べさせてくれたってわけね」

「オードブルは私にじゃないわ。エディが食べるためよ」ホリーはぼんやりとかぶりを振った。「私、どっちみち、彼の前ではなにも食べられないもの。彼に食べるところを見られていると、自分が豚になったような気がするの。とにかく、魚のグリルとデザートの間に、別れようって言われたわ。そのあと、家まで送ってもらったの。一晩じゅう、今泣くか今泣くかって、ずっと待っていたんだけど、とうとう涙は出なかったわ」

「別に驚かないわよ。おなかがすきすぎていて、泣くエネルギーもなかったんじゃない？」ニッキーは冷ややかに言った。「でも、チョコレートビスケットを食べたのはいいことよ」

「私のスカートにも言ってやって。どうしてシルヴィアはこんな制服を選んだの？」ホリーは黒のタイトスカートを撫でた。「まるでコルセットをつけているみたい。丈もやたらと短いし」

「あら、相変わらず憎らしいほどセクシーよ。それに、チョコレートを食べるのは癒しのプロセスの第一歩。そこを通過したのなら、見通しは明るいわ。次の一歩は、婚約指輪を売り払うことね」

「返そうと思っていたんだけど」

「返す？　頭がおかしくなったの？」ニッキーが持っているトレイの上のグラスがまたがちゃがちゃと音をたてる。「そんなものは売っぱらって、そのお金ですてきな靴を買いなさいよ。そうすれば、この先一生、彼との思い出を踏み台にして生きていけるわ。そして次の関係では、心は明け渡さずにセックスだけを楽しむのね」

ホリーは困惑ぎみにほほえんだ。今さらエディとベッドをともにしたことはないと告白するのは恥ずかしい。もちろんそれは、彼に言わせれば、ホリーの大きな欠点の一つだった。エディは彼女をあまりにもお堅いと言って非難した。

思わずヒステリックな笑い声をあげそうになり、あわてて押し殺した。

魅力がないわけだわ。ファミリー向けのミニバンで、おまけにドアが開かないんだから！

もう少しヒップが小さかったら、ここまでお堅くならずにすむのかしら？

そうかもしれない。でも、その答えはわからずじまいだ。いつもダイエットをしなければと思うけれど、おなかがすくと不機嫌になって、まわりに迷惑をかけるので、つい食べてしまう。

だからいつも窮屈な服を着なければならなくなる。

この調子だと、死ぬまで純潔を守れそう……。

ホリーはますます暗い気持ちになって、プレジデンツ・スイートの方を見やった。「やっぱり無理」

「女たらしの大公をじかに見るだけでも、その価値はあると思うけど」

「昔から女たらしだったわけじゃないわ。真剣に恋をしたこともあったじゃないの」ホリーはしばし自分の問題も忘れて言った。「例のイタリアのスーパーモデルと。当時よく新聞に載っていたわ。人もうらやむようなカップルだったわよね。でも、たしか八年前、その彼女が大公のお兄さんと一緒に雪崩に巻きこまれて亡くなったのよ。世界で最も愛する二人を同時に失うなんて……。そんなことがあったら、ちょっと無分別になったって不思議はないわ。きっと心に深い傷を負っているのね。だれか、本気で愛してくれる女性が見つかればいいのに」

ニッキーがにやりとした。「だったら、あなたが階上に行って愛してあげなさいよ。私の座右の銘を授けてあげるわ」

「なにそれ?」

「〝暑さに耐えられないなら……〟」

「〝厨房を出なさい?〟」ホリーは先まわりしてことわざの続きを言った。批判に耐えられないのなら大役を引き受けるなという意味だ。

ニッキーはいたずらっぽくウインクした。「じゃなくて、〝もう一枚脱ぎなさい〟よ」


カスペルは階段を下り、貴賓席に入った。広大な競技場を眺めながらも、その顔はまったくの無表情だった。八万二千の観客席はまたたく間に埋まりつつある。人々は六カ国対抗戦のこの日の試合を心待ちにしてきたのだろう。

体の芯まで凍るような二月の日だった。取り巻きたちはみんな一様に、イギリスは寒くてたまらないとぼやいている。

カスペルはそれすら気づかなかった。

たぶん、冷えきっていることに慣れてしまったのだろう。

八年もの間、身も心も凍てついたままだ。

警護隊の隊長であるエミリオが身を乗り出し、携帯電話を渡した。「サヴァナ様からです、陛下」

カスペルは顔も向けず、ほとんどわからない程度に首を横に振った。エミリオは少しためらってから電話を切った。

「また一つ、女心が踏みにじられたのね」カスペルの隣で震えているブロンドの女性が、あきれたように笑った。「あなたって、まるで氷みたい。人に対してまったく心を開かない。なぜ終わらせたの？ サヴァナはあなたに夢中なのに」

「だから終わらせたんだよ」カスペルは冷ややかに言い、ピッチでウォーミングアップをしている選手たちを眺めた。

「世界一の美女と言われている女性まで振られるのなら、私たちはいったいどうすればいいの？」

どうすることもできないのだとカスペルは思った。彼女たちにも、自分自身にも、どうすることもできない。すべてはただのゲーム。我ながらうんざりしつつも、このゲームを続けるしかない。

そんな中で、スポーツは数少ない気晴らしの一つだった。だが、ラグビーの試合が始まる前に、昼食会につき合わなければならない。

まるまる二時間、自分をねらって近づいてくる女性たちと中身のない会話をすることになる。

まるまる二時間、なにも感じることはないはずだ。

ピッチの両側にしつらえられた巨大なスクリーンにカスペルの顔が映し出された。その顔が穏やかに見えることに、自分で驚いた。スタンドの女性たちから黄色い歓声があがる。カスペルは彼女たちの期待に応えるべくほほえみながら、どうせならこのうちの一人が貴賓席へやってきて、二、三時間楽しませてくれればいいのにと考えていた。

この際、だれでもかまわない。

いつまでもまとわりついてこない女性なら、だれだっていい。

うしろを振り返り、プレジデンツ・スイートの一枚ガラスの窓を見やった。昼食会はその部屋で催される。はっとするほど美しいウエイトレスがテーブルセッティングをしていた。チェックリストでも暗唱しているのか、その唇が絶えず動いている。

カスペルはじっとウエイトレスを観察した。彼女はふと立ちどまり、口を手でおおった。天井を仰ぎ、胸が上下するほど大きく深呼吸をしている。給仕するにしては不自然な動作だ。

そこでカスペルは気づいた。彼女は泣くまいとしているのだと。

別れの時期を的確に判断するために、彼は長きにわたって女性の苦悩を表情から見分ける訓練をしてきた。

今、カスペルは冷静な目で、ウエイトレスがこみあげる涙をこらえようと必死になっているようすを眺めた。

ばかな女だ。なにが原因か知らないが、あそこまで苦しむほど深い感情を抱いてしまうとは。

だが、すぐにその嘲り（あざけり）を自分自身に向け、笑った。彼女くらいの年ごろには僕だってああじゃなかったのか？　二十代の前半、人生は無限のチャンスに満ちていると信じていたころ、無邪気にも心のおもむくままに感じることを許していたころには……。

何時間も憲法学や世界史について学ぶよりずっと大事な教えがあることに気づかされたのも、あのころだ。

それによって、感情とは人間にとって最大の弱点であり、銃弾よりも確実に人を破滅に至らしめるものなのだと悟った。

そして、その弱点を自分の奥に埋没させることにした。あまりにも深くに埋めたので、自分でももう見つけることができないほどだ。

それがカスペルにとって最善の生き方だった。


ホリーはだれの方を見るでもなく、デザートを慎重に大公の前に置いた。シャンパン風味のラズベリートルテののったクリスタルの器が最高級のリネンのテーブルクロスの上で輝いているが、それも目に入らなかった。彼女はただぼんやりとコースの給仕をこなしていた。頭ではエディのことを考えていた。エディは今ごろ、廊下の先のプレミアム・ボックス席で私の後釜（あとがま）と楽しんでいるはずだ。

その女性に会ったことはないが、間違いなくブロンド美人なのは想像がつく。少なくとも、落ちこんだときの最大の友がチョコレートビスケットというようなさえない女性でないことは確かだ。

彼女は大学を出ているのだろうか？　私と違って賢いのだろうか？

ホリーの視界が突然かすんだ。あわててまばたきし、涙をこらえる。そして、テーブルの会話も耳に入らないまま、ゆっくりとその周囲を歩いた。ああ、どうしよう。こんなところで泣くわけにはいかない。プレジデンツ・スイートで、しかも大公一行の目の前で……。そんなことをしたら、一生の恥だ。

なんとか気持ちを落ち着かせ、手にしたデザートに意識を集中しようとしたものの、心もとない状態であることに変わりはなかった。ニッキーの言うとおり、こんな日は家で布団にもぐっているべきだったのだ。けれど、どうしてもこの仕事を失うわけにはいかなかった。

テーブルで巻き起こった笑い声が、なぜかホリーをいっそうみじめで孤独な気分にさせた。最後のデザートをテーブルに置いて下がったとき、恐ろしいことに、涙が一粒、頬を伝い落ちた。

それをきっかけに、次から次へとあふれそうになる。喉がつまり、目がちくちくした。

お願いだからおさまって……。

とっさにうしろを向こうとしたが、大公に背中を向けるのは礼儀に反する。ホリーはなすすべもなく、薔薇(ばら)とラグビーボールの模様が織りこまれたくすんだピンクの絨毯(じゅうたん)を見つめながら、自分に言い聞かせた。大丈夫、私が泣いたところでだれも気づきはしない。今までだってだれも私になんか目をとめなかった。透明人間と同じだ。シャンパンをつぐ手であり、あいた皿を見つける目であるだけ。お客にとってはレストランの備品のようなもので、人間ですらない。

「ほら」筋肉質の手が伸びてきてティッシュを渡した。「洟（はな）をかむといい」

ホリーが驚きに息をのみ、日に焼けた手から目を離したとたん、もの憂げな黒い瞳とぶつかった。まるで真冬の夜空のようだ。

その瞬間、時がとまった。

涙がとまり、心臓が打つのをやめた。

まるで思考が肉体から切り離されたような感じだった。一瞬、自分がとてつもなくみっともない状態にあるということすら忘れていた。エディや後釜のブロンド女性のことも、大公一行のことも、頭から消え去っていた。

今、ホリーの世界に存在するのは、目の前の男性一人だけだった。

そこで急に膝から力が抜け、口がからからに乾いた。男性はとてつもなくハンサムだった。引き締まった高貴な顔立ちは大胆な男らしい線に縁取られ、完璧な左右対称をなしている。

彼の視線がホリーの唇に移った。それだけで、火がついたように全身が熱くなった。唇がうずうずし、心臓が胸を突き破らんばかりに打ちはじめる。

「陛下」ここはお辞儀をすべきだろうか？　大公のあまりの美しさに呆然として、頭にたたきこんだはずの礼儀をすっかり忘れてしまった。こんなときはどうすればいいの？

皮肉な運命だった。だれの目にもとまりたくないと思ったときに限って目にとまってしまうなんて。

しかもよりによって、サンタリア公国のカスペル大公の目に……。

ホリーがショックに見開いた目は、大公の手のティッシュをとらえた。大公は私が泣いていることに気づいてしまった。今さら隠れてもしかたがない。

「深呼吸をして」穏やかな口調だった。「ゆっくり」

大公はホリーの目の前に立っていた。その広い肩幅のおかげで、ホリーが泣いている姿はテーブルの人々からは見えない。

問題は、彼女自身、自分がなぜ泣いていたのか思い出せないことだった。もの憂げな黒い瞳が自分にそそがれ、焼けつくような感覚を覚えた瞬間、頭の中が真っ白になってしまった。

ホリーは恥ずかしさに身をすくませながらも、気持ちを落ち着かせる機会ができてほっとした。大公からティッシュを受け取り、洟をかむ。絶望感を覚えるとともに、これが運命なのだと観念した。

おそらく大公家の担当者から苦情がくるだろう。文句を言われて当然だ。もっとにこやかに接するべきだった。大公の隣の席のつまらなそうなブロンド美人に〝このゴートチーズはオーガニックなの？〟ときかれたときにも、もう少し丁寧に答えるべきだった。

きっと私はくびになる。

「ありがとうございます、陛下」ホリーは小声で言い、ティッシュをポケットに入れた。

「もう大丈夫です。お気遣いなさらないでください」

「それはないな。僕は気遣いなんてしない」黒い瞳がいたずらっぽく輝いている。「ベッドの中以外ではね」

ホリーは涙をこらえるのに必死で、その言葉にショックを受ける余裕すらなく、もう一度深呼吸をした。だが、白いシャツはその圧迫に耐えられず、ボタンが二つ、ぷちっとはずれた。彼女は驚きにうめき、身をこわばらせた。大公一行の前で、どこまで恥をさらせば気がすむの？　レースのブラジャーから豊かな胸のふくらみがのぞいている。どうしたらいい？　ボタンをとめたらむしろ注意を引いてしまう。ここは、大公が気づかないことを願って知らんぷりをする？

「君について苦情を申したてなければならないな」その口調は申しわけなさそうに聞こえるほどやさしく、ホリーの膝からますます力が抜けた。

「はい、陛下」

「黒いストッキングとレースの下着を身につけたセクシーなウエイトレスがいたら、落ち着いて食事などできない」大公の大胆な視線がホリーの胸元にそそがれ、そこにとどまった。「君に気をとられるあまり、隣の退屈な女性の相手をするのも忘れてしまうじゃないか」

予想外の苦情に、ホリーはぎこちなく笑った。「ご冗談でしょう?」

「僕にとって夢想は神聖なものだ。冗談は言わない。とくにセクシーな夢想に関してはね」

「セクシーな夢想?」ホリーはあっけにとられて大公を見あげるしかなかった。彼のまなざしに表れた強い関心は、ホリーの自己評価とはあまりにもかけ離れていた。しかし、次の瞬間気づいた。私はからかわれているのだと。「ウエイトレスをからかうなんて、ご趣味が悪いです、陛下」

「陛下と呼ぶのは、最初の一度だけでいい」輝く瞳がホリーの唇に向けられた。「むしろからかわれているのは僕のほうじゃないかという気がするんだがね」大公は、男性が絶世の美女を前にしたときのような称賛のまなざしでホリーを見つめている。

まさか、ありえない。「デザートをまだ召しあがっていませんが」

大公は危険な香りのする笑みを浮かべた。「僕のデザートは今目の前にある」

どうしよう、本当に口説いている。

ホリーの膝はがくがくしはじめた。こんなに魅力的な男性が、スーパーモデルを見るような目で私を見ている。しおれきっていた自信が、新たな雨に命を吹き返したように花開きはじめた。こんなにハンサムで、ゴージャスで、けたはずれにお金持ちの大公が、私に魅力を感じて口説くなんて……。

「カスペル」うんざりしたような女性の声が大公の背後から響いた。「戻ってきて座りなさいよ」

大公は振り向かなかった。

彼が自分から目を離せないでいるのを見て、ホリーの自信はさらにふくらんだ。熱い視線を浴び、頬がほてるのを感じた次の瞬間、二人の間の空気が妙に親密になりはじめた。ついさっきまで泣いていたはずが、どうしてこういうことになってしまうの？

彼のせいよ。

彼があまりにも魅力的だから。

そう、私には手の届かない相手……。

口説かれるのは楽しくても、大公には連れがいる。取り巻きの女性たちは彼の注意を引きたくてうずうずしているのだ。

そこではっと我に返り、自分は何者なのか、どこでなにをしているのかを思い出した。ホリーは恥ずかしさに顔を伏せ、大公をちらりと見あげた。「お連れ様がお待ちです」

大公は、それがどうしたと言いたげに眉を上げた。

ホリーは力なくほほえんだ。「みなさん、不思議に思っていらっしゃいますわ」

「それがなにか?」

大公の自信をうらやましく思いながら、ホリーは笑った。「ふつうの人は周囲の反応を気にするものです」

「そうかな?」

「はい」

「君はまわりにどう思われているか気になるのかい?」

「ウエイトレスですから、気にするのが仕事です。気遣いを忘れたら、チップはいただけません。そうなれば食べていくこともできません」

大公はがっしりした肩をすくめた。「わかった。それじゃ、みんなには退席してもらおう。見られていなければ、なにを言われることもない」彼は堂々たる態度で、ドアのそばに立っている恰幅(かっぷく)のいい男性に目を向けた。それだけで、人払いをしろという命令が的確に伝わったようだった。

警護隊がただちに行動を起こし、数分もしないうちに大公の連れの客たちは部屋の外に出された。男性たちはまたかと言いたげなどこか愉快そうな顔をし、女性たちはふくれっ面で二人をにらんでいた。

大公があまりにも無造作に権力を行使するようすに、ホリーはすっかり感心していた。目顔一つで人を動かせるというのは、どんな気分なのだろうか？　ほかの人たちにどう思われてもかまわないと言いきれるのは、揺るぎない自信があればこそだろう。

しかし、プレジデンツ・スイートのドアが閉まったところで、ホリーははたと気づいた。自分は大公と二人きりなのだと。

信じがたい展開に、緊張をおびた笑いがこみあげた。

大公は再びホリーの方を向いた。その瞳は熱をおびて輝いている。彼は静かな口調で言った。「これで二人きりになった。さてと、なにをして過ごそうか？」

2

ホリーの胸はときめきと不安に震えた。「みっともないところを救っていただいてありがとうございます」彼女は一息に言った。もっと気のきいたことを言いたかったが、頭の中のどこをさがしてもそんなものは見つからなかった。どうしたら一国の君主を感心させられるのか、見当もつかない。「さぞかし変な女だとお思いになっているでしょうね」

「君がなぜ他人の意見をそれほど気にするのか、僕にはまったく理解できないな」大公が言った。「それに目下のところ、僕の頭はまったく働いていない。これでも正常かつ健康な男なんでね。脳細胞のすべては、君のすばらしい体に向けられている」

ホリーはあえぎとも笑いともつかない声を発した。信じがたい気持ちと照れくささ、そして、舞いあがりそうなうれしさがこみあげてくる。ホリーはスカートを撫(な)で、大公を見あげてからドアの方に目を向けた。「お連れは美しい方ばかりじゃないですか」

「彼女たちは完璧(かんぺき)な外見を保つために毎日八時間は費やしている。それはもう美じゃない、執念だ」大公は自信たっぷりにホリーの手を取り、二人の指を組み合わせた。

ホリーの胸は締めつけられた。「こんなことをしているわけにはいかないんです。そもそも、この仕事をまかされたのは、私があなたのタイプではないからで……」

「とんでもない思い違いをしたものだな」

「ブロンドの女性がお好きだとうかがっています」

「ついさっき好みが変わって、赤毛が好きになった」大公はいたずらっぽい笑みを浮かべ、あいているほうの手でホリーのおくれ毛を撫でた。「君の髪は中東の市場の色合いだ。シナモンとゴールド。なぜ泣いていたんだい?」

しびれるような興奮に包まれ、ホリーの思考は乱れた。エディのことなどすっかり忘れていた。恋人に振られたと言ったら、つまらない女だと思われるだろうか?

「私――」

「いや、答えなくていい」大公はホリーの言葉をさえぎり、彼女の手を持ちあげて指輪の有無を確認した。「独身?」

彼の口調に一瞬不自然なものを感じたが、頭がぼうっとするあまり、確かなことはわからなかった。ホリーはうなずいた。「はい、れっきとした独り者です」あわてて口走ってから、すぐに取り消したくなった。クールな女を装いたかったのに。

けれど、気分はクールからはほど遠かった。婚約指輪を家に置いてきてよかったとほっとしていた。

ホリーがどぎまぎしているようすを見て、大公はほほえんだ。

そして、突然手を伸ばすと、ホリーの髪留めをはずし、流れ落ちる奔放なカールに指を通した。「このほうがいい」余裕たっぷりの表情で彼女の手をつかみ、自分の首にかけさせる。それから両手をホリーの背にまわし、ヒップを包みこんだ。

「あ……」大公の関心が自分の最大の弱点に向けられていることにショックを覚え、恥ずかしさにあえぎながらも、ホリーはその手から逃れたい衝動をなんとか抑えた。今さら拒んでも遅すぎる。大胆に探索を続ける彼の手は、すでにホリーのヒップの形を知り尽くしているようだった。

「君はとても美しい体をしている」大公はため息混じりに言いながら、自分のたくましい腿にぴったりとホリーを引き寄せた。

私が美しい？

思いがけない言葉に有頂天になっていると、彼の唇が下りてきた。

激しいキスを受け、ホリーは雷に打たれたように震えた。頭がくらくらし、膝から力が抜ける。しかも、息をつこうと口を開けたせいで、より深いキスに誘うことになってしまった。キス一つにこれほどの衝撃を感じたのは生まれて初めてだ。すがるように彼の肩にしがみつくと、あろうことか、大公はスカートの中へ手をすべりこませてきた。手のぬくもりがストッキングの上のむき出しの腿に感じられ、ホリーは息をのんだ。押されるままに、いつのまにかテーブルのところまで来ていたらしく、背中がテーブルに触れる。彼のエロチックな舌の動きに翻弄されるうちに、体のあちこちで炎が燃えあがり、下腹部が熱くうずいた。

まるで、この世の終わりのようなキスだった。大公はほとばしるような欲望をぶつけてくる。自分はセクシーな存在なのだと感じ、純粋な情熱がとめどなくわきあがってきた。

ホリーは頭の片隅でぼんやりと考えた。あまりにもペースが速すぎると。しかし、心のどこかで、こんな誘惑に応じている自分に驚きながらも、別のどこかでは、なにもかも忘れて甘い感覚にひたっていた。ふだんの内気さも慎重さも、今まで知りえなかった官能の波にのまれて、あっさり吹き飛んでいた。

エディにキスをされているときは、ふと別のことに気をとられることも多かった。頭の中で料理の献立を考えたり、買い物リストを作ったりしては、彼に申しわけなく思っていた。だが、大公とキスを交わしている間、ホリーの頭を支配していたのは、このキスが永遠に続いてほしいという願いだけだった。

でも、やめなくちゃ。

こんなことは私らしくない。

だれか入ってきたらどうするの？

ホリーはなんとか自制心をふるい起こして唇を引き離した。一歩あとずさって冷静になり、自分の行いを反省するつもりだった。ところが、大公のりりしい顔を見あげたとたん、その決意はもろくも崩れ去った。濃いまつげに縁取られたセクシーな瞳がじっと見つめている。ああ、だめよ、こんなに魅力的な男性にどうしたらノーと言えるの？　彼のまなざしから伝わってくる熱い関心は、今まで言われたどんなお世辞よりもホリーの心を浮きたたせた。

「そんなに見つめないでください」ホリーは吐息混じりに言い、おずおずとほほえんだ。

「君みたいな女性が男に見られたくなかったら、外に出ないようにするしかないな」

ホリーは緊張ぎみにくすりと笑った。「ここは外じゃありませんけど」

「確かに」大公はラテン系の人間に特有のしぐさで肩をすくめた。「だったら解決策はない。じっと見つめられても我慢するしかないよ、僕の宝物（テソーロ）」

「イタリア語をお話しになるんですか？」

「イタリア語か英語、その場その場で効果的なほうを使う」

ホリーは笑った。大公に口説かれていると、自分がとても女らしくセクシーな存在に思えてくる。さっきまで失意の底に沈んでいた心は、今や翼を持ったように舞いあがり、自信さえみなぎってくる。

そう、私はただエディの好みじゃなかっただけなのよ。

それにしても、世界じゅうの美女をよりどりみどり選べるプレイボーイの大公が私に魅力を感じるなんて……。

「今度は君が見つめすぎじゃないか？」大公はホリーの髪をゆっくりと指ですいた。「二人とも目を閉じて、今していることに没頭したほうがいいのかもしれないな」

「今していることって？」ホリーは欲望に震える声でささやいた。

大公は満面の笑みを浮かべ、ホリーの顔を手で包みこむようにして再び唇を近づけてきた。「名づけるとしたら〝この瞬間を生きる〟かな。僕にとって君とのキスは、もう何年も味わっていないほどすばらしい瞬間だ」彼は唇を寄せ、かすれた声で言った。

ホリーは狂おしいほどの期待に胸をときめかせてキスを待った。だが、大公はすぐに唇を触れ合わせようとはしない。彼女は唇を少し開き、その合図に大公が気づくようにと祈った。

私はなぜキスを中断させてしまったの？

後悔しながら顔を上げた。大公の目が笑っているのを見て、からかわれているのだとわかった。

「陛下って案外意地悪なんですね」そう言いつつ、ホリーも笑った。

「ああ、僕は意地悪だ」

彼の吐息が唇にかかる。「でも、そんなことはどうでもいいわ」ホリーは身を震わせ、ため息混じりに言った。「もう一度キスして」

大公はまぶしいほどの笑みを浮かべ、ようやく唇を重ねた。自信に満ち、技巧に富んだキスは、ホリーの官能を余すところなくかきたてた。

自らの体の欲求に従うこと以外、もうなにも考えられなかった。大公の首にまわした腕に力がこもる。彼のキスがもはやたわむれではなく、ある目的を持ったものに変わっていることに、ホリーは突然気づいた。十代のキスのような無邪気なものではないとわかったとたん、不安と期待に胸が震えた。大公は女性経験が豊富で、自分が求めるものも、それを求めるすべも心得ているのだ。

「もう少しペースを落としたほうがいいんじゃないかしら」膝ががくがくして力が入らない。ホリーは大公のたくましい肩に指をくいこませて体を支えた。

「僕もペースを落とすのには賛成だ」大公はささやきながら、ホリーのヒップの曲線に手を這わせた。「君のおいしそうな体を心ゆくまで堪能したい。急ぐ必要はどこにもないからね」

「そういう意味では……ああ……」大公の唇が熱い軌跡を残しながらホリーの首筋をたどっていく。「そんなことをされたら、なにも考えられなくなってしまいます」

「なにも考えなくていいんだ」大公は顔を上げ、目を細めた。「震えているね。怖いのかい？」

不安で、夢中で、せつないほどに彼を求めている。

「こ、こういうことは初めてだから」ホリーがささやいた瞬間、大公が身を硬くするのがわかった。

「こういうこととは？」大公はホリーのヒップから手を離し、顎を指で支えると、知性あふれる鋭いまなざしで彼女の目をのぞきこんだ。

ホリーはごくりと唾をのみこんだ。

どうしよう？　バージンだと言ったら、きっと大公は興ざめしてしまう。これほど洗練された魅力的な男性にそっぽを向かれたら、これから一生、後悔しながら生きるはめになる。

それに耐えられる？

ホリーは迷いを捨て、大公の首に腕をからめた。今ここで起きているのがどういうことかわからなくても、終わってほしくないことだけはわかる。「公の場ではしたことがないの」

大公は眉を上げた。「ほかにはだれもいないよ」

「でも、いつだれが入ってくるかわからないわ」そう言いながらも、ホリーはまたキスをしてほしくてしかたなかった。こちらからキスをしたら、乗り気だとわかってくれるだろうか？「入ってきたらどうするの？」

「そいつらを逮捕する」大公は冷ややかに言った。「そして、ただちに留置場へ送りこむ」

「まあ……」自分がだれを相手にしているのか思い出し、ホリーは気おくれを感じた。お願い、もう一度キスして。キスの間は、この人が大公であることを忘れられる。キスの間は、なにもかも忘れられる。まるで人生が大きく変わる瞬間にいるような気分で、ホリーは彼を見あげた。

大公は低い声で笑った。「君はおしゃべりが多いな。それで、どうなんだい？　イエス？　ノー？」彼はホリーのほてった頬からほつれ毛を払いのけた。そのゆっくりしたしぐさがなぜかとても官能的で、それだけで体温がさらに上がりそうだった。

もう一度キスをしたら引き返すことはできないと、彼は告げているのだ。

「イエス……」ホリーはささやいた。大きな代償を支払うことになるかもしれないが、それも喜んで引き受けるつもりだった。「イエスよ」

すぐにもごほうびのキスをくれると思っていたホリーは、少しがっかりした。

「ゆっくり事を進めたいのなら」大公は彼女の首筋に唇を寄せてささやいた。「先にテーブルのデザートを味わってもいい」

ホリーはせがむように小さく鼻を鳴らした。すると大公は顔を上げ、例のいたずらっぽいまなざしで彼女の顔をのぞきこんだ。「またからかったんですね」

「ペースを落としたほうがいいと言ったのは君だよ」

ホリーは息をするのもままならなかった。「それについては気が変わりました」

「だったら、どうしてほしいか言ってごらん」

大公のセクシーで思わせぶりな笑みを見ただけで、ホリーは骨まで溶けそうになった。

「もう一度キスして」そして、永遠にやめないで……。

「本気で言っているのかい?」大公はけげんそうに目を細めてホリーを見おろした。だが、瞳は相変わらず愉快そうな光をおびている。「この僕に命令するとは、いい度胸だ」

「私、逮捕されるの?」

「それもなかなかいいな」大公は吐息がホリーの唇に触れるほど顔を近づけた。「君を手錠と鎖でベッドにつないでおこう。僕が君に飽きるまで」

どうか、彼がいつまでも飽きませんように。そう考えたのを最後に、ホリーの頭の中は真っ白になった。大公がいきなり彼女を抱きあげたのだ。脚を開くようにして腿をかかえられ、いきおいホリーは彼の腰に脚を巻きつける格好になった。大公が彼女をテーブルに座らせたとき、繊細なボーンチャイナの食器がざわめくような音をたてた。そこで彼のズボンのファスナーが内腿に当たっているのを感じ、遅まきながらスカートがウエストまでめくられているのに気づいた。

ホリーは息をのみ、スカートをつかんで下ろそうとしたが、大公の体がぴったりと寄り添っていてできなかった。

「今どきガーターストッキングというのがいいね」ホリーの白い腿を横切るレースのガー

ターベルトを、大公は熱いまなざしで見つめている。

一瞬、腿の太さに気おくれを覚えたものの、彼のあからさまな視線を感じて忘れ去った。

いずれにせよ、スカートを下ろそうとしても、この姿勢ではとても無理だった。「社長のシルヴィアがどうしてもストッキングにしろと言い張るの」

大公はホリーの手を取り、自分の首のうしろで組ませた。「僕のために深呼吸をしてくれるかい？」

「どうして？」

ただでさえハンサムな顔にセクシーな笑みが浮かび、ホリーの頭はくらくらした。「そうすれば、君のヒップから手を離さずに胸のボタンをいくつかはずせるかもしれないからね」

さっきボタンがはじけたときの恥ずかしさを思い出し、ホリーは一瞬身を硬くしたが、大公のいかにも満足げなようすを見て、すぐにまた力を抜いた。「私のヒップが気に入ったの？」

「いつまでも頬をすり寄せていたいくらいだ。なにか特別なエクササイズでもしているのかい？　それとも、その美しさは美容整形の賜物(たまもの)？」大公はまたホリーの腰をつかんで引き寄せ、感心したようにささやいた。「どうしたらこんなすばらしいヒップになるんだ……」

「ビスケットをたくさん食べるの」ホリーが正直に答えると、彼は愉快そうに笑った。

「君はおもしろい女性だ。これから毎日、君の大好きなビスケットが自宅に届けられるから、そのつもりでいてくれ」

　自分の最大の欠点を大公が心底気に入っていると知り、ホリーは少し面くらった。再び口を開こうとしたとき、彼が唇を重ねてきた。うっとりと酔いしれているうちに、いつのまにかシャツを脱がされ、ブラジャーも膝の上に落とされていた。彼女は驚きに息をのんだ。

「これも〝ビスケットダイエット〟の成果かい？」大公は瞳を輝かせ、今度はホリーの胸に注目している。「まいったな。君と一緒にいる間は、ほかのことがまったく考えられなくなりそうだ」

　その言葉がなぜか胸に引っかかったものの、ホリーが深く考える暇もないうちに、彼が胸の先に軽く触れ、電流のような快感が全身を走った。彼はさらに頭を下げて、舌先でくすぐった。

　官能の渦に巻きこまれ、ホリーは天を仰いだ。大公の巧みな愛撫に、恥ずかしさはたちまち消え去った。大胆な自分に驚きながら、ひたすら身をまかせていた。まるで美しいサラブレッドにいきなり乗せられた素人のように、必死にしがみついているしかなかった。

　下腹部のうずきは耐えられないほど激しくなり、気がつくと自分から彼に身をすり寄せていた。

「お願い……」

「喜んで」大公の瞳には情熱の炎が燃えている。彼はホリーをテーブルに横たえ、おおいかぶさるようにして体を支えた。

まるで火にくべられたような暑さだった。ホリーは小さくうめき、激しいキスに酔いしれた。

「これほどおいしそうなものがテーブルにのっているのは見たことがないよ」彼は手を下に伸ばし、巧みな指で愛撫した。「避妊は?」

ホリーはぼんやりした頭で考えたものの、返事は意味のないささやきにしかならなかった。

大公が再び唇を重ね、力強い手でホリーの腰を引き寄せた。彼の体勢が少し変わったように感じた次の瞬間、いきなり貫かれた。彼はうめき声をもらし、ホリーは衝撃に息をのんだ。

痛みと恥ずかしさがせめぎ合い、ホリーは大公の肩に爪を立てた。動けば痛みが増すのではないかと、じっとしていた。しかし、次の瞬間には痛みは消え去り、あとには快感だけが残った。甘く秘密めいた心地よさがホリーを新しい世界へ引きこんだ。彼女はいつしか自分から進んで腰を動かしていた。

大公はほんの少しためらっているような表情でホリーのほてった顔を見つめていたが、すぐにまた体を動かしはじめた。さっきよりだいぶ穏やかな動きだった。その間、ずっとホリーの目を見つめ、彼女を未知なる歓喜の世界へ誘った。それはホリーが今までまったく知らなかった快感だった。

ホリーは官能の高まりに身をまかせ、大公に導かれるままクライマックスにのぼりつめて、宙にほうり出されたような不思議な感覚を味わった。頭の中で星がまたたく。彼女の恍惚(こうこつ)の叫びはキスにのみこまれた。彼は勝ち誇ったようにうなりながら、自分自身も高みに到達した。

ホリーはゆっくりと天空から地上へ戻ってきた。最初に耳に入ったのは、大公の荒い息遣いと、自分の心臓の激しい鼓動だった。彼はホリーの首筋に顔をうずめている。彼女はぼんやりと、つややかな黒髪に手を伸ばした。

これは本当に現実なの?

言いようのない感情に揺さぶられながら、ホリーはそれを確かめるようにおずおずと彼に触れた。

大公の力強い体に瞬時に緊張がみなぎる。彼は鋭く息を吸い、顔を上げてホリーの顔を見た。

ホリーにとっては生まれて初めて経験するロマンチックな時間だった。だが、彼が口を開いたとき、そこから飛び出したのは、およそロマンチックとは言えない言葉だった。

「試合が始まってしまったな」彼はそっけなく言った。「君のせいでキックオフを見逃したよ」


カスペルはプレジデンツ・スイートの一枚ガラスの窓の前に立ち、ぼんやりとスタジアムを見おろしながら、なんとか落ち着きを取り戻そうとしていた。彼の生涯で最も官能的な体験だった。しかし、それを分かち合った相手に、今は完全に背を向けている。ピッチではイングランドがボールを支配していた。カスペルが試合中に貴賓席を離れるなんてかつてないことだった。

いったいどうなっているんだ？

なぜ急いで試合を見に行かない？

だいたい、おまえはいつから無垢（むく）な娘を相手に、欲望をむき出しにしたセックスをするようになったんだ？

そう、彼女は初体験だった。

今になってようやく、そのヒントがいくつかあったことに気づいた。だが、それを見落としてしまった。いや、気づいていたのに、無視しただけか？

いずれにせよ、結果は皮肉なものだった。

今まで洗練された経験豊富な女性たちと数多く浮き名を流してきたが、彼女ほど情熱をかきたてられる女性はいなかった。

相手にまったく計算がなかったのも初めてのことだ。純粋にお互いの欲望に導かれた行為だった。

確かに彼女は僕が大公であることを知っている。ただ、経験から推しはかるに、彼女が僕の地位や名声に惹かれたのではなく、単に僕を男として求めていたのは明らかだ。

背後でかすかに衣ずれの音がした。服を着てくれているのならありがたい。カスペルは今、軍隊で培った自制心を総動員して、彼女を再び抱きたくなる衝動を抑えていた。

たぶん、もの珍しさに惹かれたのだろう。あれほどまでに燃えあがった理由は、それ以外に考えられない。

だとすると、これからいったいどうすればいいのか？

振り向くと、彼女はこちらを見ていた。ドアを控えめにノックする音が響いたとき、美しいグリーンの瞳に不安の色が浮かんだ。

彼女は困ったようにドアの方を見て、スカートのしわを撫でた。シャツのボタンをかけ違えているところを見ると、震える手で急いで着たのだろう。髪は相変わらず奔放に肩に広がっている。秋の紅葉の色だ。たった今、情熱的な時間を過ごしたと、世間に宣伝しているようなものだった。

彼女のふっくらした唇に目を向けたとき、カスペルはもう一度テーブルに彼女を横たえたいという激しい欲求に揺さぶられた。

「お連れの方々が貴賓席でお待ちになっているんじゃないですか？」カスペルの頭に浮かんだみだらな映像を、彼女の声がかき消した。少しためらってから、彼女はゆっくりと近づいてきた。「大丈夫ですか、陛下？」

カスペルは温かなグリーンの瞳を見おろした。そこには彼女のやさしさが表れていた。ふと、このまま連れ去ってしまいたい衝動に駆られた。彼女にはどこか無邪気で楽天的なところがある。この世のつらさや厳しさをまだ味わったことがないのだろう。

カスペルのいかめしい表情を見て、彼女の笑みが消えかけた。「これを気まずい瞬間って言うのかしら。私、仕事に戻らないといけないので……」彼女は言いよどみ、白い歯で唇を噛(か)んだ。そして、深呼吸をすると彼に歩み寄り、爪先立って唇にキスをした。「すてきな思い出をありがとう」彼女はささやいた。

不意をつかれたカスペルは、動くこともできずに温かな彼女の腕に包まれていた。その唇は苺(いちご)と夏の風の味がし、彼の中に即座に情熱の炎をかきたてた。

完全に死に絶えたわけではなかったのだ。カスペルは頭の片隅でぼんやりと考えた。僕の中にはまだ感情というものが残っていたようだ。

そのとき、背後の観客席から大歓声が巻き起こった。カスペルははっとした。

彼女は必ずしも無垢というわけではなかったらしい。とたんに殺伐とした気持ちになった。彼女はマスコミを操る方法を心得ている。窓際でキスをすれば、テレビカメラに撮られることを計算していたのだろう。

彼女の期待どおり、カメラは二人をとらえていた。

性的には未熟でも、女としての計算高さはそなえていたのだ。

こうして久しぶりに落胆や怒りを感じるのも、カスペルにとっては意外だった。彼は首にまわされた彼女の腕をつかんで引き離した。

「もういいだろう。うしろを見てごらん。君の目的は達成できたんじゃないか？」

少しとまどったような表情をしてカスペルのうしろに目を向けた彼女は、口を手でおおった。「なんてこと、キスしたところを撮られていたんだわ。大型スクリーンに映ってる！」彼女は顔を真っ赤にしてうめいた。「どうして何度も流すの？　あれじゃまるで……いやだわ、髪が爆発してる……ヒップばっかり目立ってるわ」

カスペルは視線をピッチに向けた。ちょうど、親友であるイングランドチームのキャプテンがドロップゴールを試み、ゴールポストに阻まれたところだった。「そんなことより、君のせいでイングランドは三点とり損ねたぞ」

警護隊員を呼んで、彼女を外に送らせなくてはならない。だが、口を開く前に、彼女はとがめるような視線をちらりとカスペルに向けてから、ドアに駆け寄った。

「だめだ、ここを出るな」カスペルはうなった。しかし、彼女は無視してドアを引き開けると、外にいた警護隊員の間をすり抜け、彼の視界から消えた。命令にそむかれるのに慣れていないカスペルは、一瞬呆然とその場に立ち尽くし、それから警護隊長のエミリオに命じた。「彼女をさがし出せ」

「名前はなんとおっしゃるのですか?」

カスペルはドアの外をぼんやりと見つめた。「いや、知らない」

わかっているのは、彼女が最初に感じたほど無垢な女性ではないということだけだった。

ホリーは世間の目を避けたい一心で、身を縮めるようにして走りつづけた。テレビのそばを通り過ぎたとき、解説者の言葉が聞こえてきた。「この試合、最初のトライを決めたのは、カスペル大公のようですね」

階段を駆けおりているとき、雇主とでくわした。シルヴィアは大群を率いて敵地へ乗りこむ将軍のような勢いで憤然と足を踏み鳴らしていた。

「シルヴィア」ホリーはあえぎながら口を開いたが、相手の怒りに燃える目を前にして、言葉を失った。

「なんてことをしてくれたの」シルヴィアは声を震わせた。「まじめな子だと思ったから選んだのに、会社の名前によくも泥を塗ってくれたわね」

「いえ……」罪悪感とパニックに震えながら、ホリーは首を横に振った。「私がどこのだれかなんて、だれも知りませんし、それに――」

「あなたがここを出る前に、タブロイド紙が全部調べあげているわよ」シルヴィアは吐き捨てるように言った。

ホリーは途方にくれた。嵐の海にもまれる小船のような気分だった。私はいったいなにをしてしまったの？　一生胸にしまっておく秘密の冒険のつもりが、もはやそれではすまされない。「カスペル大公はあちこちでキスしていますから、それだけでは記事には……」

「あなたはウエイトレスなのよ！　おもしろおかしく書きたてられるに決まってるじゃないの！」

ホリーは事の重大さに気づき、呆然とした。なにも考えず、一時の情熱に身をまかせてしまった結果がこれだ。「シルヴィア、本当に――」

「あなたはくびよ！」

ホリーがなんとか思いとどまってくれるよう懇願しかけたとき、エディがこちらへ向かってくるのが見えた。暗雲のような不穏な顔つきをしている。

これ以上責められてはたまらない。ホリーは謝罪の言葉をまくしたててからその場を離れ、厨房へ逃げこんだ。心臓は早鐘を打ち、顔から火が出そうだ。自分のバッグとコートをつかみ、スニーカーにはき替えると、ドアへ向かった。

　ニッキーがその前に立ちふさがった。「どこへ行くつもり？」

「わからない」ホリーはまったく頭が働かなかった。「家かしら。とにかく、ここを出なくちゃ」

「自宅になんか帰ったら、すぐマスコミに見つかっちゃうわ」ニッキーは帽子と鍵(かぎ)の束を彼女に渡し、冷静な口調で命じた。「帽子を深くかぶって、髪を隠して、私のアパートメントへ行くのよ」

「私のことなんて、だれも知らないわ」

「今ごろはもうマスコミのほうが本人よりもあなたのことをよく知っているわよ。とにかく私のアパートメントへ行って、カーテンを引いて、だれが来てもドアを開けちゃだめ。タクシー代は持ってる？」

「バスに乗るわ」ホリーは髪を束ね、つばの広い帽子に隠した。

「とんでもない」ニッキーは札を一枚ホリーの手に握らせた。「タクシーを拾って、運転手がテレビを見ていないことを祈るのね。風邪をひいたふりをして、ハンカチを顔に当てているといいわ。さあ、早く」

　ホリーはなすすべもなく、言われるままにドアへ向かった。そこでニッキーが彼女の腕をつかんだ。

「ねえ、一つだけ教えて」彼女はいたずらっぽく目を輝かせている。「大公の評判――すごいテクニックだって、やっぱりほんとなの？」

ホリーは目をぱちくりさせた。「わ、私――」

「そんなによかったんだ」ニッキーはにやりとした。「わかったから早く行って、この幸せ者！」

カスペルは試合に集中しようと努め、イングランドのウイングが敵の選手をステップでかわしてインゴールのコーナーに飛びこむのを見つめていた。

すっかり退屈した連れのサスキアが、気の毒そうに言った。「かわいそうに、ころんじゃうなんて。みんなはどうして喜んでいるの？　意地悪ね」

「ころんだわけじゃない。トライを決めたんだ」カスペルはいらだちを覚えながら言った。「歓声があがったのは、これでイングランドが同点に追いついたからだよ」

「このゲーム、私にはさっぱりわからない」サスキアがうんざりしたように言い、貴賓席の後方にいる女性たちを見た。「あの靴、すてき。どこで買ったのかしら。このへんにまともな店ってあるの？」

カスペルは彼女の言葉を無視し、イングランドのスタンドオフがキックの準備をするのを見守った。

水を打ったような静寂がスタジアムを包む中、サスキアはぽかんと周囲を見まわしている。「どうしてみんな静かになっちゃうの？　あの選手、かっこいいわね。なぜボールとポストをちらちら見比べているのかしら？　蹴るかどうか迷っているの？」

「追加点をねらってキックするんだが、トライした地点の延長線上からだから、角度がむずかしいんだ」カスペルはピッチに目を向けたまま解説した。「今度口を開いたら、君は出ていってもらうよ」

　サスキアはむっとしたようすで口を閉じた。ボールが弧を描いてゴールポストの間を通過し、観客が大喜びで拍手喝采する。

　満足したカスペルは隣で落ち着きなく身じろぎしているサスキアに声をかけた。「もういいよ。質問があったら、なんでもきくといい」

　彼女は期待に顔を輝かせた。「試合終了ってこと？」

　カスペルはいらだちを抑えこみ、ラグビーに興味のない連れは二度と招かないと心に誓った。「ここでハーフタイムだ」

「まだ半分なの？　ねえ、キャプテンとはどこで知り合ったの」

「僕がイギリスに留学しているとき、ラグビー部で一緒だったんだよ」

　ハーフタイムに入り、話の相手をしてもらえると踏んだのか、サスキアはカスペルににじり寄ってきた。「あのウエイトレスにキスされたのは最悪だったわね。彼女、きっと新聞社に話を売りこむわよ。あの手の女はいつだってそうなんだから」

　本当にそうだろうか？

　カスペルはぼんやりと観衆を眺めながら、彼女の髪の香りとキスの味をなんとか忘れ去ろうとしていた。そして、彼女が身をすり寄せてきたときの柔らかな感触も……。

　ほんのつかの間だったが、彼女のおかげでむなしさを忘れることができた。それだけでも今までつき合った女たちとはまったく違う。

「それにしても、どうしてあなたの人気は落ちないのかしら」サスキアが続けた。「どれほどスキャンダルにまみれようと、サンタリアの国民はあなたに夢中なのよね」

「それは彼がサンタリアを変えたからだよ。地中海の小国として衰えつつあったのが、彼のおかげで外国から資本が流れこみ、今では観光産業も隆盛をきわめるようになった」カスペルの友人のマルコが代わりに解説した。三十代前半のマルコは、カスペルとともに大学で経済学を学び、今や企業家として大成功をおさめている。「サンタリアは夢のリゾートなんだ。冬はスキー大会に観光客が押し寄せ、夏は夏で、沿岸でヨットレースが催される。新たに建設されたラグビー場は一年じゅう空席がないほどにぎわっているし、グランプリレースも世界じゅうの注目を浴びている。スポーツイベントの開催地としては、世界一と言ってもいい」

　功績をほめられても、カスペルの気分は晴れなかった。会話に参加する気にもなれず、試合の後半が始まったときにはほっとした。

「それじゃ、国民の次の期待は大公のお世継ぎね、カスペル」サスキアがにっこりした。「いつまでもモデルたちと遊んでばかりいられないわよ。あら、みんな集まってなにをしているの？　喧嘩？」

ルールの解説はマルコにまかせ、カスペルはスクラムハーフがスクラムからボールを出すのを眺めていた。

「ねえ、聞いた？　この間の調査で、あなたが世界一の花婿候補に選ばれたんですって」サスキアは自分が観戦のじゃまをしているのにも気づかず、話しつづけている。カスペルはひたすら無視を決めこんだ。

「あと一分だな」マルコが言った。

カスペルが見守る中、イングランドはボールを支配しつづけ、やがて終了のホイッスルが鳴り響いた。

観客はイングランドの勝利にわき返った。カスペルは話しかけてくるサスキアを避けるように席を立った。

そして、警護隊長のところへ行った。「なにか進展は？」

「いいえ」エミリオが申しわけなさそうに言う。「まだ行方がわかりません」

「名前はわかったか？」

「はい、ホリー・フィリップスというそうです。この競技場のレストランの契約業者に雇われてウエイトレスをしているようです」

「住所は？」

「自宅に隊員を数名派遣しました。まだ帰っていません」

「マスコミはもう集まっているだろうな」

「二重に取り巻いているそうです。大公とウエイトレス――明日の新聞の見出しをにぎわすことになりそうですね。彼女に護衛をつけますか？」

「テレビカメラの前で僕にキスをしたのは彼女だ。護衛はいらない」カスペルは抑揚のない静かな口調で言った。「どういうことになるかは本人も覚悟しているはずだ。今のところ身を隠しているのは、マスコミの気を引く作戦なんだろう。そのほうが話が高く売れるからな」

彼女は僕を利用したのだ。

カスペルは皮肉っぽい笑みを浮かべた。おまえだって彼女を利用したんじゃないのか？

エミリオが眉を曇らせた。「お金のためにやったとおっしゃるのですか？」

「それ以外ないだろう」だからこそ、彼女は別れ際に礼を言ったのだ。

しばらくはマスコミから引く手あまただろう。

カスペルは彼女への嫌悪感がわいてくるものと思った。一時の名声と大金が得られるのなら、そのために純潔を失おうとかまわないと考えるような女なのだ。

だが、嫌悪感を覚えるどころか、先ほど一瞬感じた失望まで消え去っていた。やはり女にはなにも期待しないに限る。

エミリオがカスペルの表情をうかがっていた。「彼女のことはおさがしになりたくないということですか?」

彼女の柔らかな唇と魅惑的な体の曲線のことを頭から振り払い、カスペルはまだ勝利にわいているピッチに目を向けた。「時がきたら、彼女のほうから近づいてくるはずだ。今ごろは、どこかで札束でも数えて大喜びしているよ」

3

「いつまでも泣いていたってしょうがないじゃないの！」ニッキーが業を煮やしたようにホリーを抱き締めた。「それに……そんな深刻な話でもないし」

「ニッキーったら！　私、妊娠したのよ。しかも大公の子供を」ホリーは真っ赤に泣きはらした目を親友に向けた。「これ以上に深刻なことがある？」

ニッキーは顔をしかめた。「検査をしたのが早すぎたんじゃない？　結果が間違っているのかも」

「早すぎたりしないわ。もう二週間たっているもの。それに間違ってもいない。さっきショックで落としたまま、まだバスルームの床にころがっているから、疑うのなら見てきたらいいわ」ホリーはバスルームの方を手で示した。「何万とおりも結果があるわけじゃないし、妊娠しているかしていないか、どちらかしかない。私は間違いなく妊娠しているのよ。信じられない、たった一度で赤ちゃんができるなんて。長年がんばってできない人もいるのに」

「そうね。あの大公はとんでもなくハンサムなうえに、とんでもなく繁殖力旺盛だってことだわ」ニッキーは肩をすくめた。「でも、あなたは前から赤ちゃんが欲しいって言ってたじゃないの」

「それは結婚したらの話よ！　独り身じゃ無理だわ。シングルマザーなんて考えられない。そういうことにだけはならないようにって、心に誓っていたのに」ホリーは箱からティッシュを引き出し、思いきり洟をかんだ。「赤ちゃんには、できる限り最高の環境を与えたいって思っていたのよ」

「それはつまり最高の父親ってことでしょ。お父さんのことがとことんトラウマになっているのね」ニッキーはソファの背にもたれ、爪磨きを手に取った。「だけど、あなたみたいにかわいくてやさしい子を置いて出ていくなんて、いったいどういう父親なのかしら。七つだったんでしょう？　父親に拒絶されたのがはっきりわかる年よね。おまけにお母さんが亡くなっても、会いにも来ないなんて！」

つらい幼少期のことを思い出したくなくて、ホリーはいっそう深く寝袋にもぐりこんだ。

「あの人は母が死んだことも知らないのよ」

「連絡をとり合っていたらわかるでしょうに」

「ねえ、今この話はしたくないの」ホリーは甲高い声で言い、仰向けになって天井を見あげた。「どうするか考えなくちゃ。仕事もくびになったし、家にも帰れない。マスコミの連中が狼（おおかみ）の群れみたいにアパートメントを取り囲んでいるんだもの。おまけに世間からは史上最悪のあばずれみたいに思われて……」死ぬほどの恥ずかしさにさいなまれ、ホリーは枕（まくら）を顔に押しつけた。

実際、そう思われてもしかたがない。

まったくの初対面の相手とセックスをしてしまったのだから。

しかも、罪の意識を一瞬にして忘れ去るような大胆で激しいセックスを……。

エディとつき合っているときには、彼に触れられるたびに〝妊娠〟の一語が頭に浮かんだ。だが、大公に触れられたとき、ホリーの頭に浮かんだのは、ひたすら彼に抱かれたいという思いだけだった。

私はいったいどうなってしまったの？

エディに振られて動揺していたのは確かだけれど、それでは説明できないし、言いわけにもならない。

そのとき、大公が自分の前に立ち、涙をほかの人たちの目から隠してくれたことを思い出した。あれほどこまやかな気遣いのできる男性が今までいただろうか？　彼は泣いている私に気づいてくれて、そして……。

再びそのあとの出来事がよみがえり、ホリーはうめき声をもらした。ニッキーが彼女の手から枕を取りあげた。

「いつまでも自分を責めていたってしょうがないでしょう。あなたならきっといい母親になるわよ」

「どうしたらいい母親になれるの？　仕事に出ている間、赤ちゃんをだれかに預けなくちゃならない。赤ちゃんが泣いても、ほかのだれかがあやすことになるのよ」

「あら、むしろラッキーじゃない？」

ホリーはくしゃくしゃになったハンカチで涙をふいた。「どこがラッキーなの？　私はちゃんと赤ちゃんのそばにいたいのよ」

「ひょっとしたら宝くじに当たるかも」

「宝くじを買うお金なんてないわ。あなたに家賃を払える見込みもないのに……」

「家賃なんていらないわよ。ソファでよければ、いつまででもいてくれていいんだし」ニッキーは肩をすくめた。「家に帰るわけにもいかないでしょう？　イギリス国民であの映像を見ていない人はいないんだから。ちなみに今日の新聞の見出しは〝ウエイトレスの行方は？〟よ。昨日は〝大公のラグビー場でのおたわむれ続報〟だったわ。ウエイトレスを見つけた人には新聞社が褒賞金を出すって噂もあるの。みんな、あのキスの話で持ちきりなんだから」

「あきれてものも言えないわ」ホリーは力いっぱい洟をかんだ。「世界各地で人が飢え死にしているっていうのに、なぜ新聞は大公のキスなんてくだらないことばかり書きたてるの？　マスコミにはまともな見識ってものがないのかしら？」そう言いながらも、内心、彼らがすべてを知らなくてよかったとつくづく思った。

「みんな安心したいのよ。大公も人の子だと思うと、うれしいんじゃないかしら」ニッキーが立ちあがった。「おなかがすいた。食べるものがなにもないわ」

「私はなにも食べたくない」ホリーはまだみじめさにひたっていた。こんなに落ちこんでいるのは、大公からあれ以来なんの連絡もないからだ。しかし、いくら親友が相手でも、そこまでは恥ずかしくて言えなかった。

ホリー自身、大公からの連絡を期待するのはばかげているとわかっていた。その一方で、どうしようもないほど心待ちにしていた。確かに大公とウエイトレスでは身分違いもはなはだしいけれど、彼は私を気に入ってくれていた。二人きりになれるようにすぐ人払いをして、私のことを美しいと言ってくれて……。

思い出しただけで体がほてり、そんな自分にショックを覚えた。あれほど夢中で愛を交わしたのに、私をさがし出したいとは思わないのだろうか？

いや、マスコミが家のまわりに張りついているというのに、どうしたら連絡できるだろう？　ホリーは大公が近くの茂みに隠れ、隙（すき）を見てドアに突進しようとしているところを思い描いてみた。「ねえ、彼、新聞に出たことで困っていると思う？」

「彼の心配なんかしている場合じゃないでしょ！」ニッキーはシリアルの箱に手を突っこ

んだ。「あの男は、あなたが外で敵にとらわれているのに、自分は跳ね橋を上げてお城を閉ざしたのよ！」

ホリーは唇を噛んだ。窓際で大公にキスをしたのは私だ。カメラに撮られているなんて、夢にも思わずに……。「なんだか申しわけなくて」

「ちょっと、なにを言ってるの。今まで数々の浮き名を流してきたカスペル大公よ。新聞になにを書かれようと気にするものですか。苦しんでいるのはあなただけ。私が彼なら、せめてあなたに護衛をつけるとか、なにかアドバイスを与えるくらいのことはするわね」

ニッキーの分析を聞き、ホリーの気持ちはなおさら沈んだ。「だって彼、私がどこにいるか知らないのよ」

「一国の君主でしょうが」ニッキーは口いっぱいにシリアルをほおばりながら、ソファにどさりと腰を下ろした。「軍隊だって特殊部隊だって意のままに動かせるのよ。その気になれば、あっという間にあなたの居所くらい突きとめられるわよ。MI5とかFBIとか、そんなようなものが彼の国にだってあるはずだもの。彼の命令一つで、衛星カメラがこのアパートメントにズームインするはずだわ」

ホリーは鬱々とした気分になって、また寝袋をかぶった。「ブラインドを閉めて」

「まあ、隠れていたければ好きなだけ隠れていればいいけど。いっそマスコミの連中のインタビューに応じるのも一つの手よね」

「頭がおかしくなったの?」

「現実的に考えているのよ。大公のせいで仕事もくびになったのよ。いちばん高い値をつけた出版社に体験談を売ればいいわ。『私のランチタイム・ラブ』とか『サンタリアのカサノヴァ』とか、タイトルをつけて」

ホリーは唖然(あぜん)とし、首を横に振った。「そんなことができるわけないじゃないの」

「子供を養っていかなければならないのよ」

「その子が大きくなったときに、自分はスキャンダルのせいで生まれたなんて思わせたくないわ」

それにしても皮肉な話だ。十代のころから母親になるのが夢だった。愛するパートナーに妊娠を告げる感動のシーンを思い描いたりもした。彼は私を抱き締め、〝僕は一生家族を大切にする〟と誓うのだ。

たった一度はめをはずしただけで、人生が百八十度変わってしまうとは……。情事の直後は呆然(ぼうぜん)としていたものの、そのうちマスコミの騒ぎもおさまって、平穏な生活に戻れるものと思っていた。けれど、今となってはそれもかなわない。妊娠していることが世間に知られたが最後、父親はだれかと大騒ぎになるのは明らかだ。

ニッキーは腰を上げた。「食料の買い出しに行ってこなくちゃ。すぐ戻るわ」

ニッキーが出ていき、玄関のドアが閉まった。そのすぐあとで呼び鈴が響いた。ニッキーが忘れ物でもしたのだと思い、ホリーはドアを開けに行った。

「こんなところに隠れていたのか」ドアの向こうに立っていたのはエディだった。これみよがしの大きな花束をかかえている。安っぽいセロファンに包まれた真紅の薔薇だ。

ホリーは呆然と彼の顔を見つめた。この二週間、エディのことなどすっかり忘れていた。

「まさか訪ねてくるとは思わなかったわ」

エディがやさしげにほほえんだ。「君にとっては夢のようだろうね。中に入れてくれないのかい？」

「だめよ。私たち、婚約を解消したんですもの。ショックだったわ」ホリーはそう言ってから眉をひそめた。そのわりには、ショックはすぐに忘れてしまった。失恋の痛手からそんなに早く立ち直るなんてことがあるだろうか？

「玄関先で立ち話というわけにもいかないよ」エディは半ば強引に入ってくると、花束をホリーの手に押しつけた。盛りの過ぎた薔薇から数枚の花びらが床に舞い落ちた。「君のために買ったんだ。君を許すというしるしにね」

「許す？」薔薇の刺が指に刺さり、ホリーは顔をしかめた。廊下のテーブルに花束をそっと置き、血のにじむ指をなめる。「私のなにを許すっていうの？」

「大公にキスをしたことだよ」エディは憤慨したように言った。その顔は薔薇と同じ色になっている。「おかげで僕はいい笑い物だ」

「エディ、あなただって新しい恋人と一緒だったじゃないの」

「彼女とは別になんでもないよ。傷つけ合うのはもうよそう。君があいつとキスしているのを見たときは腹が立ったけど、すぐに気づいたんだ。君にとってはつらい経験だったんだろうって。僕がせっかく昇進したと思ったら捨てられたんだから。そのせいで君の中でなにかが変わったんだろう」エディは満足げにほほえんだ。「おとなしかったはずの君があんなに激しいキスをするとはね。あれを眺めながら、本来なら僕があのキスの相手になってやらなければならなかったのにと反省したよ」

ホリーはエディの顔を見ながらあきれていた。大公と過ごしている間、エディのことなどこれっぽっちも考えなかった。

「あれは僕を取り戻す作戦だったんだろう？　これで、君の中にも情熱がひそんでいることがわかった。これからは、僕が辛抱強くそれを引き出してやらないとな」

大公はぜんぜん辛抱強くなどなかったと、ホリーはぼんやりと考えた。むしろ飢えたように荒々しく、せっかちだった。

「あなたへの当てつけで大公とキスをしたわけじゃないわ」キスをしたのはそうしなければいられなかったからだ。

「まあ、そんなことはもういい。婚約指輪をはめて出ておいで。記者たちに話すんだ。君は僕と喧嘩（けんか）をして、僕を嫉妬（しっと）させるために大公にキスをしたってね」

人生には皮肉なこともあるものだ。エディはよりを戻そうと言っているが、ホリーはすでにまったく別の道を、引き返せないほど遠くまで進んでいた。

「それはできないわ」

「きっとうまくいくよ。ポルシェもあるし、例の大きな家も買う予定だ。君はもうウエイトレスなんかしなくていいんだよ」

「私はウエイトレスの仕事が気に入っているの。人と接するのが好きなのよ。みんな、コーヒー一杯飲む間に、思いがけないほどいろんな話をしてくれるわ」

「他人の愚痴を聞かされるより、家で僕の世話をしているほうがずっといいだろう？」

「もうそんな気持ちにはなれないわ」

「おとぎ話のようで信じられないんだね。でも、これは夢じゃない、現実なんだ。そうだ、この花、ずいぶん高かったんだぞ。早く水につけてやってくれ。僕はちょっとトイレを借りるよ」

「右のドアよ」ホリーは反射的に言ってから、はっと気づいた。「だめ、エディ、入らないで！」床にはまだ妊娠検査薬がころがっている。

あわてて彼を引き戻そうとしたが、すでに遅かった。ホリーはその場に凍りついた。

しばらく沈黙が続いたあと、エディがバスルームのドアから出てきた。その顔は蒼白だった。「君がなぜ僕とやり直せないのか、これでわかったよ」

「エディ……」

「大きな獲物をとらえるために大事にとっておいたというわけか」エディはショックに呆然とした表情でリビングルームへ入っていくと、ホリーの方を振り返り、嘲るように笑った。「一年もつき合って、その間ずっと待たされていたんだぞ！」

「どうしても正しいこととは思えなかったのよ」ホリーはつぶやいた。エディのプライドはとことん傷ついていることだろう。彼女自身、わけがわからなかった。エディをずっと拒んでいながら、大公とは出会って三十分もたたないうちに半裸で抱き合っていたのだ。いったいなぜなのだろう？「エディ、私、本当に――」

「なんなんだ？」エディは声を荒らげ、怒りに顔をゆがめて、意味もなく歩きまわっている。「なぜやつとセックスをしたのかわからないというのか？　だったら教えてやろう。やつが大公だからだよ！」

「違うわ――」

「見事に当たりくじを引き当てたな」エディは苦々しげに笑った。「君がなぜ僕のポルシェに感動しなかったのかわかったよ。どうせやつが乗っているのはフェラーリなんだろう？」

ホリーは目をぱちくりさせた。「彼の車のことなんて知らないわ。でも――」

「そんなことを知らなくても、お城に住めればいいよな」

「まさか。この先どうしたらいいかさっぱりわからないのに……」

「どうしたらいちばん金になるか決めかねているってわけか?」エディは足を踏み鳴らして玄関へ向かい、その途中で持ってきた薔薇の花束を拾いあげた。「君には花なんてもらう資格はない。僕みたいな男とつき合う資格もね。まあ、せいぜい新しい人生でがんばるんだな」

花束がドアにたたきつけられる音を聞き、ホリーは首をすくめた。

エディが出ていったあと、部屋には耳が痛くなるほどの静寂が訪れた。

床に散った薔薇の花びらは、まるで血痕のようだった。刺が刺さった指はまだ痛んでいる。

ホリーはショックと罪悪感でぼんやりしていた。責められてもしかたがない。エディに与えなかったものをあっさり大公に捧げてしまったのは事実なのだ。

二週間前なら、エディと喜んでよりを戻していただろう。それが今は、彼が出ていってくれてほっとしている。そして、そんな自分に驚いていた。

ホリーはソファに力なく腰を下ろし、できるだけ冷静に考えようとした。

パニックを起こしてもどうにもならない。

少なくとも四カ月くらいは、他人に妊娠を気づかれることはないだろう。

その間にじっくりと計画を練らなければ。

四人の警護隊員を引き連れ、新聞を武器のように携えて、カスペルはアパートメントの四階のドアの前に立った。

「陛下自らいらっしゃらなくても」エミリオが言い、通りを見おろす。「私どもが彼女を陛下のもとへお連れしましたのに」

「待つのがいやなんだ」カスペルは不機嫌に言った。この数時間で自分にはまだ感情というものがあることを思い知らされた。ふつふつと煮えたぎるような怒り。それは彼女に対してというより、むしろこんな事態を招いてしまった自分自身に対してのものだった。危機管理能力はいったいどこへいってしまったんだ？　髭を剃るようになってからというもの、女はみんな自ら進んで身を投げ出してきた。我を忘れて自分から迫ってしまうなど、カスペルには初めての経験だった。

そして、あの女の仕掛けた罠にまんまと引っかかったのだ。

「この部屋にいるんだな。ドアを開けさせろ」

警護隊が行動を起こす前にドアが開き、彼女が現れた。

カスペルは今にも怒りを爆発させようと身構えていたが、彼女のグリーンの瞳を見たとたん、頭の中が真っ白になった。

ホリー……。

そう、今は名前も知っている。

彼女はだぶだぶの淡いピンクのTシャツを着ていた。前に白熊(しろくま)の刺繍(ししゅう)がほどこされている。下ろした髪が肩の上に広がっているところをみると、どうやら寝ていたらしい。カスペルに会えたのがうれしいのか、瞳を輝かせている。「陛下……」

彼女は無防備なほど幼く見えた。いったいなぜこんな娘と関係を持ってしまったのかと、カスペルは改めて疑問に思った。

かかわれば面倒なことになるのは目に見えている。

そこで彼女がほほえんだ。しばらくの間、カスペルはその温かなほほえみ以外のことはなにも考えられなかった。怒りは薄れ、頭に浮かぶのは、彼女がその長い脚を腰に巻きつけてきたときの感触だけだ。やがて彼ははっと我に返ると、こんなところで欲望をたぎらせている自分にあきれた。そもそも、白熊のTシャツを着た娘に興奮するなんてばかげている。

ついでに言えば、この娘のせいでこちらは国を揺るがす大問題に見舞われているのだ。それなのに、なぜ彼女は恋愛映画のラストシーンにふさわしいようなうっとりした顔で見あげているのだろう？　あれだけ思いきったことをしたのだ、早々に交渉に乗り出してくるのがふつうではないのか？

「そこまでの軽装で出迎えられたのは初めてだ」ホリーの瞳に傷ついたような表情が浮か

ぶのを無視して、カスペルは中に入った。警護隊は玄関の外で待機している。

「だって、いらっしゃるなんて知らなかったんですもの」ホリーは腿まであるTシャツの裾をつまんでいる。「二週間もなんの連絡もなかったし……」

カスペルは部屋の中を一瞥した。ソファにはくしゃくしゃの寝袋が置かれている。ずっとここに隠れていたのか。「僕は数学の学位を持っている。言われなくても日にちの計算くらいできるよ」

ホリーは尊敬のまなざしで彼を見あげた。「数学が得意なんですか？　すごいわ。私、算数はとにかく苦手だったの。でも、英語の点数はよかったのよ。案外クリエイティブなタイプなのかもしれないわ」

なぜ学校の成績の話になったのかと首をひねりながら、カスペルは話題を元に戻そうとした。「自分がなにをしたのか、わかっているのか？」

ホリーは唇を噛み、目を伏せてから、再び彼の顔をまっすぐに見ると、申しわけなさそうな表情で言った。「窓の前でキスをしたことを言っているのね。今さらあやまってもどうにもならないけど、本当にごめんなさい。これほどの騒ぎになるなんて思わなかったの。マスコミに常にねらわれる生活なんて想像もつかなかったから……」

「それにしてはずいぶん上手に対処しているじゃないか」カスペルは新聞を手に窓際へ行った。マスコミはすでにここへ来たことをかぎつけているだろう。あとどれくらい余裕があるだろうか？　彼らが大挙して押し寄せるのも時間の問題だ。「見つけるのにずいぶん苦労したよ」

「ほんと？」ホリーはまるでそれがうれしいことであるかのように顔を輝かせた。「私のことなんてもう忘れてしまったかと思ったわ」

「忘れようにも忘れられないだろう」カスペルは吐き捨てるように言った。「この二週間、君の名前が新聞に載らない日はないからな」

「ああ……」ホリーは見るからにがっかりしていた。ほかの理由でも期待していたのだろうか？「マスコミって本当にしつこいのね。だから家に帰れないの。ぜったいにつかまりたくないもの」

「それはそうだろうな。そんなことをしたら、なにもかもだいなしになる」カスペルはホリーが観念して詫(わ)びるか、あるいは開き直るものと思っていた。ところが、彼女はただぽかんとしているだけだ。

「本当に怒っているみたい。まあ、無理もないけれど。でも、お立場から言って、こういうことには慣れていらっしゃるものと思っていたわ。あ、おかけになりますか？　なにか飲み物でもお持ちしましょうか？　といっても、インスタントコーヒーくらいしかないけれど」ホリーは緊張ぎみに言い、ソファの上の寝袋やセーターやティッシュの空き箱や妙にセクシーな黒のストッキングを片づけた。彼女が前かがみになると、Tシャツの裾が腿った。

の上の方まで持ちあがり、カスペルの体は二月のロンドンに似つかわしくないほど熱くな

「いや、いい」自分にいらだち、カスペルはきつい口調で答えた。

「せっかくいらしていただいたのに、おもてなしもできなくて……」ホリーはまたTシャツの裾をつまんでいる。「夢みたい。陛下がここにいらっしゃるなんて信じられないわ。なんだか照れくさい……」

「照れくさい?」ホリーの言葉のセンスに、カスペルは耳を疑った。「あれだけのことをしておきながら、照れくさいはないだろう」その険悪な口調を聞き、彼女が驚いたようにあとずさる。「いったいどういうつもりだ? その頭の中でどんな小ざかしいことを企んでる? 手っ取り早く稼ごうってことか? それとも、もっと大きな野望があるのか?」

ホリーの顔から血の気が引き、鼻の上の細かなそばかすがいっそう目立った。「どういうこと?」

カスペルは一面が見えるように、新聞をコーヒーテーブルにたたきつけた。「こんなことをして、いつか後悔しなければいいがね」

ホリーが見出しを読むようすを、カスペルはじっと見つめた。ピンクの唇がかすかに動いている。

「〝大公、待望のおめでた〟」ホリーは恐怖に目を見開き、彼の顔を見た。「そんな……」

「本当なのか?」これがマスコミのでっちあげであってほしいというカスペルのせつなる願いは、ホリーの表情を見てもろくも消え去った。「君は妊娠しているのか?」

「どうしよう……なぜわかったのかしら……」

「本当なのかときいているんだ」カスペルが声を荒らげると、ホリーはびくっとした。

「ええ、そうよ、本当よ!」彼女は顔を手でおおい、ソファに突っ伏した。「どうしてこんなに早く……。私自身だってまだ信じられないのに」

「それは、だれかが金に目がくらんで情報を売ったからじゃないのか?」

「私がもらしたと思っているみたいね。そう考えるのも無理はないと思うけど……」ホリーは声をつまらせた。「私じゃないわ。本当よ。マスコミの取材にはいっさい応じてないわ」

「だったら、なぜこの話がヨーロッパのすべての新聞に載っているんだ? 昨日から大公家の広報室の電話はマスコミからの問い合わせで鳴りっぱなしだ。ついに父親になられる大公の感想をお聞かせ願いたいとね」そこでカスペルは眉をひそめた。ホリーの顔があまりにも青ざめているので心配になってきた。「顔が真っ青だぞ」

「青くもなります。あなたは慣れていらっしゃるでしょうけど、自分の人生についてあることないこと書きたてられるのはたまらなくいやだわ」

「情報を売れば、当然そういうことになるだろう」

ホリーはカスペルの言葉が耳に入らないようすで、くい入るように記事を読んでいる。

「きっとエディよ。彼の仕業としか考えられない」

「君には失望したよ」カスペルは感じたままをぶちまけた。

「失望って……」ホリーはショックに目をみはった。「でも、あなたは……私たちが……」

「僕たちはセックスをした」カスペルは冷ややかに言った。「そして、君はそれを最大限に利用した」

「ちょっと待って。私がどう利用したというの?」ホリーはまた記事に目を走らせてから、新聞をほうり出した。「ひどすぎるわ！　全部ほじくり返されてる。七つのときに父が出ていったことまで……」

「いいことだけ書いてくれるとでも思っていたのか?　いい話では新聞は売れないんだよ」

「私は話してなんかいません！」ホリーは立ちあがった。「エディに間違いないわ」

「彼がほかのだれかに責任をなすりつけようとしているってことか?」

ホリーはしばらくきょとんとしていたが、やがて驚いたように口を開けた。「この子はエディの子なんかじゃないわ！」

「そうかい?」カスペルは皮肉っぽく眉を上げた。「だったらずいぶん忙しかったんだな。二週間前、君はいったい何人の男と寝たんだ?」

ホリーの頬がぱっと赤くなった。今度は恥じらいからではなく、怒りからだった。「あなた一人だけです！」彼女はカスペルをにらみつけた。「今まであんなことをした相手はあなた一人だけよ。あなただってわかっているくせに」

カスペルは彼女がバージンだと確信したときの衝撃を思い出した。しかし、そのあとよくよく考えて思い直したのだ。「あのときは確かにそう思った。だが、バージンは出会ったばかりの男と情熱的なセックスに身をまかせたりはしないものだよ。もう少しでだまされるところだったがね」

ホリーは真っ赤な頬に手を当てた。「あれが初めてだったのに……」

「大公を誘惑するのは、かい？」

「私があなたを罠にかけたっていうの？　初めてのふりをしてだましたって？　冗談じゃないわ、私をいったいどういう女だと思っているの？」

カスペルは深く考えまいとしながら、ホリーの顔を冷ややかに見つめた。「僕の子供じゃないことはわかっている」

「一度きりだったから？」ホリーはソファにどさりと腰を下ろした。「確かに信じられない話だわ。でも、あなたがどれくらい偉いか知らないけれど、そういう言い方はないんじゃありません？　まるで私が……」

「なんだい、ホリー？　金目当てに男を相手にする女をどう呼ぶか忘れてしまったのか？」

「お金なんて要求した覚えはないわ！」

「新聞社から受け取った金で、エディと二人、しばらくは暮らしていけるだろう。だが、そのあとはどうする？　安定した収入を得るために、月一回のお知らせでも載せるのか？君が僕に感謝した理由がこれでわかったよ」

「感謝した？」

「窓の前でキスをしたとき、君は〝すてきな思い出をありがとう〟と言ったじゃないか」

「あれは……」ホリーは力なくかぶりを振った。「あの日はひどく落ちこんでいたの。あなたがそもそも私に気づいてくれたのだって、私が泣いていたからだった。ありがとうと言ったのは、おかげで自分に自信が持てるようになったからよ。それだけ」

「僕が思うに」カスペルは心と同じくらい冷たい口調で推測を述べた。「君はあのときすでに妊娠していて、それが理由で泣いていたんだろう。ウエイトレスの給料でどうやって子供を育てていこうかと途方にくれていたんじゃないのか？　そこで僕という金づるに気づいた。バージンのふりをすれば、僕が父親だと言い張ることができる」

「ばかばかしい。私があなたとああいうことをしたのは……」ホリーはいったん言葉を切り、ヒステリックに笑った。「なぜなのか、理由ももうわからないわ。立て続けにいろんなことが起こって、頭がおかしくなりそう」

二人の目が合った。その瞬間、情熱的な記憶がよみがえり、二人の間に電流が走った。

カスペルはホリーのふっくらした唇に視線を落とし、その味と感触を思い出した。だまされていたとわかった今でも、彼女が欲しくてたまらない。

「そんなふうに見ないで」ホリーはささやき、悲しげにほほえんだ。出会った瞬間から二人を引き寄せ、縛りつけている鎖のような欲望に、彼女も気づいているのだろう。

「喜ぶべきじゃないのか？　気持ちのいいセックスは、僕たちの間で唯一のメリットだからな」

頭でどれほど抑えこもうとしても、手がホリーに触れたくてうずいていた。ホリーの瞳が濃いエメラルド色に変わり、喉が震えるのが目に入った。その唇は否定の言葉をつぶやいている。

「なにがなんだかさっぱりわからないわ。とにかく、もうお引き取りください」

純潔だったといまだに言い張るホリーを見て、カスペルの胸に嫌悪がこみあげた。脳裏に別の女性の顔が浮かぶ。かつて心から惹かれた女性……。カスペルは彼女に夢中になるあまり、その類まれな美しさ以外、なにも目に入らなかった。「父親の正体を偽るとは、子供にとっても残酷じゃないのか？　君には良心ってものがないのか？」

「出ていって！」ホリーは甲高い声で言った。「大公だろうがなんだろうがかまわない。今すぐ出ていって。あなたに会えて喜んだ自分が情けないわ。あの日、泣いていた私を慰めてくれたとき、あなたはいい人なんだって感じた。今日も、ドアを開けてあなたが立っているのを見た瞬間、私のことを心配して来てくれたんだと思った。ほんとにばかみたい。あなたの頭にあるのは自分のことだけなのに。さっさとお城に帰って好きにすればいいじゃないの」

「残念ながら、そうするわけにはいかないんだ」

「どうして？　世間がこの子をあなたの子供だと思おうと、そんなのどうだっていいでしょう？　いつから世間の評判を気にするようになったの？　父親になったら、プレイボーイの評判にまた箔（はく）がつくんじゃない？　さっさと出ていってよ。いつもそうやって女を捨てるんでしょう？」

「君にはわかっていないようだ」カスペルは重々しい口調で言った。「自分がどれほど大それたことをしたのか……」

私がいったいなにをしたっていうの？

ホリーは呆然と大公を見つめた。

その表情からすると、彼は子供の父親であることをまったく信じていないようだ。

確かに、未熟な女はあんなふるまいをしないものだ。けれど、彼と出会った瞬間、不思議な化学反応が起こったのだ。あとは、爆発物に火がついたように自分を抑えることができなかった。

その強い反応は今も二人の間に存在し、電流のように張りつめた緊張をもたらしている。

それはまさに相互作用だった。彼のまなざし、自分の鼓動、乱れた息遣い……それが彼のものか自分のものか、しだいにわからなくなってくる。ホリーは今まで経験したことのない強い力に突き動かされていた。

大公の頬には赤みが差していた。彼が近づいてきたまさにその瞬間、ホリーも一歩踏み出した。彼への情熱があまりに熱く燃えさかっているので、ベルのような音が鳴ったときには、てっきり火災報知器かと思った。

だが、すぐに電話だと気づいた。

カスペルが鋭く息を吸った。「出るな」

仮に出ようとしたとしても今のホリーには無理だった。膝が震え、息が乱れている。

そのとき、カスペルが突然部屋を横切り、プリンターのところへ行って、印刷された紙の束を手に取った。「どういうつもりだ？　ターゲットを調査していたのか？」

大公に関する資料をプリントアウトしていたのを、ホリーはすっかり忘れていた。資料といっても、おもに写りのいい写真を集めたものだが……。恥ずかしさに、今すぐ消えてしまいたい気持ちになった。「あなたのことが知りたかったの」

「なるほど」カスペルは不敵な笑みを浮かべた。「とらえた獲物を再評価しようとしたというわけか。これではっきりした。うぶなふりはもうやめて、腹を割って話をしないか？」

「知りたくて当然でしょう？　私が初めて愛を交わした人なんですもの」

「まだそんなことを言い張るつもりか」カスペルは紙の束をデスクにほうり投げた。

「本当のことよ」

「まあいい。二百台のカメラを向けられ、群がる記者に質問を浴びせられたときにも後悔しないでいられるかな」

「そんなことにはならないわ」

「だったら、君が自分から選んだ人生について教えてやろう」堂々たる長身をカシミアのコートに包んだ大公の姿は、そこにいるだけで、富と名声を余すことなく体現していた。

「どこへ行こうとパパラッチがついてくる。しかも写真が新聞に掲載されるまで、いつ撮られたかもわからない。だれもが君を利用しようとし、心を許せる友人などいなくなる」

「私には関係ない話――」

「いや、関係あるんだよ。笑っていれば、なにがうれしいのかと記事にされ、表情を曇らせていれば、鬱病で入院の予定だと書きたてられる。太っても痩せてもマスコミの批判に――」

「私はきっと太っていると書かれるのね。もうたくさん。あなたの苦労はよくわかったわ」

「君のこれからの生活について教えているんだよ、ホリー。君が選んだ人生についてね」

部屋に重苦しい沈黙が流れ、ホリーは唇を舌で湿らせた。「どういうこと？」

「世間では僕の赤ん坊だと信じられているようだから、その期待に応えてやらなければならない」大公は窓から通りを見おろした。

「期待に応える……？」

大公は冷めたまなざしをホリーに向けた。「君は僕と結婚することになるんだ。おとぎ話のような夢が実現したと思うかもしれないが、はっきり言ってやろう。これは悪夢の始まりなんだよ」

4

「陛下はいつお戻りになるの？」ジョージ王朝様式の屋敷の中、ホリーは落ち着かない気分で高価な絨毯（じゅうたん）の上を歩きまわっていた。「ねえ、エミリオ、もう二週間にもなるのよ。ニッキーの部屋で会って以来、一度も話すチャンスがないんだから」そう、僕たちは結婚するのだと一方的に言い渡されたきり、連絡一つないのだ。「確かにこのお屋敷は贅沢（ぜいたく）で快適だけど、これって誘拐と同じだわ」

「とんでもない。陛下はあなた様の身の安全を気にかけておられるのです」エミリオが穏やかに言った。「ご友人のお住まいがマスコミに知られてしまい、危険な状況になったため、早急に避難していただく必要があったのです」

ホリーは、あの日ニッキーのアパートメントが突然記者やカメラマンに取り囲まれたときの恐怖を思い出した。迅速かつ効果的な警護隊の対応と誘導がなければ、どんな騒ぎになっていたかわからない。彼女は額を指先でもみながらもう一度尋ねた。「それは確かにそうね。でも、連絡一つしてくれない理由にはならないわ。陛下がお戻りになる予定は？

ちゃんと話し合いをしなくちゃ」

大公に言いたいことは山ほどある。

大公がアパートメントに現れた瞬間は、天にも昇る心地だった。彼は私に会いたいと思ってくれていたと感じ、自分のような平凡な女にも奇跡のような幸せが訪れるのだと感動していた。

今は、それを思い出すのも恥ずかしい。そのあとの大公の話を思い返すと、みじめさだけがこみあげてくる。

大公がおなかの赤ん坊を自分の子だと信じてくれないのを知り、ホリーの心は傷ついた。確かに、決してほめられたふるまいではなかったかもしれない。でも、それを言うなら彼だって共犯者なのに、そこは都合よく忘れてしまうの？

さらに、大公からの結婚の申し出はあまりにも思いがけず、二週間たった今でも、頭の中は混乱したままだ。

大公は本気なのかしら？　もし本気だとしたら、どう返事をすればいいの？

ホリーにとっては、これまでに直面したことのないむずかしい決断だった。受けるべきか、断るべきか、二つの考えがメリーゴーラウンドのようにぐるぐるまわっている。結婚すれば、お互いによく知らないばかりか、自分を信頼してくれていない男性と生涯をともにすることになる。結婚を断れば、子供から父親を奪うことになる。

そのことをもう一度自分に言い聞かせつつ、ホリーは背筋を伸ばし、屋敷の美しい庭を眺めた。我が子が父親に捨てられたのだと思いながら育つのは耐えがたい。それを考えると、せつなさで胸がいっぱいになる。クラスで一人だけ父の日のカードが作れず、悲しい思いをするような目にはぜったいにあわせたくない。

そのためには、ほかにどんな不都合があろうと、大公と結婚しなければ。

子供以上に大切なものなんてある？　時間がたてば、大公だって私を誤解していたと気づいてくれるかもしれない。子供が生まれたら、父親がだれかはおのずと明らかになるはずだ。そうしたら、温かい夫婦関係を築くことも可能かもしれない……。

エミリオがまだこちらをじっと見ているのに気づき、ホリーは申しわけない気持ちになった。「ごめんなさい、わがままばかり言って。息子さんの具合はいかが？　今朝、病院に電話をかけたんでしょう？」

初めのうちは口数の少なかった警護隊長も、ホリーがいろいろ話しかけるうちに、ずいぶん返事をしてくれるようになった。

「熱は下がったそうです。原因はまだわからないんですが、抗生物質が効いたようです」

「奥さんはさぞお疲れでしょうね。トマッソ坊やもきっとパパに会いたがっているわ。私、小さいときに水疱瘡（みずぼうそう）にかかったの。ちょうど……」ちょうど、父が出ていった直後だった。見捨てられた寂しさが昨日のことのように生々しく思い出される。ホリーは思わずエミリオに歩み寄り、彼の腕に触れた。「家に帰ってあげて。奥さんには支えになってくれる人が必要だし、坊やもパパに会えなくて寂しがっているでしょう」

「それは不可能です」

「どうして？　私はどこへも行かないわ。私につきっきりでいなければならないなんて、申しわけなくて。私さえいなければ、家に帰れるのに」

エミリオは咳払いをした。「お言葉ですが、私はお供させていただけるのをうれしく思っています。トマッソが病気になってからも、いろいろとお気遣いいただいて。息子が入院した最初の晩は、知らせを待つ私に遅くまでつき合ってくださいました」

「ポーカーであんなに何度も負かされたのは生まれて初めてよ。最初からお金がなくてよかった。あったらとことん巻きあげられていたところだわ」ホリーは冗談めかして言った。「陛下がお戻りになったら、すぐ家に帰ってね」

けれど、大公はいったいいつになったら現れるのだろう？

結婚する気がなくなったのだろうか？

あるいは、最初から、ほとぼりが冷めるまで私をここに閉じこめておくのが目的だったのかもしれない。大公は私がマスコミに妊娠を暴露したと思っているのだから。

考えれば考えるほど混乱してくる。ホリーは昼まで庭の池を見おろす書斎で過ごした。パソコンで大公について調べたい気持ちを抑え、すべきことに集中した。昼になると、料理長やこの屋敷のスタッフとともに昼食をとるために厨房へ行った。

「いいにおいね、ピエトロ」厨房の家庭的な雰囲気にくつろぎを感じながら、ホリーは料理用ストーブに手をかざした。もともと人なつっこい性格なので、この歴史ある屋敷で働く人々とは、到着してすぐに仲よくなった。

「食べることが好きな方のために料理をするのは、張り合いがありますよ」料理長のピエトロがにこやかに言い、皿にのせたペストリーを指さした。「さっそく一つ味見して、点数をつけてください。今は二人分召しあがらなければならないんですからね」

「だからって体重が二人分になったら困るわね。こんなに早い時期に食欲旺盛になるのって正常なのかしら？　でも、あなたの作るチキンのレモン風味なしではもう生きていけそうにないわ」スタッフみんながおなかの赤ん坊のことを家族のように心配し、アドバイスをくれる。そのことにいまだに多少の照れくささを感じながら、ホリーはペストリーを一口食べ、感嘆のうめき声をもらした。「最高……。ほんとよ、ピエトロ。お世辞じゃなくて、こんなおいしいもの、生まれて初めて食べたわ。どうやって作るの？」

ピエトロはうれしそうに頬を赤らめた。「ゴートチーズと秘伝のハーブを……」エミリオが厨房へ入ってきたのを見て、料理長は言葉を切った。

「エミリオ」ホリーはエミリオにほほえみかけると、ペストリーをまた一口食べた。「来てくれてよかった。そうでなければ、一人で全部平らげちゃうところだったわ」

「ミス・フィリップス……」警護隊長の目は涙で潤んでいた。ふだんは冷静を絵に描いたような彼には珍しい。

ホリーは驚いてペストリーを取り落とした。「どうしたの？　病院から連絡でもあったの？」

「なんとお礼を申しあげたらいいか」エミリオは声をつまらせ、咳払いをした。「あなたは本当におやさしい方だ。妻からおもちゃが届いたと電話がありました。こんな短時間で、いったいどうやって？　トマッソは大喜びしているそうです」

「気に入ってもらえた？」悪い知らせでないことにほっとして、ホリーは落としたペストリーを拾い、すまなそうにピエトロの方を見た。「ごめんなさい、私ったらそそっかしくて。とにかく、トマッソ坊やが気に入ってくれてなによりだわ。消防車にしようかパトカーにしようか、真剣に悩んだのよ」

「それで、結局両方買ったわけですね」エミリオはかぶりを振った。「温かいお心遣い、感謝します」

「私のせいでパパをおうちに帰してあげられないんですもの。せめてもの罪滅ぼしよ」ホリーはそこで眉をひそめ、窓の方を指さした。「あの音はなに？　侵略者の襲来？」

ピエトロが首を伸ばして庭を見やった。「ヘリコプターですよ」顔から笑みを消して白い上着を整え、落ち着かないようすでエミリオの方を見る。「陛下がお戻りになったようですね」

寒風にさらされ、二週間という時間をかけても癒えることのなかった欲求不満にさいなまれながら、カスペルはヘリコプターを降り、屋敷へ向かった。

海を隔て、ほかの国々をめぐっている間も、ホリーのことが頭から離れなかった。外国から多額の資本を導入する取り引きを締結した瞬間ですら、頭の中ではホリーの官能的な肢体を思い浮かべていた。

罠にはめられたことに関しては怒りを感じつつも、別の部分では、ホリーの脚線美のことばかり考えてしまう。彼女の嘘を憎みながらも、思い出されるのはその温かなほほえみと唇の柔らかい感触だけだ。

もっとも、ホリーの企みのおかげで、かかえていた最大の問題が解決したのだから、その点は感謝すべきなのかもしれない。

玄関へ近づいていくと、制服姿の警護隊員が二名、背筋をぴんと伸ばし、視線を前に向けたままドアを開けた。

カスペルは尋ねた。「エミリオはどこだ?」

「厨房です、陛下」

「厨房?」カスペルは出迎えのスタッフに近づいていった。「いったいいつから厨房が警護の要所になったんだ?」

「ミス・フィリップスやほかのスタッフたちと一緒なのだと思います」

エミリオにはホリーを見張るよう命じてある。泣く子も黙る鬼隊長ににらまれ、ホリーはさぞかし窮屈な二週間を過ごしたことだろう。少々気の毒だが、それも彼女の身から出た錆だ。カスペルはほくそえんだ。

だが、厨房のドアを開けたとき、珍しくエミリオの笑い声が響いてきた。そして、堅物の警護隊長がホリーの髪留めを直している場面に遭遇し、カスペルはあっけにとられた。

ホリーもうれしそうにほほえんでいる。屋敷のスタッフたちはにぎやかに笑いながら食事を楽しんでいた。ドア口に立つカスペルに最初に気づいたのはエミリオだった。

「陛下」大公が厨房に現れたことにショックを受けたようすで、エミリオは席を立った。

「今、ご報告に行こうと思っていたところです」

「別のことに気をとられていたようだな」カスペルは冷ややかに言った。

スタッフたちはあわてて立ちあがり、厨房を出ていった。ピエトロも少し迷ってから、席をはずしたほうがいいと判断したらしく、そそくさと去った。

残ったのはエミリオとホリーだけだった。

カスペルはゆっくりとコートのボタンをはずし、穏やかに言った。「いろいろと忙しいんじゃないのか?」

「目下の最優先の任務は、ミス・フィリップスをお守りすることです」

「そのとおりだ」カスペルはコートを近くの椅子の背にかけた。「だが、僕から守る必要はない」

エミリオは少したためらってからホリーを見た。「前にお渡しした警報器はお持ちですね。なにかあったらいつでも呼んでください」

ホリーの笑顔には親しみがこもっていた。「大丈夫よ、エミリオ。お気遣いありがとう」

二人のやりとりを唖然として眺めていたカスペルの中に、激しい怒りがこみあげてきた。彼はいやおうなしに八年前に引き戻されていた。目の前にいるのはもはやホリーとエミリオではなく、ほほえみ合う別の男女だった。

視界が赤く染まるほどの怒りと胸の痛みにさいなまれ、ふと気づくと、関節が白く浮き出るほど強く椅子の背を握り締めていた。

「どうかなさったんですか、陛下？」ホリーが尋ねた。

カスペルは怒りを押し殺し、視線をホリーに向けた。それでも、裏切られた恨みはまだ胸にくすぶっている。「エミリオは妻帯者だぞ。君には良識というものがないのか？」

「なんの話？」

「奥さんや子供が知ったら、悲しむと思うがね」

ホリーの顔にぱっと怒りの色が浮かんだ。「なんてことをおっしゃるんです。エミリオとはただのお友達です」彼女は額に手を当てた。「信じられないわ。いったいどういう人なの？　あとでがっかりしないように、あらかじめ人のいちばん醜い姿を想像しようとしているみたい」

そうなのだろうか？　彼女の非難に、カスペルは寒々とした気分になった。「知り合って間もないのに、エミリオは君のためなら命も投げ出しそうじゃないか」

「私のことはよく知らないからしかたないけれど、エミリオとは二十年来のつき合いなんでしょう？　それほど親しい間柄の人を、どうしたらそんなふうに疑えるの？」

裏切られて深手を負うのは、親しい間柄なればこそだからだ。カスペルは心の中でそう答えながら椅子から手を離し、血の気の失せた指を曲げたり伸ばしたりした。

「君たちの関係がどういうものであるにせよ、エミリオは警護隊長だ。厨房でじゃれ合っていたのでは任務に支障をきたす」

「空腹でも任務に支障をきたすわ。私たち、じゃれ合っていたんじゃなくて昼食をとっていたの。あなたはスタッフに食事をとることも許さないの？」

「君はここのスタッフじゃない。二階にダイニングルームがある」

「納屋みたいにだだっ広くて、一人じゃ寂しいのよ。絵画を眺めながら食べるより、人のぬくもりの中で食事がしたいの」

「君がいると、エミリオの気が散る」

「エミリオの気をまぎらせようとしているのよ。息子さんが入院したのをご存じ？　死ぬほど心配でしょうに、私のせいでここに足止めされていて――」

カスペルは怒りを忘れた。「息子が病気なのか？」

「ええ、だからエミリオは――」

「どこが悪いんだ？」

「最初はただの熱だったの。奥さんもその時点では心配していなかったと思うわ。でも、ふだんの熱冷ましがぜんぜん効かなくて――」

「病名はなにかときいているんだ」カスペルはいらだってホリーの言葉をさえぎった。

ホリーは傷ついたような顔をした。「だから今、説明しているんじゃないの。それをあなたがじゃましているんでしょう」

カスペルは気をしずめようと大きく深呼吸をした。「手短に頼む」

「手短に話しているわよ」ホリーは彼をにらみつけた。「熱が上がる一方で、引きつけも起こしたんですって。幼児にはよくあることだそうだけど。とにかく、それで入院することになって、いろんな検査をしたんだけど――」

「ぜんぜん短くないじゃないか。一代記か？」カスペルはホリーの唇に指を当てた。「一分だけしゃべるのをやめて、僕の質問に三語以内で答えてくれ。エミリオの息子の病名はなんだ？」

指に柔らかく温かい唇の感触を感じる。ホリーは答えるために口を少し開けた。

「ウイルス感染よ」唇を押さえられたままホリーがささやいた。とたんにカスペルの体は熱に包まれた。

彼はあわてて手を引っこめ、一歩下がった。「快方に向かっているのか?」

「ええ、でも――」

「それだけわかればいい」カスペルはくるりと背を向け、ドアへ向かった。だが、ホリーは追いかけてきて彼の腕を取った。

「それだけわかればいいなんてことはないでしょう!〝ウイルス感染〟と〝快方に向かっている〟ということがわかったって、エミリオがどんなに不安だったかを知ることはできないわ。大事なのは事実じゃなくて気持ちなのよ」ホリーは手を振って熱弁をふるった。

「坊やがいくつも検査を受けている間、エミリオはここを離れることができずに、死ぬほど心配そうで……」そこでカスペルの沈黙に気づき、彼女はいったん口をつぐんだ。「冷たいのね。そうやってあきれた顔をしているけど、あなたにわかる? 我が子がどんな病気かもわからないのに、ここで私につき合わされて、エミリオがいったいどんな思いでいたか」

「うるさくてかなわないと思っていただろうな」

ホリーは怒りに頬をほてらせ、カスペルの腕から手を離した。「私がおしゃべりなのは、あなたが緊張させるせいよ」

二人の間にみなぎっているのが単なる緊張でないことは、お互いによくわかっていた。

ホリーの瞳の中にも渇望や興奮が息づいている。

カスペルはホリーと距離を置くためにドアを開けた。「だったら、しばらく時間をやるから、気持ちをしずめるといい」そう言い残すと、いったん部屋を離れ、警護隊員に二、三指示を与えてから、また厨房に戻った。ホリーは落ち着かないようすで室内を行ったり来たりしていた。

彼女はいさめるような目でカスペルを見た。「確かに私はおしゃべりだけど、そういう性格なんだからしかたないでしょう。だれにだって欠点はあるわ。だいたい、いつ戻るかも知らせず、ここに置き去りにしたのはあなたじゃないの」つんと顎を上げる。「二週間もずっと黙りっぱなしでいられると思う?」

カスペルは大きなテーブルに歩み寄り、水差しから水をついだ。「この前会ったときから、君が沈黙というものに縁がないことはわかっている」

「理解してもらえるとは思ってないわ。あなたは〝沈黙は金なり〟ですものね。一言一言に大金がかかっているみたいにもったいぶって。でも、私は人と接するのが好きなの」

昼食どきのにぎわいぶりから察するに、まわりの人々も彼女と接するのを楽しんでいるようだ。

カスペルは、スタッフが自分に対してあれほどオープンに接してくれたことがあっただろうかと考えた。一度としてなかったはずだ。

サンタリア大公家が悲劇に見舞われる以前から、彼は常に周囲から孤立していた。その地位ゆえに、人々が彼に対して心を開くことはめったになかった。

さらに、あのつらい経験から、カスペルは学んだのだった。自分にとって人との信頼関係は決して望んではいけないものなのだと。

自分が判断を誤ったことにより、国家に憂いがもたらされたのだから。

そして今、ようやく国民への借りを返すときがきた。彼らの望みをかなえるのだ。

それに、ホリーとの間にあるものは火花のように刺激的だ。今のカスペルが求めるのはそれだけだった。

水をいっきに飲み、グラスを置いてから、じっとホリーを見つめた。

とたんに危険なほどの欲望がわきあがってくる。この娘のいったいどこがそんなにセクシーなのかと、カスペルはしばし考えてみた。

服の趣味でないことだけは確かだ。淡いピンクのトレーナーはお気に入りのようで着古され、色あせたジーンズは膝のところが裂けている。頬が薄紅に染まっているのは、化粧のせいではなく、料理用ストーブの熱でほてっているからだろう。

美しさのためなら命がけという女たちに囲まれてきたカスペルの目に、ホリーの飾りけのなさは新鮮に映った。

　ホリーの美しさは、高価な化粧品や美容外科医の技術の賜物ではない。彼女の溌剌とした雰囲気こそがたまらなくセクシーなのだ。今こうしていても、彼女をテーブルに押し倒して、出会いの場面を再現したくなる。

　その衝動の激しさに面くらい、カスペルはホリーの顔から目をそらした。「服を買うよう、エミリオに伝言を頼んだんだが、伝え忘れたようだな」

「いいえ、ちゃんと聞いたわ」ホリーはジーンズのウエストに指をかけた。なめらかなおなかがちらりとのぞく。「なんのために新しい服がいるの？　午前中はアイヴィーの手伝いをして、午後はジムが果樹園の木を剪定するのに手を貸しているだけなのに」

「アイヴィーとは？」

「ここの家政婦さんよ。八カ月前にご主人を亡くしてふさぎこんでいたそうだけど、このところ私たちと一緒にお昼を食べるようになって、いろいろと話も……あら、失礼」ホリーはすました顔で言った。「陛下は事実にしか興味がないんでしたわね。ええと、事実、事実……。アイヴィー、家政婦さん、鬱状態、快方に向かっている。これでどうかしら？　あ、笑った。合格ってこと？」

　実際自分が笑っているのに気づき、カスペルは驚いてかぶりを振った。「おしゃべりの才能のおかげで、ずいぶんスタッフたちの情報を集めたんだな」

「一緒に働く人たちについてよく知るのは大事なことよ」

「君をここに残したのは、働かせるためじゃない」

「なにかしらすることがなくちゃ。敷地を出てはだめだというあなたの命令のせいで、完全に閉じこめられていたのよ」

「それは君の安全のためだ」

「あら、あなたの安全のためじゃないの？　マスコミの取材に応じられないように」

「その件については、すでに手遅れだ」カスペルはホリーがいかに効果的にマスコミを動かしたかを思い出し、不機嫌な口調で言った。「あくまでも君の身の安全のためだよ」

「なんだか変な感じ」ホリーはジーンズのほころびに目を落とした。「ついこの間まで、料理に文句でもない限り、だれも存在すら気にすることのなかったウエイトレスが、今では二十四時間、警護の対象だなんて」

「君のおなかには未来の大公がいる」

「大事なのはそれだけ？　あなたは赤ん坊のために自分の感情を犠牲にするの？」

そもそも、カスペルの生活に感情などというものが入りこむ余地はなかった。彼にとって、ホリーとの関係は果たさなければならない任務の一つでしかなかった。

カスペルは不安げなグリーンの瞳を見つめた。ホリーはもくろみどおり、自分とおなかの子供の未来を安泰にしたのに、なぜ勝ち誇ったような表情をしていないのだろう？

それとも、公妃の地位にまつりあげられることに伴う犠牲の大きさに気づいたのだろうか?

「この話はもうしたくない」カスペルは吐き捨てるように言うと、厨房に戻ってきた目的を果たそうと前に進み出た。

「なんだかご機嫌ななめね。なにか召しあがったほうがいいわ」ホリーはテーブルから皿を取った。「ピエトロのペストリーを食べてみて。新しく考案したレシピですって。とってもおいしいのよ」

「腹は減っていない」カスペルとしては、ホリーに伝えるべきことを伝えてから、午後いっぱい、たまった書類仕事に専念するつもりだった。こんなところでいつまでも彼女と話している暇はない。

わざわざ彼女を前にして、欲望との苦しい闘いを強いられるのもばかばかしい。

「味見だけでもしてみて」ホリーはペストリーをちぎり、カスペルの口元に差し出した。

「焼きたてなのよ」

彼女からそこはかとなく漂ってくる花の香りと温かい笑みに、カスペルの自制心は揺さぶられた。「話があって来たんだ」

「その前に食べて」

カスペルはペストリーを口に入れ、その瞬間、後悔した。唇がホリーの指に触れたとたん、シルクのシーツとアロマオイルを小道具にした官能的な場面が頭の中に広がったのだ。主役はもちろんホリーだった。

ホリーはゆっくりと手を引っこめた。その瞳が熱をおびている。二人の間にみなぎるセクシーなエネルギーは、どんなささいなやりとりにもまとわりついてくるようだ。

「お話ってなんですか、陛下?」

「カスペルだ」

ホリーは一瞬きょとんとした顔でカスペルを見てから、皮肉っぽくほほえんだ。「ご遠慮申しあげます。陛下を前にして、そこまでリラックスできませんから。長旅のあとだからかもしれないけれど、とても冷たくて、いかめしい感じ。今にも〝この女の首をはねよ〟って言いだしそうだわ」

「結婚式で〝陛下〟と呼ぶわけにはいかないだろう」

ホリーは驚いたように目をみはった。「結婚の話はなくなったものだと思っていたけれど。二週間もの間、一度も電話をくれなかったし」

カスペルは何度か電話に手を伸ばしては、ぎりぎりのところで思いとどまっていたことを思い出した。「別に話すことはないからな」

ホリーは嘆きとも笑いともつかない声をあげた。「二週間もの間、一言も話したいと思わない相手と一生一緒にいるなんて、考えただけでも悲惨じゃない? でも、私のほうは話したいことがあったの」彼女は深呼吸をした。「結婚のお申し出についてだけど、よく考えてみたわ」

「それはそうだろう。この二週間、計画をうまく運んだ自分をたたえ、未来への希望をふくらませていたはずだ」カスペルが言うと、ホリーは唇を引き結んだ。優美な顔から血の気が失せ、表情がこわばっている。

そこで彼女の手から皿が落ち、けたたましい音をたてた。磁器の破片とペストリーが床に散らばる。

「ずいぶんひどいことを思いつくのね。それ、一種の才能なんじゃない？」ホリーは両手を下ろし、拳(こぶし)を握り締めた。「あなたと出会ってからの私の生活がどんなものだったか、想像できる？　自分のヒップが大画面に映されて、全世界の目にさらされたと思ったら、マスコミが押し寄せてきて、親友にさえ話したこともないようなことまで書きたてられた。そうこうするうちに妊娠がわかって、最初はとてもうれしかったけれど、あなたが自分の子供だと信じてくれなくて愕然(がくぜん)としたわ。あなたと出会ったせいで、私は世間から、父親に捨てられた肥満ぎみの尻軽娘だと思われることになったの。この先、そのイメージを背負って生きていかなければならない気持ちがわかる？　お願いだから、自分をたたえているなんて言わないで。今ほど自信を失ったことはないんだから」彼女は息を荒くして言いつのった。

感情的な場面が大の苦手のカスペルは、強盗に押し入られた銀行よりもすばやく防護壁でホリーとの間を遮断した。「言ったはずだぞ、そういう――」

「まだ終わってないわ！　あなたは私にとって簡単な決断だと思っているみたいだけれど、そうじゃない。私たちの子供の未来がかかっているんですもの。あなたにどう思われようと、私にしてみれば、最初から計画したことなんかじゃなかった。だからこそ二週間悩み抜いたの。だってそうでしょう？　私がそばにいるだけでいらだつような男性と結婚なんかしたくないわ。だからといって、子供から父親を奪うようなまねもしたくない。どっちにしたって苦しまなければならない究極の選択なのよ。例によって簡潔にまとめろと言うのなら、〝恐怖〟と〝自己犠牲〟に基づいた選択なの」

カスペルはこの状況からなんとか抜け出す方法を考えながら、信じがたい思いでホリーを見つめた。「〝自己犠牲〟だって？」

「ええ。子供にとって、父親がいることは望ましいけれど、私にとって、あなたと結婚するのが正しいことかどうかはわからない。あなたが大公だろうが、お城に住んでいようが、銀行にたっぷりお金があろうが、そんなことはこの際関係ないの」ホリーの声はかすれていた。「でも、おなかの子が大きくなったときに、自分は父親に捨てられたんだなんて、ぜったいに思わせたくない。だからあなたと結婚することにしたのよ。でも、私が喜んで結婚するなんて思わないで。気持ちを分かち合ったり、愛情を示したりしてくれない男性と一緒になりたくなんかないもの」

　カスペルはその最後の言葉に心底驚いていた。「〝愛情〟？」謀略の果てに父親役を押しつけた女に、どうやったら愛情を抱けるというんだ？

「ほらね、〝愛情〟という言葉だけで動揺してる。それを見ればよくわかるわ。あなたは私の体を求めはしても、それ以外のことにはまったく関心がないのよ」ホリーは両手で顔をおおい、声をつまらせた。「私ったら、いったいなにをしようとしているのかしら？二人の間にはなにもないのに結婚しようなんて……」

「僕たちは肉体的に強く惹かれ合っている。そうでなければ、そもそもこんなことにはならなかった」

　ホリーは手を下ろし、信じられないと言いたげに笑った。「ずいぶんロマンチックだこと。私たちの関係を三語に要約すれば、〝セックス〟と〝セックス〟と〝セックス〟ね」

「体の相性の重要性を甘く見てはいけない」カスペルは大きく息をつき、ホリーの唇を見つめた。「夜ごとベッドをともにするのは、それだけ君に魅力を感じているからだ」

　ホリーは大きく目をみはり、かすかに口を開けた。そして、恥ずかしそうにジーンズを撫でた。「私に魅力を感じている？　ほんとに？」

「服装に関しては、かなり改善の余地があるがね」カスペルはずけずけと言った。「もともとあまりジーンズは好きじゃない。まあ、君の場合は、なかなか似合っているとは思うが。とにかく、正式に僕とベッドをともにすることになったら、胸に漫画が描かれたようなものはくれぐれも避けてもらいたい。ああ、僕は君に魅力を感じているよ」

ホリーは笑った。「服の趣味についてとやかく言われるとは思わなかったわ。おとなしく聞いている自分にもあきれるけど」

「服の趣味についてとやかく言っているわけじゃない。どうすれば僕の興味をそそることができるか、伝授しているだけだ。それに従うかどうかは、君の自由だよ」

「それだけで十分だというの？　肉体関係に基づいた結婚でいいと？　私にはよくわからないわ。もし本当にこの子があなたの子供じゃないと思っているんだとしたら、なぜ私と結婚しようとするの？」

「サンタリア大公家についてリサーチしたのなら、僕がその家系の最後の一人だということも知っているだろう。だからなんとしてでも世継ぎをもうけなければならない。世間は、僕がすでにその責務を果たしたと思っている」

「また事実を並べるのね。私はあなたの気持ちが知りたいのに」

カスペルはホリーの言葉を無視して窓辺に歩み寄った。「サンタリアの国民は今やお祭り気分だ。君の妊娠のニュースが流れるなり、さあロイヤルウエディングの準備だと、わき返っている。おかげで僕の好感度も急上昇。子供たちは生まれてくる赤ちゃんのためにと、手作りのカードやテディベアを用意して、宮殿の前に列を作っている」彼はホリーの表情に良心のとがめが表れているのを期待して振り向いた。「さすがの君も罪の意識を感じるんじゃないのか？」

「テディベア？」ホリーはカスペルの辛辣な言葉に動じることもなく、その光景を思い描いて感動しているらしい。てのひらをおなかに当て、目を潤ませている。「そんなに喜んでくれているの？　あなたの結婚や子供の誕生を待ち望んでいたのね」

「国民が喜んでいるからこそ、僕たちはこうせざるをえないんだ」

ホリーはカスペルの目をまっすぐに見つめた。「あなたが国民を第一に考えているのなら、世継ぎの誕生をそこまで期待されて、なぜ今まで結婚して子供を持とうとしなかったの？」そこまで言ってから、彼女ははっとしたように口をつぐんだ。

頬を赤らめているようすから見て、カスペルの過去の女性関係についてもリサーチしたようだ。

カスペルがなんの反応も示さないでいると、ホリーはため息をついた。「あなたがなにを考えているのか、さっぱりわからないわ」

「君に理解してもらおうとは思わない。君に求めているのは、与えられた役割を果たすことだけだ。今後は、僕の言うとおりに行動してもらう。僕が笑えと言えば笑い、歩けと言えば歩く。見返りとして、君には一生かかっても使いきれない財産と、世界じゅうがうらやむような優雅な生活が保証される」

ホリーをいったん口を開けてから、とまどったようにつぐんだ。「本当にわからない……」彼女は割れた皿の破片を集めはじめた。「決心したつもりだったけど、わからなくなってきたわ。そんなふうに脅す相手と、どうやったら結婚できるの？　あなたと一緒じゃ安らげないわ」そして、集めた破片をそっとテーブルにのせた。

「安らげない？」

「両親が顔を合わせるたびに言い争っていたら、子供のためによくないでしょう？　おまけに、私は理想の公妃にはほど遠いし……」

「サンタリアの国民にしてみれば、僕の子供を身ごもっているというだけで、君は完璧な公妃だよ」

「でも、あなたにとって完璧な公妃じゃないわ。相手はもうだれでもいいって感じね。それほどまでに彼女のことを愛していたの？」そう言ってから、ホリーは申しわけなさそうにため息をついた。「ごめんなさい。こんな話をすべきじゃないわね。でも、以前フィアンセのアントニアを亡くしたでしょう？　知らないふりをするのもおかしいし。世間ではみんな知っていることですもの」

真相はだれも知りはしない。カスペルは一生自分の胸一つにおさめておこうと心に誓っていた。

プライベートな領域に立ち入ってくるホリーに面くらいながら、カスペルは警告するようなまなざしを向けた。その瞬間、彼女に心の奥まで見透かされているような落ち着かない気分になった。

「ごめんなさい。あなたの気分を害したくはないけれど、そんなふうに心を閉ざしてしまうのを見ると、夫婦としてやっていけるかどうか不安になるの。あなたは自分のまわりに壁をめぐらせている。あの日、なぜ体をゆだねるほどあなたの前でリラックスできたのか、今となっては不思議でしかたないわ」ホリーがそう言った瞬間、電流のようにみなぎっていたセクシーな緊張がはじけた。彼女の呼吸が荒くなり、胸が大きく上下しているのがわかる。

肉体的に引き合う力の大きさの前に、二人はなすすべもなかった。気がつくと、カスペルはホリーの髪に指を差し入れていた。彼女の唇が期待に開かれる。

これまで強いてきた禁欲は、ホリーへの渇望をかきたてただけだった。カスペルはいまだかつてないほどせっぱつまった気持ちで彼女をかき抱いた。

ホリーの唇は甘く柔らかかった。官能の喜びに包まれ、理性的な考えが頭から吹き飛んだ。

ホリーは小さくうめき声をもらし、カスペルの首に腕をからませた。痛いほどのうずきを感じつつ、カスペルはホリーの腰を抱き、テーブルに座らせた。彼女はあからさまに身をよじり、求めてくる。

そのとき、料理用ストーブの方で沸騰した湯の蒸気の音がした。その音が情熱の靄ごしに響いてきて、カスペルははっと我に返り、手をとめた。

またしてもテーブルの上とは……。

ホリーを前にすると、こうも抑制がきかなくなってしまうのか。カスペルは意志の力を総動員して唇を離し、熱っぽく潤んでいる彼女の瞳を見つめた。

ふだんは冷たいほどの自制心が取り柄だが、今はまるで彼女の体に依存してしまったかのように、自分ではどうすることもできない。カスペルは愕然とし、彼女の腰を離して一歩下がった。

「これで安心しただろう。僕と一緒でも、しかるべきときにはリラックスできるということだ」

ホリーはテーブルを下り、体を支えるようにその縁をつかんでいる。「陛下……」彼女の声は情熱にかすれている。「カスペル……」

「時間がない」カスペルは突き放すように言った。「君の支度を担当するチームを連れてきた」

「支度？」ホリーはまだキスの余韻にぼんやりしているようだ。

「結婚式の支度だよ。今夜サンタリアへ飛ぶ。式は明日だ」

カスペルはいったん言葉を切り、ホリーにその言葉を理解する間を与えてから言い添えた。

「これは提案じゃない。命令だ」

5

歓声はもはや耳に痛いほどの音量に達していた。大聖堂から宮殿までの大通り沿いは、笑顔で国旗を振る人々であふれている。

「ものすごい人の数ね」ホリーは金色の馬車に乗りこみながら、ぼんやりと言った。左手の薬指の指輪は重く、その感触にはまだ慣れていない。「結婚したなんてまだ信じられない」

ホリーの人生は、息をつく間もないほど猛スピードで進んでいた。

昨日の午後はカスペルが連れてきた有名デザイナーに衣装合わせをされ、日暮れにはヘリコプターと大公家専用機を乗り継いで地中海に面したサンタリア公国へ渡った。

「ところで、あの屋敷はとても居心地がよかったわ」

「あそこは曾々祖母（そうそう）が建てたんだ。宮殿の生活に息がつまりそうになったときの隠れ家としてね。気に入ったのならよかった」

肉体的には快適だが、精神的には緊張の連続だった。昨夜ホリーは眠れずにバルコニーで海を見ていた。自分の決断が正しいことをひたすら祈りながら。

やがて、考えあぐねて眠りについたものの、たちまちデザイナーやヘアスタイリストやメイクアップアーティストの一団に起こされた。

式のことはほとんど覚えていない。記憶にあるのは、結婚の誓いを交わすとき、隣に立っているカスペルが自信にあふれ、頼もしかったということだけだ。その瞬間、ホリーの胸は、この選択は正しかったという確信に満たされた。

これで子供は父親に見守られて育つことができる。自分自身は得られなかった安定した家庭を与えてやれるのだ。

これが間違いのわけがない。

馬車が三車線の道路を進みはじめたとき、ふと隣に目をやると、カスペルはホリーを見つめていた。

軍服姿もりりしい彼は、ホリーの手を取り、その甲に口づけした。観衆からさらなる歓声があがる。「ぼろぼろのジーンズと比べるとたいした進歩だ」

カスペルの言葉に、ホリーは刺繍（ししゅう）のほどこされたシルクのドレスのスカートを指でつまんだ。「一瞬にしてここまで変身させてしまうなんて、さすがに一流デザイナーね。階段でつまずきそうになったときはひやっとしたけど」彼女は観衆を見渡した。どこを見ても、嬉々（きき）として旗を振る人々であふれている。「みんなあなたが大好きなのね」

「僕じゃなくて君を見に来たんだよ」カスペルは冷ややかに言った。

だが、インターネットでカスペルについて調べたホリーは、国民に対する彼の献身は揺るぎないものだと確信していた。彼は本来、大公の後継者となるべき立場ではなかったのだが、あの悲劇のあと、自らの悲しみを押し隠し、衝撃に揺れるサンタリア公国に安定をもたらすためにその責務を引き継いだのだ。

国民はそんな彼を心から慕っている。

「大公でなければよかったと思ったことはある？」考える前に、言葉が口をついて出ていた。

「君はふつうの人ならためらうようなことを平気で口にする才能があるな」カスペルは座席にゆったりともたれ、かすかにほほえんだ。「答えはノーだ。そう思ったことはない。この国を愛している」

そう、国民の期待に応えるために、愛してもいない女と結婚するくらいに……。

ホリーは陽光降りそそぐ大通りを見おろしてから、まぶしい青空を見あげた。「美しい国ね。朝、窓からいちばんに見えたのは海だったわ。まるで休暇を過ごしに来たみたい」

「式の間、ずいぶん顔色が悪かった。立ちっぱなしだったから、倒れるんじゃないかと思ったよ」カスペルはまだホリーの顔を見つめている。

「床に伏せた花嫁じゃ、国民への印象がよくないものね。大丈夫、心配いらないわ」

「妊娠の初期はとても疲れるものだと医者から聞いたが」

「いつお医者様と話をしたの？」

「君がまだイギリスの屋敷にいるときだ。ヨーロッパでも最高と言われる産科医何人かと面談をした。君が心を許せる医者を選ばなければならないからな。冷たくてよそよそしい人間はいやなんだろう？」

「私のためにしてくれたの？」感激のあまり、ホリーはしばし旗を振る群衆のことも忘れた。

「君を不安にさせたくないからね」

「やさしいのね」私のためなのか、それともおなかの子供のためなのかと尋ねたくなったが、ホリーはすぐに、どちらでもいいと自分をなだめた。私の性格を理解しようとしてくれているだけで十分だ。

「とてもきれいだ」カスペルは言い、しばらくは彼女の唇と、浅めにくられたドレスの胸元を見つめていた。「最高の花嫁だよ。大観衆相手に堂々としていた。感心したよ」

「ほんとに？」緊張していたのは大観衆のせいではなく、あなたのせいだと言いたくなるのをこらえ、ホリーは体の力を抜いた。こんなふうにほっとするのは久しぶりのような気がした。

今日の大公は珍しく、親しみを感じさせた。

ひょっとしたら、おなかの子供は自分の子だと納得してくれたのかもしれない。

「さあ、ここで公妃としての最初の務めを果たしてくれ」カスペルはほほえんだ。「にこやかに手を振るんだ。みんな待ってる」

私が手を振ることを期待している人がいる。ホリーはとまどいながら、おずおずと手を上げた。そのとたん、観衆から喜びの声があがり、彼女は驚きに目をぱちくりさせた。

「私なんて、どこにでもいるふつうの人間なのに」

「だからみんな君を気に入っているんだ。おとぎ話のような出来事がふつうの人間にも起こるということを身をもって証明したんだからね」

とまどいが消え、ホリーは声をあげて笑った。人々の顔に心からの祝福の笑みが浮かんでいるのを見て、さらに幸せな心地になった。

警護隊の車にはさまれ、馬車はゆっくりと進んでいく。前の車にエミリオのがっしりした姿があるのに気づき、ホリーは驚いた。

「エミリオは家に帰ったんじゃなかったの？」ホリーはカスペルの顔を見た。「昨日挨拶に来て、あなたに特別な配慮をしてもらったと言っていたのに」

「今朝また現れて、どうしても任務につかせてほしいと言い張ってね。盛大な行事だから、君の警護をほかの隊員にまかせたくないんだそうだ」

「まあ」ホリーは感動し、エミリオに手を振った。「それにしてもすごい人の数だわ。ねえ、ふだんこの通りはどんな雰囲気なの？」

「この通りはまっすぐ宮殿に続いているから、いつも観光客でにぎわっている。突き当たりを右に曲がると、海に出るんだ」

ホリーが群衆に笑みを振りまいていると、よちよち歩きの男の子が倒れるのが見えた。人垣に押され、小さな体が金属製の柵にはさまれてしまったようだ。「大変！　馬車をとめて！」ホリーは迷わず馬車のドアを開け、ドレスの裾をつかんで道路に飛びおりた。自分が警備態勢にどれほどの混乱を生じさせているかも気づかず、泣き叫ぶ男の子とパニックを起こしている母親に駆け寄る。「大丈夫？　すみません、みなさん、少しずつ下がってもらえませんか」声を張りあげて周囲に訴えかけると、みんなが少しずつ詰め、男の子の周囲に余裕ができて、母親はすすり泣く我が子を抱きあげることができた。「ずいぶん人が多いのね。お子さんは大丈夫？　ほら、坊や、いい子だから泣かないで」

ホリーに撫でられた男の子はすぐに泣きやみ、目をまるくして彼女を見た。

「ティアラを見ているんですわ、公妃様。この子、きらきらするものが好きなんです」母親は頬を真っ赤に染めている。

ホリーは男の子の額に血がにじんでいるのに気づいた。「柵に当たって切れたのね。だれか絆創膏を持っている人はいませんか？」

「ホリー」

名前を呼ばれて振り返ると、カスペルが大股に近づいてくるところだった。

「ホリー、君のせいで警護隊が心臓発作を起こすぞ」

「ごめんなさい。ねえ、ハンカチかなにか持ってない？」

カスペルは少しためらったが、軍服のポケットからハンカチを取り出した。

ホリーはそのハンカチをそっと男の子の額に当てた。「そんなに深い傷じゃないみたいね」警護隊員の一人が絆創膏を手に現れ、子供の手当てをした。一安心したホリーは、周囲の人々がカスペルに向かってはやしたてているのに気づいた。

カスペルはほほえみ、ホリーを抱き寄せた。「もう馬車を降りたりしないでくれよ。危険すぎる」

「だって、男の子がはさまれて危なかったんですもの」

人々の声は今や大合唱となっている。

「キス！　キス！　キス！」

「カスペル陛下、花嫁にキスしてください！」

ホリーは顔から火が出るような思いだった。だが、女性を誘惑するのと同じくらい民衆の心をつかむことに長けているカスペルは、余裕たっぷりの表情でホリーにそっと口づけした。思いがけないやさしいキスに、ホリーはうっとりと酔いしれた。

私のことを好きでなかったら、こんなキスはできないはず……。

私のことを信じてくれたという証拠じゃない？

観衆は口々にため息をもらし、キスが終わったときには喝采が巻き起こった。

「さあ、みんなに喜んでもらえたところで、馬車に戻るぞ」カスペルは愉快そうに言い、ホリーの手を自分の肘にかけさせた。「これからは馬車を飛びおりたりしないで、しとやかにしていてくれ。君は公妃であるばかりでなく、身重なんだから」

「それはわかるけど……」ホリーは群衆を見渡した。「中には徹夜で並んでいる人もいるのよ。馬車に戻らなくちゃだめ？　歩いたほうがみんなとおしゃべりできるわ」

カスペルは眉間にしわを寄せた。「警備上の問題がありすぎる」

「あなたはふだん、そんなことは気にしないくせに。いつも民衆の中を歩いては、警護の人たちと言い争いになるって書いてあったわ」またしてもインターネットの記事を持ち出してしまい、ホリーは唇を噛んだ。だが、カスペルは気分を害したようすもなく、笑顔で彼女の手を握った。

「今心配しているのは、君の安全だよ。これだけの群衆を前にして、怖くないのかい？」

「私たちの結婚をこんなふうに祝ってくれて、ひたすら感激しているわ」そこでホリーは、幼い少女が二人、手製とおぼしき花束を差し出しているのに目をとめた。そして、持っていた豪華なブーケをカスペルに押しつけると、女の子たちのところへ歩いていった。「私にくれるの？　とってもきれいね。お庭に咲いていたの？」ホリーは少女たちやその母親たちと言葉を交わしてから、伸びてきた何百という手を握りながら、ゆっくりと進んでいった。みんな口々に話しかけ、ホリーもついおしゃべりをしてしまうので、宮殿に着くまでには思いがけないほど時間がかかった。

おなかの赤ん坊のためにテディベアをプレゼントしてくれる人も多く、たちまちかかえきれなくなって、人の手を借りなければならなくなった。

一時間かけて沿道の人々とおしゃべりしたあと、ホリーはカスペルに促され、ようやく馬車に戻った。

「君を誤解していたようだ」カスペルは馬車の座席に腰を落ち着けると言った。

ホリーの胸は喜びに震えた。「そう?」

「ああ。慣れない大舞台で、まる一日萎縮(いしゅく)しているものと思っていたが、君はいとも自然に過ごしている。たわいもないおしゃべりにあれほど熱心に興じることができる人間には、いまだかつて会ったことがないよ」

ホリーは彼の発言をほめ言葉と受けとめることにした。〝誤解〟はおなかの子供の父親についてではなく、公の場でのふるまいについてだったが、そのこともがっかりするまいとした。

焦ってはいけないと自分に言い聞かせ、ホリーはほほえんだ。「みんなあんなに温かいのに、どうして萎縮する必要があるの?」彼女は群衆に向かって再び手を振りはじめた。

その中に子供たちの集団を見つけ、また馬車をとめてもらおうと口を開きかけた。だが、カスペルは黙って首を横に振った。

「君がみんなを喜ばせてくれるのはうれしいが、二百人の外国の高官と我が国の大臣たちが宮殿で待っている。すでに予定よりだいぶ遅れているんだ。できれば外交問題に発展させたくないからね」そう言いながらも、彼のまなざしはやさしかった。「君は本当によくやってくれているよ、僕の宝物（テソーロ）」

カスペルの言葉を聞き、ホリーの胸はぬくもりに包まれた。どうしようもないほど幸せで、つい顔がほころぶ。確かにスタートは悲惨だったけれど、最初が最悪だった分、これからはよくなるしかない。

未来に明るい希望を感じながら、ホリーは披露宴でダンスを踊る間もずっと笑顔だった。やがて宴（うたげ）もお開きとなり、海に面した部屋へ案内された。

お付きたちが退き、ドアが閉じたそのとき、ホリーは気づいた。

ここからは大公と二人きり。

そして、今夜は初夜なのだ。

ホリーは急に緊張を覚え、おずおずとほほえむと、重苦しい沈黙を破ろうと口を開いた。

「ここに住んでいるのね。とてもすてきだわ。明るくて、広々としていて――」

「話さなくていい」カスペルはホリーが無意識に握り締めていた手を取り、やさしく開かせて、自分の腰にまわさせた。そして、彼女をドアの方へゆっくりと押していった。堅固なオーク材のドアと百九十センチ近くあるたくましい体にはさまれ、ホリーは息をすることもままならなかった。口が乾き、膝が震える。カスペルががっしりした手で彼女の顔を包んだ。その唇はもう目の前にある。

ホリーは喜んで降伏し、目を閉じた。全神経がざわめき、全感覚が炎に包まれている。だが、なかなか唇が触れないので、ねだるように鼻を鳴らした。「カスペル？」

彼の唇は息がかかるほど近づいていた。「目を開けて」

ホリーはおとなしく目を開け、カスペルを見あげた。品のある男らしい顔を見つめたとき、彼女の心臓はしばし鼓動を忘れた。「お願い、キスして……」

「キスだけじゃない。それ以外のこともたくさんするつもりだよ、僕の天使（アンジェロ・ミオ）」

カスペルの熱いまなざしにとらわれながら、ホリーの心臓は再び大きく打ちはじめた。興奮に震えるホリーの唇に、ようやくカスペルの唇が重なった。彼の舌に口の中をさぐられ、喉の奥から甘いうめき声をもらす。カスペルの手が彼女の腰をぴったりと引き寄せた。

「ここじゃだめだ」カスペルは情熱にかすれた声で言い、ホリーを抱きあげた。「今度こそ、ベッドでじっくり時間をかけよう」彼は力強い足取りでいくつかの部屋を抜け、小塔の階段をのぼっていった。

ホリーはカスペルを求める気持ちの強さに圧倒されながら、彼の首にしがみついた。やがて床に下ろされたが、円形の美しい寝室にも、アーチ型の高窓にも、丸天井にも、ほとんど気づかなかった。すべての意識は、今自分の服を脱がせている男性に向けられていた。

何万ポンドという価値のシルクのドレスが、無造作に床に投げ捨てられる。月明かりの差しこむ部屋のほの暗さが、ホリーにはありがたかった。しかし、カスペルは容赦なく、あっという間に彼女のショーツをはぎ取った。そして、一糸まとわぬホリーを巨大な四柱式ベッドに横たえた。

「動かないで。君を見ていたいんだ」カスペルはホリーを残したままベッドを下り、彼女の体を熱いまなざしで見つめながら、すばやく服を脱いだ。「とてもきれいだよ」

カスペルの服が次々と床に落ち、ブロンズ色の体があらわになった。ホリーがその美しさにめまいを覚えたのもつかの間、彼はすぐに体を重ねてきた。

そのショックに、ホリーの脈は極限まで速まった。カスペルの唇が胸の先をとらえると、ホリーは反射的に彼の肩に腕をまわし、身をすり寄せた。

カスペルの指はホリーの熱の中心へ下りていき、いちばん敏感な部分をさぐり当てた。その瞬間、全身に衝撃が走った。彼女は喜びに震え、シーツの上で体をよじった。

カスペルは巧みな指と唇でじっくりとホリーの興奮を高めたあと、体を沈めてきた。ホリーはまたたく間に絶頂にのぼりつめた。カスペルは動きを速め、自分自身の頂点へ向かっていく。ホリーは彼の肩にしがみつき、その名を呼びながら、何度も訪れる喜びの波にもまれていた。

やがて体がばらばらになるほどの激しい快感に貫かれると同時に、カスペルがすべてを解き放つのを感じた。奇跡のような体の神秘に、ホリーはただただ驚いていた。

しかし、それで終わりではなかった。熱い営みが何度も繰り返されたのち、ホリーはカスペルのたくましい腕に片手をかけ、ブロンズ色の肩に頬を寄せて、ぐったりと横たわった。開いた窓から波の音が聞こえてくる。この上ない幸福感に包まれ、彼女は目を閉じた。やはり結婚の決断は正しかったのだ。カスペルの私への態度は、すでにやわらぎはじめている。感情について語ってくれることはなくても、態度で示してくれれば問題はないはずだ。

彼はやさしく情熱的で、思いやりにあふれている。

「こんなふうに感じるなんて信じられない」ホリーは静かに言い、カスペルの肌に口づけして抱き締めた。「あなたってすばらしい……」そこでカスペルがいきなり体を離したので、彼女は口をつぐんだ。

彼は無言のままベッドを下り、足早に部屋から出てドアを閉めた。

ホリーはその音に身をすくませ、わけのわからないパニックに陥りそうになった。

カスペルはなにも言わずに出ていってしまった。彼を引きとめようと、ホリーは夢中でベッドから下りてドアへ駆け寄った。

するると、中からシャワーの音が聞こえてきた。安堵が胸にこみあげる。ホリーはぐったりと力が抜けたようになって、ベッドに戻った。

彼は私を置き去りにしたわけじゃなかった。

当たり前じゃないの。

彼は父とは違うんですもの。

そうでしょう?

不安ととまどいに揺れながら、ホリーは天井を見あげた。拒絶されるのは初めてじゃない。なのに、なぜこんなに胸が痛いの?

やがてシャワーの音がとまり、カスペルが寝室へ戻ってきた。黒いローブをまとっている。彼はホリーには目もくれずに、今度は衣装部屋とおぼしき部屋へ入っていき、ズボンをはいて出てきた。手にはシャツを持っている。

「ベッドに戻らないの? 私、なにか気にさわるようなことを言ったかしら?」ホリーは身を起こし、緊張のあまり、髪を指でもてあそんだ。「今まで胸に抱いていてくれたと思ったら、なにも言わずに行ってしまうんだもの」

「眠るといい」カスペルはシャツを着てボタンをとめた。

「どうやったら眠れるっていうの? ちゃんと話して」ホリーは裸でいるのが突然場違い

のように思えて、枕元に用意されていたシルクのナイティを頭からかぶった。「なにかいやなことでもあるの？　それとも、この結婚そのものがいやなの？」亡くなった婚約者アントニアのことを思い出しているのかと尋ねようとしたが、口に出すのは危険な気がして思いとどまった。

「君は寝ているんだ、ホリー」

「これじゃ眠れないわ。私を遠ざけないで」ホリーはベッドから下り、カスペルの方に歩み寄った。「私はあなたの妻なのよ」

「そのとおりだ」カスペルは氷のように冷たいまなざしを向けた。「それが取り引きの条件だったからな。僕のほうの条件は、これで果たしたわけだ」

ホリーはショックに凍りついた。「取り引き？」

「君は子供の父親が欲しかった。僕は世継ぎを求めていた」

ホリーは膝から力が抜け、ベッドのへりに腰を下ろした。「まるで私が無作為に父親を選んだみたいな言い方をするのね」

「無作為じゃない。慎重にねらいを定めたんだと思うよ」

「まだあなたの子だって信じてくれていなかったのね。気が変わったんじゃないかと思っていたのに。今日はこれまでと違っていたし、今だって……」ホリーはくしゃくしゃになったシーツに目を向けた。視界が涙でかすんだ。「こうして愛を交わして――」

「セックスだよ、ホリー。愛なんて関係ない。それはこの先もずっと変わらないだろう。肉体的な行為が感情に結びついているかのように考えるのは、女の悪い癖だ」

「ただのセックスじゃなかったわ」ホリーはささやいた。「今日のあなたはとてもやさしかった。大聖堂でも私を抱き締めて、キスしてくれた……」

「愛し合うカップルのふりをしなければならないからな」カスペルはあくまでも冷静に言い、窓際のテーブルに歩み寄った。「なにか飲むかい？」

「なにも欲しくないわ！　今日のことはすべて国民のためのお芝居だったというの？」

カスペルはウイスキーをついだものの、飲もうとはせず、ただ窓の外を見つめていた。グラスを握る手には力がこもり、関節が白く浮き出ている。それでも、端整な顔にはなんの感情も表れていなかった。「世間はおとぎ話を求めている。僕たちはそれを与える。それが大公家の役割なんだ」今回の場合は、愛される花嫁と世継ぎというわけだ。

「だったら、なぜ私なの？　だれか本当に愛する人と結婚すればいいじゃないの」ホリーは目をしばたたき、涙をこらえた。

「僕は愛など求めていない」

「そんなの悲しすぎるわ。つらい目にあって苦しんだのはわかるけど――」

「君にはなにもわかってない」

「だから話してよ！」今や涙は堰を切ったようにあふれていた。「今日のことがすべてお芝居だったなんてみじめすぎるわ。アントニアのことを話したくないのはわかるし、聞くほうだってつらいけど、お互い正直にならなければ、夫婦としてやっていけないでしょう？」

「正直にならなければ？」カスペルはグラスをテーブルに置き、ホリーの方を振り向いた。「君は子供のことで僕をだまそうとした。嘘を通したまま純白のドレスを着て祭壇の前に立った。それなのに、僕に正直になれというのか？」

「本当にあなたの子供なんですもの」未来への希望は跡形もなく砕かれ、胸が痛みに締めつけられた。「どうして信じてくれないの？」

「だったら教えてやろう」カスペルはホリーに近づいた。その瞳は冷たい光をおびている。「僕の子供であるわけがない。僕は怪我の後遺症で子供が作れないんだよ」

6

「まさか……」ホリーは近くの椅子にどさりと腰を下ろした。「そんなこと、ありえないわ。この私がなによりの証拠だもの」

「八年前、僕は事故にあった」

カスペルの兄と婚約者のアントニアが亡くなった事故のことだ。「私もその話なら聞いたわ」

「いや、君が知っているのは、事実のうち、僕が公表したごく一部だけだ」カスペルは窓辺に歩み寄り、海を見つめた。「サンタリアの大公の後継者が亡くなったことはだれもが知っている。僕の婚約者が死んだのも知っている。だが、僕の骨盤が粉々に砕け、その怪我がもとで子供を作る可能性がゼロになったことはだれも知らない」

「カスペル……」

「まさに国家存亡の危機だった」カスペルはポケットに手を入れた。そのしぐさがたくましい肩を強調する。「兄は死に、僕は次期大公の地位と国家統治の責務を引き継ぐことになったが、僕自身も集中治療室で人工呼吸器をつけていた。僕が回復したとき、全国民が大喜びで祝ってくれた。そんな彼らに世継ぎをもうけられないことを伝えるのはしのびなかった」

　ホリーは髪をもてあそびながら、彼の言葉をなんとか理解しようとした。「だれがあなたに子供が作れないと言ったの？」

「僕の担当医だ」

「だったら、そのお医者様は間違っているわ」ホリーはカスペルに歩み寄り、必死に訴えた。「私を見て、カスペル。私の話を聞いて。あなたの生殖機能には異常なんてない。私のおなかの子は、あなたの子供なのよ」

「いいかげんにしてくれないか、ホリー」カスペルは彼女を振り払うようにあとずさった。「僕の子として育てると言っているんだ。それでいいじゃないか。君のおかげで後継者ができた。国民は君を大歓迎している」彼はグラスの中に視線を落とした。「いずれどこかで、国民に真実を話さなければならないときがくるだろう。後継者を決める際には、彼らに判断をゆだねなければならない」

　その言葉の意味に気づき、ホリーは愕然として、かぶりを振った。「だめよ、そんなこと」

「せっかくの君の人気が急降下するからか？」カスペルは皮肉っぽく笑った。「知らないほうが国民のためだというのかい？　公妃は無邪気に見えて、意外にも男性経験が豊富だなんてことは」

「カスペル、私の男性経験はあなただけよ」ホリーは彼が信じてくれないことにいらだち、窓辺に歩み寄った。日の出が近づき、海面が美しい薔薇色に染まっている。けれど今、ホリーの頭にあるのは、おなかの子の将来のことだけだった。「もう一度お医者様に診てもらって。もっと検査を重ねるべきよ。お医者様にだって間違いはあるわ」

「この件は決着がついている」

「そう。だったら、検査のことはもういいわ。でも、この子があなたの子供じゃないなんて、世間に公表するのだけはやめて」ホリーは険しいまなざしでカスペルの方を振り向いた。「そんなことをしたら、子供の心に一生消えない傷がつくわ。そういうことは、一度言ったら二度と取り返しがつかないのよ」

「国民は、この子の父親について知る権利がある」

ホリーは肩をいからせた。「子供が生まれたら、あなたの子だと証明してみせるわ。それまではなにも言わないで」

「それほど自信があるのなら、待つ必要はないだろう。今すぐできる検査がある。それとも、時間稼ぎをしているのか？」

「妊娠中の検査は胎児に影響を及ぼす可能性があるから、受けることはできないわ。だけど、あなたの子じゃないなんて、ぜったいにだれにも言わないで。約束して、カスペル」

「わかった」

そのささやかな勝利を胸に、ホリーは窓辺にしつらえられた半円形のベンチに腰を下ろし、海を見つめた。波が静かに白い砂浜に打ち寄せている。「この子を父親のそばで育てたかった……」彼女はおなかに手を当てた。「あなたと結婚するのが正しい選択だと思ったのに……」

「気休めになるかどうかはわからないが、僕だって君にほかの選択をさせるつもりはない。この話はこれで終わりだ。君にも子供にも、必要なものはすべて与える」

ホリーは目を閉じ、胸の痛みをこらえた。このすばらしい日がすべて偽りだったなんて……。

これほどの寂しさを味わうのは生まれて初めてだった。だれかに胸の内を明かしたくても、話せる相手はだれもいない。

独りぼっち……。

いいえ、独りじゃない。おなかには赤ちゃんがいる。今いちばんに考えるべきなのはこの子のことよ。

この子さえ生まれれば、カスペルが父親だと証明することができる。それまで、なんとかこの不安定な〝家族〟の形を保っていかなければ。

今大切なのはそれだけだった。

カスペルの愛情への渇望と将来への不安にさいなまれつつも、ホリーは日々の任務に没頭した。

暇さえあれば地図を眺めて、サンタリア公国の国土を隅々まで頭にたたきこんだ。地域の特性を肌で感じようと、エミリオを説き伏せ、頻繁にドライブに出かけた。人々は突然の公妃の登場に驚きながらも大喜びした。ホリーはできるだけ多くの人と言葉を交わし、国民がなにを望み、なにを感じているのか、理解しようとした。

人々と会ってなによりも強く感じるのは、カスペル大公がいかに国民に愛されているかということだった。

「あなたのような方をお后に迎えられて、本当によかった」ある病院を訪ねたとき、入院中の老婦人が言った。ホリーは午前中の表敬訪問の疲れを癒すように、この老婦人とのおしゃべりを三十分も楽しんでいた。「事故のあと、もう立ち直れないいんじゃないかって、ずいぶん心配したものよ」

ホリーは手を伸ばし、枕を直した。「怪我がひどかったからですか？」

「いいえ、失ったものがあまりにも大きかったから。だけど、陛下にもこれでようやく愛する人ができたわ」

彼は私を愛してなんかいない……。

ホリーはなんとか笑みを浮かべた。「そろそろ行かないと。今夜はアメリカ大統領夫妻との晩餐会があるんです。行く前に、もう一杯お茶をいれてきましょうか？」

「それよりも晩餐会について話してくださらない？　なにをお召しになるの？」

「まだ決めていないんです」ホリーはすでに、自分では把握できないほどの衣装持ちだった。カスペルが専任のスタイリストを雇い入れたとき、彼女は驚き、反発を感じたが、君に恥をかかせないためだと言われて、反論できなかった。ホリーはそのことは話さず、老婦人に調子を合わせた。「そうだわ、ブルーのドレスを着ようかしら。肩紐がシルバーなんです。ちょっとハリウッド風だけど、大統領はきっとゴージャスなのがお好みでしょうから」

「公妃様はたいそうお美しいから、きっと大統領も夢中になるわ。ブルーはお似合いの色よ。そのブレスレットもとてもすてき。私も以前、同じようなものを持っていたの」老婦人は目を潤ませた。「若いころに夫が贈ってくれたのよ。君の瞳の色と同じだと言ってね。でも、何年か前になくしてしまって……。まあ、この年だから、着飾る機会もないけれど」

「特別な機会じゃなくたっていいじゃないですか」ホリーはブレスレットをはずし、老婦人の骨張った手首につけた。「よくお似合いよ」

「だめよ、いただけないわ」

「気にしないで。ほら、とてもきれいですもの。そろそろ行かないと叱られそう。お医者様を誘惑しないようにね」ホリーは腰を上げた。宮殿には帰りたくなかった。外で人々と接しているときだけが、孤独を感じずにすむ時間だ。二人の結婚がむなしいものであることも忘れていられる。

カスペルは日々職務に没頭し、結婚以来、昼間顔を合わせることはほとんどなかった。夕方からはほぼ毎日晩餐会の予定が入っていて、私的な会話を交わす余裕はない。彼がホリーに求めているのは、公妃の役割を演じることと、夜ごと、情熱的で激しいセックスの相手をすることだけだった。

彼は私になんて興味はないのよ。会話もなければ、抱き締めてくれることもない……。

ホリーは病棟をもう一度まわって別れの挨拶をし、車の後部座席に乗りこんだ。集まった人々に手を振りながら、ふと思った。大公夫妻は朝まで同じベッドで過ごしたことが一度もないと知ったら、この人たちはどう思うだろう?

ホリーを抱いたあと、カスペルはすぐにどこかへ消えてしまう。まるで、いつまでもベッドにいると聞きたくない話を聞かされるとでもいうように。

どこかに女の人でもいるの?

その人のもとへ行っているの?

カスペルは驚くほどエネルギッシュだ。イギリスで出会ったころ、彼は複数の女性と噂（うわさ）されていた。一人はヨーロッパのどこかの国の王女、もう一人は、スーパーモデル。

彼女たちとまだ続いているのだろうか？

ホリーは精神的にも肉体的にも疲れ果て、リムジンの後部座席でうとうとした。やがて宮殿に到着すると寝室へ直行し、気持ちよさそうなベッドの誘惑に負けて倒れこんだ。

ほんの五分だけ。

五分したらシャワーを浴び、晩餐会の支度をしなくては……。

大統領と外務大臣との会談のあと、カスペルは宮殿の私室へ急いだ。

ポケットには豪華なダイヤモンドのネックレスが入っている。世界有数の宝飾デザイナーに作らせたもので、デザイナーは、このような品をプレゼントされた女性は愛されていることを実感するはずだと太鼓判を押した。

そのやりとりを思い出し、カスペルは顔をしかめた。ホリーとの間には、愛などという言葉は無用だ。だが、彼女は公妃としての務めを立派に果たしてくれている。その感謝の気持ちは表すべきだろう。

ホリーの反応を想像し、カスペルの口元は自然とほころんだ。さらに、彼女がこのネックレス以外なにもつけていない姿を思い浮かべ、はやる気持ちを抑えながら、私室へ入っていった。

ドアを閉めたとたん、いつになく静かなのに気づいた。ホリーと結婚してからというもの、この部屋に静寂が訪れたことはない。

シャワーを浴びるときも、化粧をするときも、彼女はいつも歌を歌っている。歌っていなければ話をしている。二人きりでいる時間のすべてをおしゃべりで満たそうとするかのように、その日の出来事や出会った人々の話を延々と披露する。

今ではそれが当たり前になりすぎて、この静けさが異様に感じられるほどだった。

ホリーはまだ帰ってきていないのかといらだちを覚えながら、カスペルはシャワーを浴びようと寝室へ向かった。

ホリーは服を着たままベッドに横たわっていた。倒れこむなり眠りに落ちてしまったような格好だ。美しい髪が華奢（きゃしゃ）な肩をおおっている。その頬にはほとんど血の気がなかった。

カスペルは驚いて足をとめた。ふだん尽きせぬエネルギーを感じさせるホリーにしては珍しい。

花柄のワンピースの胸元につい視線を奪われながら、彼はベッドのへりに腰をかけた。いつもは眠りの浅いホリーだが、今日に限ってはまったく起きる気配がない。カスペルの胸に不安がこみあげた。おずおずと手を伸ばし、喉元に触れてみる。指先に体温と力強い脈を感じ、ほっとした。

なにをばかなことをしているんだ。

カスペルは立ちあがり、医師団を招集したくなる衝動をなんとか抑えた。ホリーはただ疲れているだけだ。そう自分に言い聞かせて、彼女の靴を脱がせた。そしてワンピースを見つめながら、これを脱がせたほうが楽に眠れるのか、それとも、脱がせようとしたら起こしてしまうだろうかとしばらく考えた。

カスペルは日々、国家の行く末を左右する何千という決断を下していた。なにかに迷うなど、およそありえないことだった。妻の安眠に関するたった一つの決断を下せない自分にあきれつつ、結局はそのままシルクのベッドカバーをかけてやった。

ホリーが目覚めると、あたりは暗かった。パニックに陥りかけて体を起こしたとき、カスペルが窓辺のベンチに座っているのに気づいた。

「今何時？」朦朧（もうろう）としたままベッドわきのランプをつけた。「遅くなったわ。着替えなくちゃ」

「午前一時だ。晩餐会は終わったよ」

ランプの明かりで、カスペルのタキシードが椅子の背にかかっているのが見えた。彼に視線を戻すと、ドレスシャツの前がはだけている。

「私、欠席しちゃったの？　起こしてくれればよかったのに」ホリーはシルクのベッドカバーを払いのけた。「少し昼寝をしようと思っただけなのよ」

「死んだように眠っていたよ。意識不明の妻を引きずっていくよりは、大統領に事情を説明するほうが簡単だと思ってね」

「どう思ったかしら……」

「妊娠中はいろいろあるんだと思っただけさ」カスペルの口元がほんの少しほころんだ。「大統領には四人の子供がいる。奥さんに、妊娠初期は疲れやすいものだと長々とご教示いただいたよ」

「大変だったわね」ホリーは重い体を引きずり、なんとかベッドから出ようとした。「本当に申しわけなかったわ。今日の晩餐会がどれくらい大事かはよく知っているもの。秘書から、二酸化炭素排出量削減についても聞いているし」

「君は僕の秘書と話をしているのかい？」

「もちろんよ」ホリーはあくびを噛み殺し、裸足のままカスペルのもとに歩み寄った。「カルロスとはしょっちゅう話をしているわ。そうでなければ、なにが焦点なのかわからないでしょう？　ただ食事を楽しむだけの席じゃないことはわかっているわ」彼女は軽いめまいを覚えながら、窓辺のベンチに座る彼の隣に腰を下ろした。「眠りこんでしまってごめんなさい」

「いいんだよ。あまりに静かで、一瞬不安になったがね。君がヘアブラシをマイク代わりに歌う姿に慣れすぎてしまったのかもしれない」

ホリーの頬がかっとほてった。「私の歌、聞こえてた？」

「宮殿じゅうに響き渡っているよ」

「だれにも聞こえていないと思っていたのに。歌うと元気が出るのよ」

カスペルがじっとホリーの顔を見つめた。「元気を出さなければならないほどつらいのかい？」

ホリーはためらった。寂しいと言えば、彼はまた距離を置こうとするだろう。

「ただ歌うのが好きなだけ。でも、今度からはもっと小さな声で歌うわ」

「それは残念だな。君の歌声は美しいと、何人ものスタッフから言われたよ」カスペルはポケットから細長い箱を取り出した。「プレゼントがあるんだ」

「まあ」ホリーは精いっぱいうれしそうな顔をした。カスペルは一緒にいられない分を埋め合わせるようにいろいろな贈り物をしてくれるが、こうしたプレゼント攻勢にはむしろよけいに寂しさを感じる。それでも、少なくともカスペルは私を喜ばせようとしてくれているのだと自分に言い聞かせていた。「ありがとう」

「気に入ってくれるといいんだが」カスペルの自信たっぷりの笑みは、ホリーが気に入るのをみじんも疑っていないことを示していた。

ホリーがベルベット張りの箱を開けると、きらめくダイヤモンドのネックレスが現れた。

「すごいわ」

「ピンクダイヤモンドなんだ。珍しいんだそうだよ。君はピンクが好きだろう?」

私がピンクが好きだって、どうして知っているの?

カスペルは本当に不可解だ。ホリーはネックレスを手に取り、うっとりと眺めながら思った。ベッドをともにする以外、ほとんど一緒に過ごすことはないのに、私を喜ばせようとあれこれ気を遣ってくれる。

「きれいだわ」ホリーは素直につぶやきながらネックレスを首にかけ、部屋を横切って鏡をのぞきこんだ。「高価なんでしょうね」

「高価だと、ありがたみが増すのかい?」カスペルの言葉にはどこか刺があった。

「まさか」ホリーは落ち着かない気分で、きらめくダイヤモンドに触れた。「つけたまま寝室の外に出ても大丈夫かどうか、知りたいだけよ」

カスペルの表情がいくらかやわらいだ。「それはもう君のものだ。なくすのも売るのも君の勝手だよ」

「おかしなことを言うのね」ホリーは彼の真意をつかみかねたが、あまりにも疲れていて、それ以上考えることができなかった。あくびをこらえながらまた窓辺のベンチに戻る。

「ダイヤモンドを身につけるのは初めてよ。しかもベッドでつけるなんて、想像もしていなかったわ」

「今夜のドレスにちょうどいいと思ったんだよ」カスペルの視線はホリーの顔にそそがれている。「ずいぶん疲れているみたいだな」

「長い一日だったの」

「公務はしばらく休んだほうがいい」

「どうして?」彼に批判されたと感じて、ホリーの胸は痛んだ。「なにか不都合でもあった? 一生懸命やったのに」

「一生懸命やりすぎだよ」

「そんな言い方ってないわ」

「眠ったら起きられないほど疲れているのなら、やりすぎということだ」

「公務とは関係ないもの。眠くなったのは、あなたのせいで、毎晩睡眠時間が半分になってしまうからよ」ホリーはかっとなった。「わかったわ。それが理由なのね。私が疲れて、ベッドで役に立たなくなるのを心配しているんでしょう?」

「わざと悪意に解釈して喧嘩を吹っかける。それも女の専売特許だな」カスペルは冷ややかに言った。

「いいえ、私は喧嘩なんて大嫌い。あなただって少しでも私と一緒に過ごしていれば、喧嘩好きな人間じゃないってわかるはずよ。ねえ、私たち、ちゃんとデートをしたこともないのよ。本当にあなたって自分勝手だわ。毎晩ベッドで男のやり方を押し通したら、私を置き去りにして行ってしまうんだもの」

「それは君が眠れるようにだよ。僕に言わせれば、自分勝手ではなく思いやりだ。そこでさっきの話に戻るが、君は働きすぎている」

「いつだって自分が勝たなきゃ気がすまないんだから」

「勝ち負けの問題じゃない。君は信じないかもしれないが、僕は君の健康を気にかけている。今日の晩、君を置いて出ていったあと、あちこちきいてまわったんだ。もっと早く気づくべきだった。毎日十数箇所も訪問しているそうじゃないか。昼休みもろくにとらないとは、まったくあきれるよ」

「行きたいところがたくさんあるのよ。大公家にどれほどたくさんの要請がくるか知ってる？　団体からの正式な依頼もあれば、個人からの手書きの手紙もある。私にも、学校や病院からたくさん要請がきているの。訪問や開校セレモニーや進水式や……。先週はドッグショーの審査員をしたわ。犬のことなんてなにも知らないのに。それに、長期入院している人のお見舞いや――」

「ホリー」カスペルは半ば驚いたような、半ばおもしろがっているような口調でさえぎった。「全部に出席するわけにはいかないんだよ。君の判断で選べばいいんだ」

「あっちには出てこっちには出ないなんて、申しわけなくて……。それに、私自身も楽しんでいるの。人と接するのが好きなのよ。なぜだかさっぱりわからないけど、みんな私に会うと喜んでくれるの。やめるわけにはいかないわ」

「そんなことをしていたら体を壊してしまう。これからは一日二件、週に五件までだ」

「そんな！　それ以外の時間はどうすればいいの？　あなたは吸血鬼みたいに昼間は姿を現さないし」

「金なら使いきれないほどある。世界じゅうのどんな娯楽でもよりどりみどりじゃないか」

「なにをしたって、一人じゃ味けないわ。私は人と一緒じゃないとだめなタイプなの。だからお願い、公務を控えろなんて言わないで」

「ホリー、そんなに疲れているのにかい？」

「妊娠初期だからよ。医学書には、あと二、三週間もすれば、エネルギーがあふれてくるって書いてあるわ」

「そうしたらどうするんだ？　夜も働くのか？」

二人の視線が合い、ホリーは息をのんだ。〝夜〟と一言言われただけで、体が反応してしまう。胸の先がうずき、下腹部が熱くなる。カスペルもその変化を感じ取ったようで、口元にゆっくりと笑みが浮かんだ。

彼の視線が唇にそそがれるのを感じ、ホリーの胸は期待に躍った。「そんなふうに見ないで。またセックスのことを考えているんでしょう？」

「だったら、君はなにを考えているんだ？　今日の株価か？　それとも新作のバッグのことかい？」

彼が唇を重ねてきたとき、ホリーの口からうっとりしたうめき声がもれた。カスペルは彼女をベッドへ連れていき、横たえた。

その隣に寝そべり、ホリーの顔をのぞきこみながら、彼は尋ねた。「どれくらい疲れている？」

ホリーはとぼけてみせた。「なぜきくの？」

彼はいたずらっぽくほほえみ、唇を寄せた。「例の〝男のやり方を押し通す〟ようなことがしたいと思ってね」

疲れているからいやだと言ってやれたら、どんなにすっとするだろう。けれど、ホリーの体は早くも高まっていた。カスペルの魅力を前にして、拒むことなどできそうにない。彼女はプライドをかなぐり捨ててささやいた。「それほどでもないわ……」

「僕は何件か電話するから、その間にシャワーを浴びておいで」カスペルはすでに髭をきれいに剃り、ネクタイを締めている。「朝食の席で会おう」

ホリーは初めて朝まで一緒に過ごせたことに幸せを感じるあまり、朝食をとる気分ではないとは言えなかった。彼が部屋を出ていくのを待ってからバスルームに駆けこみ、ぎりぎり間に合った。

「どうしたんだ?」すぐうしろからカスペルの声がした。「なにか悪いものでも食べたのか?」

「ノックくらいして」いちばんみっともない姿を見られたことにとまどいながら、ホリーは頭を下げ、胃のむかつきが過ぎ去るのを待った。「お願い、カスペル、あっちへ行って」

「一緒にいる時間が少ないと言ったかと思えば、今度はあっちへ行けか? どっちかにしてくれよ」

「吐いているときにそばにいてほしくないの」

「顔色が悪い」カスペルは眉根を寄せた。「医者を呼んでこよう」

「カスペル、なんでもないの。いつものことよ。しばらくすればよくなるわ」

「いつもって、君のこんな姿を見るのは初めてだぞ」

「それはあなたが朝ここにいないからよ。夜私と過ごしたあと、どこかよそへ行っているからでしょう」ほかのだれかのところへ……。そこまでは言わなかったものの、カスペルはすぐに気づき、皮肉っぽくほほえんだ。

「君とベッドをともにしたあと、ほかの女のところへ行っていると思ってるのか? ずいぶん忙しい話だな」

「あなたが夜中の三時にどこへ行っているかなんて、知りたくもないわ」また吐き気がこみあげてきて、ホリーはうめいた。「お願いだからあっちへ行って。こんな姿を見たら、二度とセクシーだなんて思えなくなるわよ」

「それはありえない」カスペルはかがみこみ、ホリーの髪をかきあげた。「つらそうだな。顔を洗ったらさっぱりするんじゃないか？」彼はタオルを濡らし、ホリーの顔をやさしくふいた。

「もう大丈夫」ホリーは体を起こし、床にしゃがみこんで、力なくほほえんだ。「せっかくのお誘いなのに。朝食の相手としては最悪ね」

カスペルは苦笑しながら、彼女の体を抱きあげるようにして立たせた。「食べたほうが楽になるんじゃないのか？　それとも、食べ物の話をしたら殴られるかな？」

「私は非暴力主義なの」こうして彼とたわいもない話をしているのが、なんだか不思議だった。「シャワーを浴びるわ。まだ時間はある？」

「ああ。だけど、ドアに鍵はかけないでくれよ。倒れたときに厄介だ」

ホリーは手早くシャワーを浴び、クリーム色のテイラードジャケットとスカートを選んで、胸元には愛らしいデザインのキャミソールをのぞかせた。髪をまとめようとして、ふと考えた。カスペルは髪を下ろしたほうが好きだと言っていた。髪留めをはずすと、柔らかにカールした髪が奔放に広がった。

やはりまとめたほうがいいと思い直し、もう一度ねじりあげながらはたと気づいた。

私ったら、なにをしているの？　晩餐会でもない、ただの朝食なのに……。カスペルに気に入られようとしている自分がみじめに思えた。それでも、これは赤ん坊のため、夫婦としてうまくやっていくためなのだと言い聞かせ、なんとか気を取り直した。テラスへ出ていくと、カスペルは手すりにゆったりと腰をもたせかけ、携帯電話で話していた。彼の背後には海が広がり、水面が朝の光を受けてきらめいている。

ホリーは今まで公務にいそしむカスペルを間近で見てきたが、彼は常に自信にあふれていた。その肩にのしかかる責任の重さは想像もつかないが、彼がそのストレスや迷いをのぞかせることは一度もなかった。

カスペルは会話を続けながら、ホリーの方をまっすぐに見た。その熱いまなざしを浴びただけで、心臓が肋骨（ろっこつ）を突き破らんばかりに激しく打ちはじめた。彼女は頬を赤らめ、うつむいて、テーブルの上の料理を眺めるふりをした。

カスペルはすぐに通話を終え、携帯電話をポケットにしまって、テーブルについた。

「医者と話したよ。今日はとりあえず、なにもつけないトーストを食べると落ち着くそうだ。明日からは、朝ベッドから起き出す前にごくふつうのビスケットを食べるといいと言っていた」

「そんなことをしたら、よけいな肉がついちゃう」

「前に、ビスケットは君のある部分の魅力を増大させるという結論に達したじゃないか。

それで僕の欲望が減退することはないから、心配いらないよ」

「減退するとは言ってないわ」

「でも、そう思っていただろう?」カスペルはフルーツを皿に取り分けた。「君自身の体の魅力に気づくべきだよ。そうすれば明かりをつけたまま楽しめる。あるいは昼間でもね」

ホリーは真っ赤になった。「どうせ昼間はいないじゃないの」

「君が裸になると言えば、僕は喜んで公務をサボるよ」

「あなたってセックスのことしか頭にないの? 喜ぶべきか怒るべきかわからないわ」

「女として喜ぶべきだろう。僕は男だ。セックスのことしか考えないようにプログラムされている」カスペルはホリーにオレンジジュースをついだ。「それにしても、なぜ僕が夜更けにほかの女のところへ行っているなんて思ったんだい?」

「それが妥当な推測だからよ。いつも決まって夜中の三時に出ていってしまうんだもの」

「だからって女のところへ行くとは限らないだろう」

「あなたは男でしょう? セックスのことしか考えないようにプログラムされているんじゃないの?」

「僕が三時に起きるのは、君をゆっくり寝かせてやりたいからだよ。ベッドにいたら、自分を抑える自信がないからね」

思いがけない告白にホリーは驚いた。「でも、いくらあなたでも、そこまで……」

「君に関する限り、僕の欲望に限界はないらしい。だから、昼間の光も、ビスケットも、なにも恐れる必要はないんだよ。僕は君の体に夢中なんだ。たとえ白熊(しろくま)の刺繍(ししゅう)のついたTシャツを着ていてもセクシーだと思うだろう。だからって、ああいうのはもう二度とごめんだがね」

魅力的だと言われるのに慣れていないホリーは、面くらいながらオレンジジュースを飲んだ。「だったら、ベッドを出たあと、どこへ行っているの？」

「仕事をしているんだよ。たいていは書斎で」

ホリーは笑った。「なんだ、損しちゃったわ。つい気になってしまったのよ。あなたは今までおおぜいの女の人と浮き名を流してきたようだから」

「女性のそういう質問には気をつけないとな。どう答えても面倒なことになる」

「でも、出会ったころ、つき合っていた人がいたのは事実でしょう？」

「いや、正式にはいない」

「だって、スーパーモデルのこと、記事で……」

「新聞に書かれていることはうのみにしないほうがいい」

「でも……」

カスペルはいらだったような口調になった。「こんな話をして、いいことは一つもないだろう?」

ホリーは自分の愚かさに気づいて笑った。そう、なにを聞き出したところで、私を愛していないことに変わりはないのよ。「ただちょっと興味があっただけ」

「過去は過去だ」カスペルは立ちあがった。「準備はいいかい?」

「準備? どこかへ出かけるの?」

「デートの一つもしたことがないと責められたからな。今日は汚名を返上するんだ」

「デート?」ホリーはぱっと顔を輝かせた。「どこへ行くの?」

「世界一ロマンチックな街、ローマだ」

7

「これがデート？　ロマンチックなローマに連れていってくれると言うから、スペイン広場やコロッセオを手をつないでそぞろ歩いたりするものだと思っていたのに、ラグビー場だなんて……」ホリーは小声で言いながら、歓声をあげる観客に手を振り、席についた。

カスペルが珍しく愉快そうに笑った。「二人きりになりたかったんだろう？」

「どこが二人きりなの？」ホリーは二人を取り巻く警護隊を見やり、さらに選手の登場でわき返る大観衆を見渡した。「夢でも見ているんじゃない？」

「スタディオ・フラミニオは小さい競技場だ。こぢんまりして落ち着くじゃないか」

ホリーも笑った。「確かにトゥィッケナムに比べればね。ここでは、まわりにいるのはほんの三万人だもの。だけど、ラグビーの試合は、どう考えてもロマンチックと言うにはほど遠いわ」

「僕たちが出会ったのはラグビーの試合のときだろう？」カスペルが言い、二人の目が合った。とたんに出会ったときの熱い記憶がよみがえってきた。「こうすれば僕の情熱の対象二つを同時に楽しめる。君とラグビーを」

本気で言っているの？　ホリーはどきっとした。いいえ、情熱の対象というのは私の体のことよ。「私、今まで一度もラグビーの試合を見たことがないの。仕事中は見られないから。ルールも知らないわ」

「点を多くとったほうが勝ちだ」カスペルはそっけなく言い、ピッチに目を向けて身を乗り出した。

「お互いの上に山みたいに積みあがって？」選手たちが身の危険も顧みず突進するさまを見て、ホリーは顔をしかめた。「つくづく男くさいスポーツね。泥まみれで体をぶつけ合って」

「あれでもルールがあるんだよ。見ていれば、そのうちおもしろくなる」

ホリーは言われたとおりにした。最初はカスペルの観戦のじゃまをしないようおとなしくしているつもりだったが、彼はなにかにつけて話しかけてきた。

一人の選手がボールをかかえてフィールドを駆け抜けると、観客から歓声がわきあがった。

「ものすごく速かったわね」ホリーは感心してため息をついた。

カスペルは拳を振りあげている。「先制トライだ」

「あの線の中にボールを置いたからでしょう。これが五点ね」

カスペルは試合に熱中しながらも、少しずつルールを説明してくれた。そのうちホリーにもわかってきた。これは単なる男性ホルモンに駆られた喧嘩ではなく、躍動感あふれる緻密なスポーツなのだと。

試合の後半には、ホリー自身も身を乗り出し、夢中で観戦していた。「今、イタリアのディフェンスをかわした人、すごかったわね」カスペルが自分をじっと見ているのに気づき、彼女は頰を赤らめた。「なあに？　私、なにか変なことを言った？」

「いや」カスペルの瞳には熱っぽい光が宿っている。「君の言うとおりだ。今のイングランドの選手はすばらしい走りだった。楽しんでいるかい？」

「ええ、とっても」ホリーはほほえみ、ピッチに視線を戻した。「今タックルした人はイタリアのフッカーでしょ？　フッカーだなんて変な呼び名ね。売春婦のスラングみたい」日差しがかなり強まり、暑くなってきたので、ジャケットの胸元を開ける。

「スクラムのとき、足を使ってボールをかき取る役目だから、引っかける人と呼ばれるんだよ。フォワードの中で重要な……」カスペルは途中で言葉を切った。彼の視線はホリーのレースのキャミソールに向けられている。「失礼、質問はなんだったかな？」

「ラグビーの解説をしてくれていたんでしょう」

「本気で知りたかったら」カスペルはホリーの方に身を乗り出した。「話の途中で服を脱いだりしないことだ」

「暑いんだもの」

カスペルはセクシーにほほえんだ。「おかげさまでこっちもだよ」

自分がカスペルを高ぶらせていると思うと、ホリーはうれしかった。「なんの話だったかしら？　そう、フッカーよ」

カスペルは人さし指で彼女の頬を撫でた。「公衆の面前でみだらな行為をする覚悟がなかったら、男をからかったりしないほうがいいぞ。そう、フッカーは攻守において重要なポジションだ」

ホリーは、今本当に二人きりだったらよかったのにと思わずにはいられなかった。「ハイスクールと大学でラグビーをしていたんでしょう？　イングランドのキャプテンとはそのときに知り合ったの？」

「ああ、十数年来の親友だよ」

ラグビー観戦はカスペルにとって大公であることを忘れられる数少ない機会の一つなのだろう。

試合はイングランドの勝利に終わった。カスペルとホリーは祝勝会に招待された。カスペルは来賓として短くもユーモアあふれるスピーチをし、一同を笑わせた。選手やほかのゲストたちと談笑している彼を眺めながら、ホリーはその変貌ぶりに驚いていた。彼はだれとでもにこやかに接し、ホリーの知っている冷たくてよそよそしい男とは別人のようだ。

それはまさに、出会ったときのカリスマ的な魅力にあふれる大公だった。

でも、これは彼の表の顔。意図的に作った仮の姿なのかもしれない。そのために、彼は本来の自分自身を抑えつけているの？

カスペルがイングランドのキャプテンと笑いながら近づいてきて、ホリーに紹介した。

「泥にまみれていないから、見違えてしまったわ」ホリーが言うと、キャプテンは愉快そうに目を輝かせ、彼女の手にキスをした。

「君がトゥィッケナムで僕の気を散らせた張本人か。せっかくボールに集中していたのに、突然この大公が美女にキスしはじめるんだからな」

ホリーは頬を赤く染めた。「古くからのお知り合いだそうね」

「カスペルの秘密なら全部知っているが、黙っているとしよう。こいつは僕よりでかいし、腕っぷしも強い」

カスペルの体格が、国民的人気者のスポーツ選手と変わらないのに気づいたとたん、新たに彼を求める気持ちがわいてきて、ホリーの体は甘くうずいた。それをごまかすように、彼女はあわてて言った。「今日はとても楽しかったわ」

イングランドのキャプテンはカスペルの腕に軽くパンチをくらわせた。「彼女と結婚した理由が、これでわかったよ。ラグビー観戦に連れていかれて喜ぶ女性は貴重だ。おまけにこんなに美人だしな」

「もうそろそろいいだろう」カスペルは自分のものだと言わんばかりにホリーの肩に腕をまわした。「今度は別のやつに君を見せびらかすとしよう」

競技場を出てリムジンに乗りこんだところでホリーは言った。「よくあんなにすらすらスピーチできるわね。うらやましいわ」

「意外かい？」

「私も話すのは好きだけど、おおぜいの前に出ると、とたんに言葉が出てこなくなってしまうの。四日くらいたってから、あのときあんなふうに言えばよかったって思いつくのよ。それと、論争も苦手だわ。険悪なムードがだめなの。相手ににらまれただけで言葉につまっちゃう」

「友達のアパートメントで言い争ったときは、僕と対等にやり合っていたじゃないか」

「あなたがひどいことばかり言うんですもの。ふだんはなにも言い返せなくて黙ってしまうのよ」

「君が黙りこくるところなんて、どうがんばっても想像できない」

「とにかく、あなたは自信にあふれていて、すばらしいと思うわ。私は自分に自信がなくて」ホリーはカスペルの横顔を眺めた。「ふらりと好きなときにラグビーを見に行っておか友達と過ごせたころが懐かしいでしょうね。大公の職務は最初のうち大変だった？　まさか大公になるなんて思っていなかったんでしょう？」

カスペルはしばらく答えなかった。やがて口元をかすかにこわばらせて言った。「あのときは、状況自体が大変だった」

彼は八年間もこうして心を閉ざしつづけているの？　冷たい人間になってしまったのも無理はないかもしれない。心の傷を癒す機会がなかったのだから。

「今までだれかに話したことはないの？」カスペルを案じるあまり、ホリーは大胆になっていた。「ごめんなさい、でも、心の中に閉じこめておいたんじゃ、かえってよくないと思うの」

「ホリー――」

「わかったわ、もうきいたりしない」ホリーはあわてて言った。「でも、お仕事の内容については、いずれ詳しく教えてね。サンタリアの人たちにはごく当たり前のことを、私はぜんぜんわかっていなかったりするんですもの。あなたの先見の明や勇断をたたえられて……ほら、大公はサンタリアを大改革したとか言われて、いちおうわかっているふりはするんだけど、本当はさっぱりわかっていないの。そんなの恥ずかしいでしょう？　鈍い女だとは思われたくないわ」そこでカスペルが指先で額をもんでいるのに気づき、ホリーは座席の上で身を引いた。今にも雷が落ちるかに思えた。

だが、彼がホリーに目を向けたとき、その瞳は愉快そうに輝いていた。「君の言葉は拷問道具代わりに使えるよ。その調子でしゃべりつづけられたら、降参するしかない。わかった。今夜、夕食の席で話そう。ただし、退屈で死にそうになっても知らないぞ」

「夕食を一緒にとるの？　あとほかに七百人いるなんて言うんじゃないでしょうね？」

「二人きりだよ」

「二人きり？」甘美な興奮が体の奥からわきあがってきた。今夜、ついに二人の関係を深めるチャンスが訪れるかもしれない。カスペルの話を聞きながら退屈するなどありえなかった。

「ああ、時間は遅くなるがね。その前にオペラを見に行く」

「オペラに連れていってくれるの？　ほんとに？」

「あれだけ歌が好きなんだ、きっと喜ぶだろうと思ってね」

「この宮殿はお友達のものなの？」ホリーは屋上にしつらえられたテラスを歩きまわり、大都会の真ん中にこんな楽園のような空間があることに驚いた。熱帯の花々が錬鉄製の手すりにからみついている。遠くにはライトアップされたコロッセオが見えた。

「ホテルや大統領の迎賓館に泊まるより、静かに過ごせるからね」

ようやく二人きりになれたのに、ホリーは妙に緊張していた。「このネックレス、とても気に入ったわ」ダイヤモンドのネックレスに触れながら言った。

「よく似合っているよ。取り替えずにいてくれてよかった」

オペラの最中も、カスペルは舞台に目を向けるでもなく、熱いまなざしをホリーにそそいでいた。ホリーは夕食の席でも、そのときと同じ、スパンコールにおおわれた細身のドレスを着ることにした。

「このドレス、どう？　ぴったりしすぎてない？」腰のラインに手を沿わせながら彼女は尋ねた。

「僕が好きなのは、ドレスよりも中身のほうだ」カスペルはホリーの肩を撫でた。

「やっとデートらしくなってきたわ」ホリーは緊張ぎみに笑い、彼の手からシャンパンのグラスを受け取った。「いい天気ね。まだ三月なのに、とても暖かいし」

「希望どおり二人きりになったのに、天気の話かい？」カスペルがじっと見つめる。「今日は疲れた？」

「いいえ。とても楽しかったわ。ありがとう」

「ふだんあちこち訪問してまわるよりは楽かもしれないな。たいていの女性は、妊娠初期にはのんびりひなたぼっこでもしているだろうに」

「あなたと結婚していなかったら、いまだにウエイトレスをしているところだわ。今の暮らしで大変なことなんてなにもない。スケジュール管理から衣装選び、髪のセットやメイクまで、みんなほかのだれかがやってくれるんですもの。私はただ、その場に行って、みんなとおしゃべりをすればいいだけ」

「おしゃべりは君の得意技だものな。おなかはすいたかい?」カスペルは愉快そうに瞳を輝かせながらホリーをテーブルへ導いていった。キャンドルの光に銀器がきらめいている。

「君がこれほどすんなりなじんでくれるとは思わなかった。出会ったとき、君はとても不安定に見えた。君が温かくて人なつっこい人柄なのは結婚してからわかったんだ。君には人の心をつかむ才能がある」

「そう思う?」思いがけない賛辞に、ホリーの胸は喜びでいっぱいになった。膝にナプキンを広げてくれたスタッフを見あげ、お礼代わりにほほえむ。「うれしいわ」

「なぜウエイトレスをしていたんだい?」

「ウエイトレスのどこがいけないの?」

「気を悪くしないでくれ」カスペルは数人のスタッフが料理を運んでくる間、口を閉ざした。「ウエイトレスがいけないと言っているわけじゃないが、君ならほかにいくらでも仕事が見つかるだろう。算数は苦手かもしれないが、明らかに頭もいい」

「私には野心というものがないの。今風じゃないし、これを聞いたら怒る人もいるかもしれないけど、私がなにより望んでいたのは、子供を産んで育てることだった。ほかの女の子たちが医者や弁護士になる夢を抱いているときでも、私の夢は母親になることだったの。並みの母親じゃないのよ。最高の母親。心理学者に言わせたら、だめな両親への反発からきているってことになるんでしょうけど、実際にはなんの関係もないわ。ただ、人より母性本能が強いだけだと思うの」

「確かに、それを聞いて違和感を覚える人もいるかもしれないな。僕の知っている女性たちの多くは、子育てはほかになすべきことをなしてしまうまで先送りにするものだと考えているからね」

「私にとって、子供は最後にくるものじゃなくて、最初にくるものなのよ」ホリーは開いたガラスのドアを見やった。中で数人のスタッフが待機している。「ねえ、料理を全部運び入れて、下がってもらうっていうのは無理かしら？」

カスペルがちらりと視線を送っただけで、彼らは即座に指示どおりに動いた。

「さすがね」ホリーはにっこりし、フォークを手にした。「レストランで食事をすることはないの？」

「たまにはあるが、通常は警備の問題があるからね。オペラはずいぶん楽しんでいたようだな」

「もう最高だったわ。衣装も、音楽も……」ホリーはため息をついた。「また連れていってくれる？」

「初めてだったのかい？　ロンドンに住んでいたんだろう？　文化の中心地なのに」

「お金があればね。でも、たとえお金持ちだったとしても、ロンドンは孤独な街だと思うわ。みんな自分のことしか頭になくて、うつむいて歩いている。村じゅうみんなが顔見知りみたいな小さな村に住めたらどんなにいいだろうと思っていたけど、都会でないと働き口がないし」

「君はつくづく一人がいやなんだな」

「子供のころ一人でいることが多くて、うんざりしてしまったのね。父が出ていって以来、母は働きに出るしかなくて、お金もなかったから、私は一人でほうっておかれることが多かったの。そうこうするうちに母が亡くなって……」ホリーはフォークの先で料理をつついた。「とにかく、私にとって〝一人〟っていうのは、あまり幸せな感情と結びついていないの。弱虫よね」

「僕にはとてもバランスのとれた人間に見えるがね。ちょっと夢見がちで世間知らずのところはあるかもしれないが。子供のころ、おとぎ話をたくさん読んだだろう？」

「それ、どういう意味？　いくら私でも、おとぎ話までうのみにしないわよ」

「でも、愛は信じているわけだ」

「愛は作り話じゃないもの」

「そうかな」キャンドルの光が皮肉っぽい表情を浮かべたカスペルの瞳を照らし出す。

「おかしいわ。王子として育ってお城に住んでいるのに、おとぎ話は信じないなんて」ホリーは笑った。「だいたい、自分が住む世界がおとぎ話そのものなら、子供のころ、養育係(ナニー)になにを読んでもらうのかしら？　平民の話？」

「責任や義務を果たすことの大切さをすりこむような物語を、山ほど聞かされたよ」

「個人である前に、国のために生きることを教えられたのね。子供のころはどんなふうだった？　自分が大公家に生まれたことを不思議に思ったことはない？」

「ほかの世界を知らないからな。子供時代はごくふつうだったと思うよ。自宅で教育を受けたあと、イギリスの寄宿学校に入り、そのあとアメリカの大学に進んだ。帰国してからは観光開発を担当した」

「みんなあなたの仕事ぶりをほめているわ。そのころが懐かしい？」

「今もほとんどのプロジェクトに目を配っているよ。たぶん必要以上に首を突っこんでいるだろうな」

　今夜のカスペルは、ふだんなら考えられないほど話しやすかった。実際、むずかしい話題は一つもないが、そんなことはどうでもいいとホリーは思った。大事なのは、二人で話をすること。側近たちとも離れて、二人きりの時間を過ごすことだった。

「もっとこういう機会があればいいのに」ホリーはつぶやき、カスペルが腰を上げるのを見て、頬をほてらせた。彼の瞳は熱っぽく輝いている。

「ああ、そうしよう。だが、おしゃべりはここまでだ」彼はホリーをそっと立たせ、てのひらで彼女の顔を包みこんだ。「ここから先は、言葉はいらない。このドレスはどうやって脱ぐんだい？」

「うしろにファスナーがあるわ」ホリーはカスペルを見あげ、キスを待ちながら答えた。

カスペルと唇が触れ合っただけで、いまだに頭がくらくらしてしまう。ホリーは喜びのうめき声をもらして彼の首に腕をまわした。

「今すぐ君が欲しい」カスペルは唇を重ねたまま言い、ホリーを抱きあげて豪華な寝室へ運んだ。

大きな四柱式のベッドで何度も愛を交わしてから、ホリーはゆったりと宙を漂いながら地上に戻ってきた。いったいどれくらい時間がたったのか、さっぱりわからなかった。

カスペルは重ねていた体を少し離し、満足げな顔で彼女を見おろした。「君を求めるほど激しく女性を求めたことはないよ」

ホリーは胸をときめかせ、カスペルを見あげた。「愛してる」陶酔の中で彼の首に腕をまわし、その胸に顔をうずめた。「愛してるわ、カスペル」

それは心からの言葉だった。今この瞬間、気づいたのだ。自分は彼を愛しているのだと。

カスペルは複雑でとらえどころがなく、ときにホリーを傷つけることもある。それでも、子供のためにいい関係を築こうとしているうちに、ホリーは彼を愛するようになっていた。いや、あるいは最初から愛していたのかもしれない。ラグビー競技場で初めて会ったあのとき、彼になにかを感じたのだ。そうでなければ説明がつかない。ほかの男性たちには決して与えなかったものを、出会ったばかりの男性に捧げてしまうなんて……。

自分の告白に驚いたホリーは、カスペルからなんの返答もないことにとっさには気づかなかった。

彼はなにも言わず、身じろぎもしなかった。

まるで、ホリーの言葉が彼を石に変えてしまったかのようだった。

しかし、次の瞬間、カスペルはホリーの腕から抜け出し、仰向けになった。

ホリーは動揺し、とっさにカスペルに身をすり寄せた。だが、彼の体はこわばったままだ。

「二度とその言葉は口にしないでくれ。セックスの快感と愛を混同してはいけない」

「混同なんかしてないわ。自分の気持ちくらいわかるもの。それに、あなたに同じ言葉を返してほしいなんて言わない。でも、私が言うのはかまわないでしょう?」ホリーはおずおずとカスペルの平らな腹部に触れた。「愛しているの。お願いだから怖がらないで」

カスペルは小声で毒づき、彼女の手を振り払ってベッドを下りた。「〝愛している〟というせりふはあまりにも使い古されていて、今ではなんの意味もないよ」

「私にとってはとても大事な言葉よ」

「そうかい?」カスペルは険しいまなざしでホリーを見つめながら、ローブに袖(そで)を通した。「人が〝愛している〟と言うときは、たいてい別の意味なんだ。〝君とのセックスは最高だ〟とか、〝あなたはお金持ちで気前がいいから好き〟とかね。君の場合は〝あなたがこの子の父親になってくれてありがたい〟というところだろう」

　ホリーは殴られたかのようにたじろいだ。「どうしてそんなことを言うの？　せっかく二人の距離が縮まったと思ったのに、私のこと、あなたはぜんぜんわかっていない――」

「正直に言ったまでだよ」

「私は今までだれにも愛しているなんて言ったことはないのよ。それなのに、こんなふうに拒まれるなんて……」ホリーは胸が苦しくて、息をすることすらままならなかった。

「よくわかってもらえていないようだから、私にとっての〝愛している〟を説明するわ。〝愛している〟というのはその人の幸せを、自分の幸せよりも大切に思っているってこと。セックスの快感にひたっているときだけじゃなくて、いつも。〝愛している〟から、あなたに嘘つき呼ばわりされても我慢できるの。あなたが心に傷をかかえているのはわかっているもの。〝愛している〟から、あなたが考えや感情を私に打ち明けてくれるまで、いつまでも待とうと思っているのよ。〝愛している〟から、こうしてあなたのそばにいるの。あなたがそうやってわざと私を傷つけても、プライドなんてかなぐり捨ててあなたとうまくやっていこうと決めているの」

　重苦しい沈黙のあと、カスペルは指で額をもみながら深呼吸をした。「そんなふうに感じているのなら、申しわけなかった」彼はかすれた声で言った。「僕は君になにも返してやれない。僕にはもう無理なんだ」そして、ホリーの返事を待たずに寝室を出ていった。

8

ドアがばたんと閉まり、ホリーは悲しみに打ちひしがれて枕に突っ伏した。

あんなにすてきな夜が、どうしてこんなふうに終わってしまうの？

ただ一言、愛する気持ちを伝えただけなのに、なぜカスペルはいきなり豹変してしまったの？

確かに彼は婚約者を亡くしたけれど、その悲しみだけで、人はあそこまで人間不信になるかしら。

〝僕にはもう無理だ〟って、どういうこと？

人は一生に一人しか愛してはいけないとでも思っているの？

それとも、この私を愛せないということ？

ホリーは波立つ感情を抑えることができずに、ベッドを抜け出した。シルクのローブをはおり、寝室のドアに歩み寄る。ノブに手をかけたところで足をとめた。カスペルを追いかけたくても、再び拒絶されると恐ろしかった。

彼の気持ちを知りたいと同時に、知るのがたまらなく怖かった。

愛する人を失ったせいで二度とだれも愛せないなんて言葉は聞きたくない。そう言われたら、望みは完全に絶たれてしまう。

でも、話さなければ、なにも変わらない。

これが正しい判断であるように祈りながら、ホリーは廊下へ出た。

カスペルはどこ？　外へ出てしまったの？

そのとき、一つのドアの下から明かりがもれているのに気づいた。到着時に案内されたときの記憶では、たしか書斎ということだった。

ホリーは深呼吸をすると、ドアを軽くノックしてから開けた。

カスペルは彼女に背を向けて立ち、窓の外を眺めていた。

ホリーはそっとドアを閉めた。「お願いだから私を遠ざけないで」静かに話しかけた。「深刻な問題なら、なおさらこの機会に話しましょう。ちゃんと話ができないのなら、どんな関係だって築けやしないもの」カスペルの肩に力が入ったのがはた目にもわかった。

彼が返事をするまで、気が遠くなるほどの間があった。

「君が求めるものを与えることはできないんだよ、ホリー。愛は取り引きの条件にはなかったはずだ」

「取り引きなんて言い方はやめて！」ホリーはやりきれない気持ちでカスペルの背中を見

せないわ」

つめた。「ねえ、せめてこっちを向いて。そうでなくてもつらいのに、顔を見なくちゃ話

　カスペルが振り向き、ホリーはショックに息をのんだ。彼の整った顔は大理石から切り出したかのように無表情で、完全に血の気を失っていた。目はうつろだが、体がこわばっているところをみると、彼が痛みを感じているのは明らかだ。

「お願いだから話をして」ホリーは自分のみじめさも忘れ、カスペルに歩み寄った。「なぜ愛せないの？　アントニアを亡くしたから？　今もまだ彼女の死を悼んでいるの？」そのとき、カスペルの表情が険しくなるのを見て、彼女はすべてを悟った。彼の言葉、彼の冷たさ、彼の生き方。なんの根拠もないまま、ホリーは確信した。「彼女に傷つけられたのね？」

「ホリー――」

　カスペルの警告を無視し、ホリーは彼の大きな手を握った。「今までずっと、彼女のことを今も深く愛しているんだとばかり思っていたの。実際、かつては愛していたんでしょうけど……」彼女はカスペルのいかめしい顔を見つめた。「彼女がなにか失望させるようなことをしたのね？　だから私に対しても最初から懐疑的だった。だからあなたはだれも愛せない。愛したくないのよ。一度は心から愛して、裏切られたから。そうなんでしょう？　話して」

「ホリー」カスペルは苦しげに言った。「ほうっておいてくれ」

「ほうってなんかおけないわ」ホリーは彼の手を握り締めた。「知りたいのよ。当然でしょう?」涙がこみあげてきた。「彼女はあなたになにをしたの?」

カスペルのがっしりした顎の筋肉が引きつっている。彼はうつろな目でホリーを見つめた。「僕の兄とベッドをともにしていたんだ」

想像を超えた答えに、ホリーは啞然とした。「まさか、そんな……」

カスペルは皮肉っぽく口元をゆがめた。不思議なことに、相変わらずその瞳にはなんの感情も表れていない。「アントニアにとって〝愛している〟はなんだったか教えようか? 彼女は大公家の華やかさや有名人として注目されることを愛していたんだ。当時、僕はまだ広報関係の仕事にいそしんでいるだけで、大公家の一員としての公務にはほとんどかかわっていなかった。それがまさか大公になるとは、だれも思わなかった。僕自身、そんなことは望んでもいなかった。だが、アントニアは望んでいた。彼女はより華やかな地位を与えてくれる相手を見つけると、〝愛〟をそっちに向けたんだ。兄が約束する公妃の暮らしは、彼女の欲求を完璧に満たすものだった」

「つらかったでしょうね」

「いや、僕がばかだったんだ」カスペルはホリーの手から手を引き抜いた。「彼女の愛を信じて、疑おうともしなかった」

「あの事故は……」

カスペルは大きく息を吸った。「僕とアントニアはスキーに出かけた。そこへ思いがけず兄が現れた。そのとき初めて二人の関係に気づいたんだ。僕は愚かにも、二人を前にして事をはっきりさせようとした。よりによって、山頂でヘリコプターを降りたところでね。兄はそのままスキーですべって逃げ、アントニアも兄に続いた」彼はしばらく間を置いてから再び口を開いた。「僕はそのあとを追ったが、だいぶ出遅れていた。そのとき、二人が雪崩にのみこまれたんだ。どうすることもできなかった。僕自身も余波を受けて木に激突し、意識を失った」

「回復してからだれかにそのことを打ち明けた?」

「国が危機的状況にあるのに、兄の思い出を汚したところで、得るものは一つもない」

ホリーはこみあげる涙を必死にこらえた。「だから自分の胸一つにしまって、職務に没頭したのね」

「そうだ」

ホリーは思わずカスペルの腰に腕をまわして抱きついた。「どうしてあなたが愛を信じられないのか、これでわかったわ。でも、そんなの愛じゃない。彼女は初めからあなたを愛していなかったのよ」

カスペルはホリーの肩に手をかけ、やさしく遠ざけた。「おとぎ話は終わりだ、ホリー。

君が真相を知ったところで、なに一つ変わらない」

「私にとっては違うわ」

「それは思いこみだ。僕がいつか君を愛するようになることを夢見ているかもしれないが、そんな日は決してこない」

胸を突き刺す痛みを無視し、ホリーは言った。「また裏切られるのが怖いの？」

「事故のあと、僕は感情というものを完全に封じこめた。そうするしか生きていくすべがなかったからだ。なにも感じたくなかった。感情なんて、僕には贅沢なものだった。悲しみにくれていたら、とても責任を果たすことはできない」

「でも、だからって――」

「頼むからもうやめてくれ！」カスペルは険しい口調でさえぎると、ホリーの顔をてのひらで包んで自分の方を向かせた。「僕は感じることができない。愛することができないんだ。愛なんて、僕の人生には必要ない。僕たちはすばらしいセックスを楽しんでいる。それだけで十分じゃないか」

ホリーは深い悲しみに包まれながら、まだ解かれていない疑問を口にした。「私を愛せないのなら、それはしかたがないわ。でも、一つだけききたいの、カスペル。私たちの子供を愛することはできる？」

カスペルはしばらくじっとホリーの目を見つめていた。やがて両手を下ろし、力なく言った。「わからない。まったく想像がつかない」

　ホリーの最後の希望は粉々に砕け散った。

「お願いだからそんなことは言わないで」

「正直なところを聞きたいんだろう？　これが僕の本心だ」

　今度はホリーが部屋を出て、二人の間のドアを閉ざす番だった。


「公妃のようすが心配でなりません。ほとんど食事も召しあがらず、午後の予定もキャンセルなさいました」ふだんは不安などおくびにも出さないエミリオが、珍しく表情を曇らせている。「陛下にもお知らせしておいたほうがいいと思いまして」

　カスペルはデスクの書類の束から顔を上げた。「疲れているんだろう」昨夜遅く、彼がベッドに入ったとき、ホリーはすでに寝ていた。それとも、寝たふりをしていたのだろうか？「妊娠中は食欲に波があると言うし」

「しかし、公妃は食べることが大好きでいらっしゃいます。気むずかしいピエトロも公妃の料理だけは楽しそうに作るほどで。ようすがおかしいのは、二週間前、ローマからお戻りになってからです。以来、食事もろくになさらず、歌も歌わなくなってしまわれました」

　カスペルは読んでいた計画書をゆっくりと下ろした。ホリーは彼に対して、笑うのも、話すのも、抱きつくのもやめてしまった。

ローマから戻ってからというもの、ホリーは人が変わってしまったようで、よそよそしい態度を保っている。質問すれば答えるが、向こうからなにか尋ねてくることはない。毎夜、カスペルがベッドに入るころには、先に寝てしまっている。

いつ見ても、まるで死に場所をさがす傷ついた獣のようにぐったりしている。だからといって、僕が責任を感じる必要はない。

警護隊長に陛下のせいだと言わんばかりに責められても、意に介することはないのだ。

「警護隊長はホリーの体の安全を確保するのが務めだ。彼女の精神衛生までは気にかけなくていい」カスペルは冷ややかに言い、デスクの上のファイルを閉じた。

「ですが、どうしても心配なんです」エミリオは、たとえハリケーンがこようとも一歩も動かないという構えだ。「一昨日、小学校の開校式に出席なさったときにもほとんど食事を召しあがっていらっしゃいませんでしたし、昨日のランチもまったく手つかずでした。医者をお呼びしましょうか？」

「医者などいらない。僕が話そう」

「いえ、なにか気に病んでいらっしゃるようすなので、どなたか外部の方とお話しになったほうがいいのではないかと」

「君は特殊部隊出身の警備のエキスパートだと思っていたが、いつから精神分析の専門家になったんだ？　僕が話をするのではだめなのか？」

エミリオは皮肉を言われてもまったくひるまなかった。「陛下が相手では萎縮しておしまいになります。陛下はあまりに……直截でいらっしゃいますが、公妃は夢見がちでロマンチックなので……」

今はもうそうではない。彼女のその性格を、僕がゆがめてしまったのだ。カスペルはそう考え、愕然とした。「ロマンチックになるのは無理だが、できるだけ穏やかに話すよう努力するよ」

「あと一つだけ申しあげてよろしいでしょうか？」

「だめだと言ったら黙るのか？」

カスペルの皮肉を無視し、エミリオは言った。「私は陛下が十三のときからおそばでお仕えしております。ホリーは、いえ、公妃は、陛下が今までつき合ってこられた女性たちとは違います。彼女は本物です」

本物？　カスペルはかぶりを振った。ホリーがスタッフを相手に上手に自分を売りこんだことを歓迎すべきか、あるいは、みんなが彼女の表の顔に惑わされていることを嘆くべきか、自分でもわからなかった。彼らは愛らしい笑みと人なつっこい性格しか見ていない。赤ん坊が大公の子ではないかもしれないと疑う者など一人もいないのだ。ホリー・フィリップスには計算高い裏の顔があるというのに……。

人も、その関係も、外から見えるものだけで成り立っているわけではないのだ。

それにしても、警護隊長はアントニアが兄と関係を持っていたことを知っているのだろうか？　カスペルはふと思った。

「ありがとう、エミリオ。僕がなんとかする」

「今夜の募金集めのディナーには、予定どおり出席なさいますか？」

「もちろんだ」

「それでは七時半にお車を用意いたします」

「そうだ、エミリオ」カスペルは警護隊長を呼びとめた。「ホリーが出席を取りやめたのは、どういう集まりだ？」

「離婚家庭のための支援センターの開館式です。一人で子育てをする親のサポートをしたり、母子家庭の子供に父親代わりの男性と接する機会を与えたりする施設だそうです」

カスペルは小声で毒づくと、しばらくじっと考えてから、山積みになった書類を一瞥し、デスクに背を向けて私室へ向かった。


ホリーはベッドに横たわり、枕で顔をおおっていた。

起きなくては。

任務がある。公妃としての責任がある。

けれど、悩みあぐねてエネルギーを消耗し、動けないほど疲れきっていた。

「ホリー」

カスペルの声を耳にし、ホリーはさらに枕をしっかりと押しつけた。泣いているところを見られたくない。ただでさえ顔を合わせるのもつらいのに……。「あっちへ行って。疲れているの。少し休ませて」

「話がある」

ホリーは胎児のように体をまるくした。「この前話を聞いたショックからまだ立ち直っていないのに」

力強い足音が聞こえ、ホリーの必死の抵抗もむなしく、枕はあえなく奪い取られた。

「窒息するぞ」

ホリーはカスペルから顔をそむけていた。「枕をかぶっていたほうが落ち着いて考えられるのよ」

カスペルの手が体に伸びてきたと思うと、ホリーは抱き起こされ、ベッドの上に座らされた。「ちゃんと顔を見て話をしよう」彼はホリーの顎を指で支えた。「泣いていたのか？」

「いいえ。私の顔っていつもトマトみたいなのよ」ホリーは顎を振ってカスペルの手から逃れた。「いいからあっちへ行って」

「君が食事をしていないと、みんな心配している」

「それはありがたいけど、なにも食べたくないの」

「午後の予定もキャンセルしたそうだな」

「ええ、申しわけないと思っているわ」カスペルに近くに座られ、まったく頭が働かなくなってしまった。「でも、施設の趣旨がちょっとつらすぎるの。近いうちに必ず行くわ。でも、今週はどうしても無理なのよ」すぐにでも彼の首に抱きつき、思いきり泣きたかった。冷たい人だとわかっているのに、なぜそんな気持ちになるの？

衝動に負けるのが怖くて、ホリーはベッドから出ると、バルコニーに通じるガラス戸へ歩み寄った。

薄いカーテンをそよ風が揺らしている。青々と茂る鉢植えの向こうに輝く海が見えた。まだ四月の上旬だが、今日も暖かい日になりそうだ。

こんな美しい春の日だというのに、かつてないほどみじめな気分だった。

「公務のことなどいい」カスペルはいらだったように言って近づいてくると、ホリーを抱き寄せた。「もうそれくらいにしてくれ。ローマの件だろう？　あれ以来、二週間も僕を避けている。確かに僕の言い方は身も蓋もなかったかもしれない」

「正直な気持ちだったんでしょう」

「そんなことをしていると、病気になるぞ」

「つらいんだからしかたないじゃないの」ホリーはカスペルの腕から逃れようとしたものの、彼はしっかりと抱いて放さなかった。「ふだんなら、なにか問題があるときは、だれかに相談して解決するけど……」

「だったらそうすればいい」

「簡単に言うのね。でも、だれに話せばいいの？　こんな個人的な問題は、話す相手を間違えたらマスコミに売られて、ひどい目にあうわ」

「僕に報復するチャンスじゃないのか？」

「本当に私のことをわかってないのね。私は報復なんてしたくない。あなたを傷つけたくない。ただ、私たちの子供を愛してほしいだけ」この子と、そして私を……。「それが無理だと言われて、どうしたらいいかわからなくて……」

「ずいぶん痩せたな」カスペルがホリーの腕を撫でた。「とにかくなにか食べてくれ」

「おなかがすいてないの」

「今はなによりもおなかの赤ん坊のことを考えるべきじゃないのか？」

その一言が、ホリーの起爆装置のスイッチを押した。

自分でも予想もしていなかった衝動につかれ、ホリーはカスペルの頬を思いきりひっぱたいた。「赤ん坊のことを考えろだなんてよくも言えたわね！」怒りのあまり泣きながらあとずさる。「妊娠しているとわかった瞬間から、考えることと言ったら赤ちゃんのことだけよ。あなたにアパートメントから連れ去られて以来、二週間ずっと悩みつづけたわ。赤ちゃんのためにどうするのがいちばんいいのかって。それで決心したの。この子はあなたの子なんだから、あなたと結婚するのが正しい道だって。あなたには子供が作れないと知っても、少しもあわてなかった。だって、それが間違いなのは、私がだれよりもよく知っているし、いずれあなたにもわかる日がくるはずだから。私を愛せないと言われたのも……」声がうわずった。「たまらなくつらかったけど、それでも受け入れる覚悟を決めたわ。自分のことなんて、この際どうでもいいって。でも、この子を愛せるかどうかわからないと言われたら――」

「ホリー、落ち着いてくれ」

「落ち着いていられるものですか！　アントニアにひどいことをされたのはわかるけど、この子にはなんの関係もないじゃないの。もうどうしたらいいかわからない」ホリーは高ぶった気持ちを抑えられずに歩きまわった。「だって、我が子を愛することができない男にしがみついているなんて、いったいどういう母親なの？　最初は、父親がいてくれさえすればいいと思った。でも、愛してくれない父親のそばで育つほうが酷なのかもしれない。私にはもうわからない。あなたと結婚したのが間違いだったのかも。私はきっとだめな母親なんだわ。でも、だからって、赤ちゃんのことを考えてないなんて言わないで！」

カスペルはイタリア語でなにやら毒づき、首のうしろをもんでいる。その体には緊張がみなぎっていた。「だめな母親だなんて言ってない」

「でも、そういうことでしょう?」

「そこまでだ!」

ぴしゃりと命じられ、ホリーは動けなくなった。膝が急に震えだし、カスペルが抱きあげてくれてほっとした。

「あなたなんて大嫌い」そうつぶやいたとたん、また涙があふれてきて、ホリーは彼の肩に顔をうずめた。

「ほら、泣いてばかりいたら病気になってしまうよ」カスペルはホリーをそっとベッドに横たえ、隣に寝て彼女を抱き締めた。「泣かないで」そう言って、ホリーの髪を顔から払いのけた。

「ひっぱたいたりしてごめんなさい」ホリーは泣きじゃくった。「だれかに手を上げたのなんて生まれて初めてよ。ただ、あなたにこの子を愛してほしかったの。父親に愛されない子供の気持ちは、あなたにはわからないでしょうね。まるで自分は生きている価値がないみたいに思えるの。実の父親が愛してくれなくて、だれが愛してくれるっていうの?」

カスペルはうなり、ホリーを仰向けにして体を重ねた。そして、顔をおおっている彼女の手をどけ、シーツの端で涙をぬぐい取った。

「カスペル、やめて……」ホリーの抵抗の言葉はカスペルの唇に封じられた。二人の唇が重なった瞬間、ホリーはキスをしたくない理由がまったく思い出せなくなった。快感が麻酔のように悩みをぬぐい去り、体が甘くうずきはじめる。

ホリーがうっとりしながらキスを返したところで、カスペルは顔を上げた。

「こんなことにキスを使わないで」ホリーが文句を言うと、カスペルはにやりとした。

「君を泣きやませようとしたんだよ。今度は僕が話す番だ。じゃましないで聞いてくれ」カスペルは静かに言い、ホリーの頬の涙を親指でぬぐった。「いつか愛するようになると約束することはできない。君に嘘（うそ）はつけないからね。だけど、これだけは約束する」カスペルは黒い瞳で彼女をじっと見つめた。「子供にとっていい父親になる。君のお父さんみたいに、子供を置き去りにするようなまねはぜったいにしない。子供が大切にされていると実感できるように、できる限りの努力をするよ。父親としての自覚を持ち、全力でその責任を果たすつもりだ」

ホリーはせつない気持ちでカスペルを見あげた。それは彼女が望んでいた答えではなかった。けれど、一つの出発点ではある。この子が自分の子供だとはっきりわかったら、ひょっとするとカスペルの感じ方も変わってくるかもしれない。

ホリーに本来の前向きな気持ちが戻ってきた。

そうよ、希望さえ捨てなければ……。

「大好物のチキンのレモン風味ですよ、公妃」

「おいしそう」ホリーは書きかけの手紙をわきにどけた。「ピエトロ、あなたがイギリスからわざわざ来てくれて本当にうれしいわ。宮殿の人たちはみんな喜んでいるでしょうね。もちろん、ほかの料理人の方たちもすばらしい腕前だけど」彼女はあわてて言い添えた。

ピエトロはほほえみ、シンプルなグリーンサラダをテーブルに置いた。「今回、宮殿のほかの方々には料理をお出ししていません。公妃のためだけに来たんです。大公じきじきのお達しでね」

「ほんとに？　知らなかったわ」ホリーがひっぱたいたあの午後以来、カスペルはさまざまな面で思いやりを示してくれている。「私のためだけにわざわざイギリスから？」

「大公は公妃のお体をとても気遣っておられます。私たちスタッフも同じです。みんな、公妃に崖から飛びおりろと命じられれば、〝どの崖ですか？〟と我先に従いますよ」ピエトロはにっこりし、シチリア産レモンで作ったレモネードをつぎ足した。

「それで、ここの居心地はいかが？」

「それはもう。公妃のお元気そうな姿が見られれば、こんなにうれしいことはありません。お子さんがお生まれになったら、ベビーフードはほかのだれにも作らせませんから。庭師と相談したんですが、新たに専用の家庭菜園を作ろうということになりましてね。サンタリアの太陽をいっぱいに浴びた有機野菜をご用意しますよ」

「サンタリア産人参のピューレか?」ドアから突然カスペルの声が聞こえ、ホリーは食べていたものを喉につまらせそうになった。

黒髪が日差しにきらめいている。彼の颯爽とした姿を見るたびに、胸がどきどきしてしまう。

カスペルに愛されていないとわかった今でも、彼への思いはつのる一方だった。

ホリーは口の中のものをのみこみ、フォークを置いた。「ランチをご一緒できるなんて思わなかったわ」彼女はチキンの皿をカスペルの方に差し出した。「ピエトロはいつも五千人分くらい盛りつけてくれるの。半分いかが?」

「だめです!」ピエトロは語気を強めて言ってからはっとした表情になり、あわててお辞儀をした。「ただいま陛下の分をお持ちいたします」

「ありがとう」カスペルは笑顔で言い、ホリーの向かいに腰を下ろして、テーブルの上の手紙の山を見た。「忙しそうだな」

「子供たちが手紙や絵を送ってきてくれるから、返事を書いているの。ねえ、見て」ホリーはピンクの袋に手を伸ばした。「小さな女の子がぬいぐるみを送ってくれたのよ。かわいいでしょう?」

カスペルはそのぬいぐるみを見つめた。「これはなんだい?」

「え? あの、たぶん……」ホリーはタオル地でできたほぼ逆三角形の物体を改めて眺め、眉根を寄せた。「豚さんじゃないかと思ったんだけど、ひょっとしたら羊さんかも。でも気に入ったわ。まだ六つなのに、すごいと思わない？」

「君はその〝なにか〟のお礼を書いているわけだ」カスペルは愉快そうに瞳を輝かせた。

「ぜひ読んでみたいね」

「なんとかうまく考えるわ」ホリーはぬいぐるみをそっとしまった。「みんな本当に温かくて。そうそう、お礼といえば……」カスペルの顔をまっすぐに見つめる。「ピエトロを呼び寄せてくれてありがとう。あと、ニッキーを呼んで、一週間も滞在させてくれたことも。とてもうれしかったわ」

「君に話し相手が必要なんじゃないかと思ってね。君が窮地に陥ったときに親身になってくれたようだし」

「だからニッキーにブレスレットをプレゼントしたの？　彼女、とても喜んでいたわ。二人でビーチでのんびりできたし。本当にありがとう」

カスペルがなにか言いかけたちょうどそのとき、ピエトロがスタッフを従えてランチを運んできた。

料理長はカスペルの前に丁寧に皿を置いた。「なにかご用があればお呼びください」

料理人たちが下がり、また二人きりになった。

「さあ、食べて。でないとピエトロが辞めると騒ぎだす」カスペルがそっけなく言った。

「このところちゃんと食べているわ」ホリーはまたフォークを手に取った。

「医者も君の健康状態が良好だと喜んでいたよ。体重も順調にふえているとね」

「お医者様に連絡してくれたの？」

「ああ、これでも気にしているんだ」

ホリーもそれを実感していた。ローマで聞いた言葉を忘れることはできないが、大切にされているだけで十分だと自分に言い聞かせていた。「子供部屋も完成したわね。あなたが選んでくれたデザイナー、すてきなセンスだわ」

「よかった。君にプレゼントがあるんだ」カスペルは箱を差し出した。「気に入るといいんだが」

「もうたくさんもらっているのに」ホリーは箱を開け、豪華なダイヤモンドのブレスレットを見つめた。「すてき。あのネックレスにぴったりね」

カスペルは愛情を与えられない分、プレゼントで埋め合わせようとしてくれる。ホリーの目に涙がこみあげてきた。

「どうかした？」

「なんでもないわ」ホリーはブレスレットを手首につけ、精いっぱいほほえんだ。

「言いたいことを我慢しているね。このところ君は思っていることをなかなか口にしなくなった。なんだか落ち着かないよ」カスペルはテーブルごしにホリーの手を取った。「君はまだ本来の君に戻っていない。なにをしても、もう二度と君の心に届かないんじゃないかという気がしてくる」

「毎晩一緒に過ごしているじゃないの」

「体のほうはそうだが、そのあと君はおやすみなさいと言って背中を向けてしまう」

ホリーは頬を赤らめ、皿の上のチキンを見つめた。「私たちの違いをきちんと受けとめようとしているの」せつない気持ちで、きらめくブレスレットを見つめる。「私が感情をあらわにしすぎてあなたを怖がらせてしまうというのが、私たちの最悪のパターンだもの」

カスペルは彼女の手を握る手に力をこめた。「つまり、僕を守ろうとしてくれているのかい？」

ホリーは彼の目を見て答えた。「いいえ、私自身を守ろうとしているのよ」

9

悩みから気をそらそうとするかのように、ホリーは公務に没頭した。あいた時間は手紙やカードの返事を書いたり、子供部屋の準備をすることに費やし、できる限り忙しくしていた。

ある日、手彫りのロッキングチェアに座って育児の本を読んでいると、スタッフが現れ、友人の訪問を告げた。

だれとも約束はしていない。ホリーは首をかしげながら本を置き、広々としたリビングルームを横切っていった。

ドア口に立っていたのはエディだった。もじもじと所在なさそうにしている。

「エディ?」ホリーは驚き、足早に彼に近づいた。「どうしてこんなところにいるの?」

「ずいぶんなご挨拶(あいさつ)だな。これでも昔は友達だったじゃないか」エディは皮肉っぽく笑った。

「それはそうだけど……。元気?」

「ああ。仕事もとてもうまくいっているよ」

「よかった」ホリーは心からそう思った。エディへの恨みはみじんもない。今はむしろ、彼が婚約を解消してくれてよかったと思っている。あのままエディと結婚していたら、人生最大の過ちを犯すところだった。カスペルと出会って初めて、ホリーは愛の本当の意味を知った。今にして思えば、エディへの感情は愛ではなかったのだ。

「有休がたまったから、イタリアで一週間過ごすことにして、海に面した豪華なホテルを予約したんだ」エディはポケットに手を入れて窓辺に歩み寄り、海を眺めた。「そのついでに、ちょっと寄ってみたんだよ」彼は深呼吸をして、首のうしろをもみながらホリーの方を振り向いた。「実はあやまりに来たんだ。マスコミにねたを売ったりして、ひどいことをしたなと思って……」

「いいのよ。あなたは怒りで気が動転していたんだから。そういうとき、人は自分らしくないことをしでかすものだわ」

「君を窮地に陥れるつもりはなかった。いや、ちょっとはあったかな。嫉妬でかっとなっていたからね。今さら僕に会いたいとは思わないかもしれないが、とにかく会ってあやまりたかったんだ」

「もう気にしないで」

エディはほっとしたような表情になった。「ここまで来るのは大変だったよ。何重もの警備に阻まれて。最終的には、いかめしい感じの大男が特別に許可してくれた」

「エミリオ?」

「ああ、そうだ。大公のボディガードだって? 大公ならボディガードなんていらないだろうに。自分でやっつけられそうじゃないか。やさしくしてもらっているかい?」

「ええ」

「そうか、よかった」エディは口元をゆがめて笑った。「気が変わって逃げ出したくなっているんならと思ったんだが」彼は腕を広げ、漠然と周囲を示した。「僕は自分の上昇指向が君とはそぐわないと思っていたのに。その君が宮殿に住んでいるとはね。まあ、僕たちがあのままつき合っていても、うまくいかなかったかな」

「そうね。でも、私は今も上昇指向なんてないわ。カスペルはおなかの子の父親だもの。だから結婚したの」

「ああ、それがそもそもの僕の怒りのもとだ。僕は君にばかにされたような気がした」

「そんなつもりじゃなかったのよ」

「ああ、今はちゃんとわかってる。自分は幸運な男だって、大公がわかっているといいけど。じゃあ、そろそろ行くよ」

「もう帰るの? お茶くらい飲んでいってくれればいいのに」ホリーはエディに歩み寄り、手を差し出した。「遠くまで来てくれてありがとう」

エディは少しためらってからその手を握った。「君が元気でいるかどうか確かめたかったんだ。僕になにかできることがあったら……」

「その必要はない」重々しい声が二人の背後から響いた。振り返ると、カスペルがドア口に立っていた。黒い瞳が氷のように冷たく光っている。

エディはあわてたようすで軽く頭を下げた。「陛下、ホリーに挨拶をしに立ち寄ったんです。今帰るところです」

カスペルはじっとエディを見すえている。「そこまで送ろう」

カスペルの無作法なふるまいに困惑というより驚きを覚えながら、ホリーは埋め合わせの意味もこめてエディを抱き締めた。「会いに来てくれて本当にありがとう」

エディは横目でカスペルの方をうかがいながら、おずおずとホリーの体に腕をまわした。「とにかく、元気そうでよかったよ。それじゃ」彼はリビングルームを出ていき、少ししてカスペルが戻ってきた。相変わらず瞳がいらだたしげに光っている。

「君をできるだけ自由にさせてやりたいと思っていたが、愛人を宮殿の中まで連れこむとは思わなかったよ」

「ばかなことを言わないで。彼は愛人なんかじゃないわ。だいたい、なぜあなたがやきもちをやかなくちゃいけないの？」

私のことを好きでもないのに。

私に愛してほしくもないくせに。

「だが、前は恋人だったんだろう？　ああ、やきもちをやいて悪いか？　君が君の赤ん坊の父親と手を握り合っているのを見れば、嫉妬くらいするさ！」

ホリーの堪忍袋の緒が切れた。

「エディとはベッドをともにしたことはないわ！　あなた以外の男性と深い関係になったことなんて一度もないのよ！」今まで感じたことがないほど激しい怒りに駆られ、ホリーはカスペルにくってかかった。「それになによ、〝君の赤ん坊〟って？　この子は私たちの赤ん坊でしょう。あなたの子でもあるのよ。この問題を忘れたふりをするのにももううんざりだわ」

カスペルは妙にしゃがれた声で言った。「いいか、二度とほかの男に触れるんじゃない」

「どうして？　私は人を抱き締めるのが好きなの。だいたい、あなたは抱き締めさせてくれないじゃないの。このままじゃ、もうやっていけないわ。まるで感情が枯れ果てた心の砂漠にいるみたいなんですもの。あなたが拒むんじゃないかと思うと、触れることもできない。あなたに話しかけるときだって、間違ったことを言わないようにとびくびくしているのよ。でも、はっきり言っておきますけど、これまで一度もあなたの信頼にそむいたことはないわ」

「信頼うんぬんの問題じゃない」

「信頼の問題よ！」自分のものとは思えないほど甲高い声が出た。「私がバージンだってことを信じてくれなかったときも、私はあなたを理解しようとした。あなたがアントニアにひどく傷つけられたことも、一国の君主という地位にあって悲しみのはけ口を見つけられなかったことも、理解しようとしたわ。でも、あなたは私を理解しようとしてくれたことがある？　一度だってないじゃないの。私のことを広い心で信じてくれたことなんて一度もないのよ」心臓が早鐘を打ち、頭がくらくらした。

「ホリー――」

「なだめたりしないで！　ヒステリーを起こしているわけじゃないんだから。実際、今ほど頭がすっきりしていることはないわ。あなたが私を信じてくれないのは、アントニアのせいで心に傷を負っているからだと思ってた。でも、今はそんなことじゃないと思えてきたわ。単なる男のエゴなのよ」

「君が毒舌を吐くなんて、初めてだな」

「ええ、おかげさまで初めての経験だらけね。最初はセックス。ここに来て、毒舌を吐いたり、暴力を振るったりすることも覚えた……」そのとき、赤ん坊が蹴るのを感じ、ホリーはおなかに手を当てた。「そうよ、アントニアのことなんて関係ないのよ。あなたのその傲慢な男性優位主義で王様気取りの……」彼女は手をひらひらさせて言葉をさがした。

「とにかく男特有のつまらないエゴがそうさせているんだわ。私が今までほかの男性とべッドをともにしたと思うと、気に入らないんでしょう？　ばかばかしい。一度もそんなことはしていないのに」

「彼とは婚約していたじゃないか」

「でも、セックスはしていないわ。だから振られたのよ。服を脱ぐのをためらっていたから」ホリーはカスペルをにらみつけた。「あなたと出会ったとき、なぜあんなことをしたのかなんてきかないでね。自分でもさっぱりわからないんだから。きっとあなたは、ジェームズ・ボンドもうらやむくらい女の服を脱がせるのが得意なんでしょう」

「君は彼に婚約を解消されて悲しんでいた」

「悲しんでいたといっても、あの程度よ。本当に悲しかったら、婚約を解消された翌日に、テーブルの上で奔放なセックスにおぼれたりしないわ」ホリーはヒステリックに笑った。「あなたにとってセックスを伴わない交際が不可能だからって、私まで同類だと思わないで。もういいでしょう。私を一人にして。あなたがもう少し人間らしくふるまえるようになるまで、そばに来ないで」

カスペルは荒々しい怒りに突き動かされて大股にリビングルームを出ると、書斎に入って乱暴にドアを閉めた。

妊娠中の女性相手にかっとなるなんて、いったいなにを考えているんだ？

答えはわかっている。なにも考えていなかったのだ。

リビングルームに入り、ホリーがエディと手を取り合っているのを見た瞬間、赤々と燃える嫉妬の炎に包まれてしまった。

今日という日まで、ほかの人間を地上から消し去りたいと思ったことはなかった。それなのに、エディという男がホリーと親しい関係にあったと思うだけで、てのひらが汗ばみ、気分が悪くなった。

ホリーにあやまらなければ。しかしその前に、エディが二度とホリーに近づかないよう、対策を講じなくては。

その行動がはたして正しいのかどうか深く考える間もなく、カスペルは運転手に、エディが滞在中のホテルへ行くように命じた。

ホテルに着くと、フロント係の驚きの表情を無視してルームナンバーを聞き出し、警護隊にはロビーで待つように言って、一人で階段を駆けのぼった。

エディの部屋の前で深呼吸をした。

殺す必要はない。そう自分に言い聞かせ、ドアをたたいた。

ドアを開けたとたん、エディの顔から血の気が引いた。「へ、陛下……」

「なぜ婚約を解消した？」カスペルは中に入り、ドアをばたんと閉めた。

エディは魚のように口をぱくぱくさせていた。それからかすかに苦笑し、肩をすくめた。

「男同士の話ですか？　実はブロンド美人と知り合いましてね。それはいい女で」彼は手で体の曲線をなぞってみせた。

カスペルは奥歯を噛み締め、本題に入った。「ホリーと体の関係はあったのか？」

エディはにやりと笑ってウインクした。「もちろん。ホリーは貪欲ですからね」

カスペルは自分自身への誓いも忘れ、エディの顎にパンチをくらわせた。エディは尻もちをついた。

「ひどいな、顎の骨が折れたじゃないか！　訴えてやる！」

「ああ、好きにしろ」カスペルはエディの胸ぐらをつかみ、シャツが裂けるのもおかまいなく立たせた。「おまえはホリーと関係を持ちながら捨てたのか？　それを信じろというのか？」

「寝るための女と結婚する女は別でしょうが。陛下だってご存じでしょう？」カスペルのただならぬ表情に気づき、エディの瞳に恐怖の色が浮かんだ。「まあ、でもね、いい暮らしをすれば人も変わりますよ。陛下と結婚して、ホリーも変わったんでしょう」

「ホリーは前からずっと変わらないままだと思うがね」カスペルは静かに言い、エディを虫けらのように突き放した。

エディはほっとしたように息をつき、うしろに下がった。「まったく、シャツまで裂いてくれて。この話、いくらで売れると思います？」

「新聞に妊娠のねたを売ったのは、おまえだったのか」

「ホリーがそう言ったんですか？」

「ホリーと呼ぶな。公妃と呼べ」カスペルは指を曲げたり伸ばしたりした。それだけでエディはおびえたようにさらにあとずさった。「今度彼女の名前を呼んだら、シャツじゃなくておまえの喉を引き裂いてやる」

「おとぎ話のプリンスはそんなに野蛮じゃなかったぞ」エディは十分な距離をとって息巻いた。

カスペルは不穏な笑みを浮かべてドアへ向かった。「だからおとぎ話なんて信じるものじゃないんだよ」


「エミリオ、大丈夫よ。浜辺のコテージで少し海風に当たりたいの。あそこへ行くと、結婚式の前の夜を思い出すのよ」あのときはまだ希望にあふれていた。

ホリーはキャンバス地のバッグに必要なものを詰めこんだ。ビーチで過ごす時間をいかにも楽しみにしているようにほほえんでみせたが、エミリオは納得していないようすだ。

「とにかく大公に連絡して――」

「彼には黙ってて。しばらく一人になりたいの」

カスペルがどこへ行ったかは定かでないが、彼が戻ってくるまでに宮殿を抜け出したかった。言い争いにはもう耐えられなかった。

赤ん坊が激しくおなかを蹴るのは、この子にもストレスが伝わっているからだろうか？とにかく、しばらくこの問題から離れて、少し気持ちを落ち着かせなくては。

エミリオはそれ以上質問せずに運転手を呼んだ。コテージに着いたところで、ホリーは靴を脱ぎ捨て、努めてリラックスしようとした。「ビーチに座ってのんびりしてくるわね、エミリオ」

「ピエトロが用意してくれました。公妃のお好きなものばかり詰めたそうです」エミリオは小さな紙袋を渡した。

「ほんとにやさしいのね」ホリーは爪先立ち、警護隊長の頬にキスをした。「あなたも。いつも力になってくれて、本当にありがとう」

エミリオは恥ずかしそうに咳払いをした。「あなたは特別な方ですから」

「ただのウエイトレスよ」

「いいえ、あなたは名実ともに公妃です。私の知る限り、だれよりも高貴な方です」

ホリーは目をぱちくりさせた。突然、胸に熱いものがこみあげてきた。あまりに深い感動に、どう応じればいいのかわからなかった。

きっと、これからも幸せに暮らしていける。ホリーは自分に言い聞かせた。こんなにいい友達に囲まれているんですもの。

「今のキス、パパラッチに撮られていないといいけど」冗談めかして言ってウインクすると、砂浜へ向かって歩きだした。

一歩ごとに、淡いブルーのサンドレスの裾がふくらはぎをくすぐる。しばらくの間、ホリーはただ海を眺めていた。やがてピエトロが用意してくれた紙袋を開けてみたものの、おなかがすいていないことに気づいた。

だいぶたってから、ようやく本を開いた。

「本が逆さまだぞ。だいたい、帽子もかぶらないで、日に焼けるじゃないか」

振り向くと、カスペルが立っていた。彼の大きな影にホリーはすっぽり包まれてしまっていた。

「お願いだから一人にして。しばらくそっとしておいて」そう言いながら、彼がそばにいるだけで、喜びがわきあがってくるのはなぜなの？

「一人は苦手なくせに。君は僕が今まで会った中でいちばん社交的な人間だ」

「相手にもよるわ」

カスペルは一瞬ひるんだかに見えたが、かまわずホリーの隣に腰を下ろした。「ずいぶん怒っているんだな。まあ、わからないでもないが」彼はしばらくホリーの顔を眺めてから、彼女の手を取り、指を曲げさせて拳を作った。「なんなら、また殴ってもいいぞ」

「思ったほど気持ちよくなかったからやめておくわ」ホリーは手を引っこめた。触れられただけで胸がときめいてしまうのが悔しくてたまらなかった。「そんなふうに見ないで」

「どんなふうに?」

「お得意の外交手腕を発揮しようとして、どの作戦だったらこの相手を攻略できるかって考えているみたいに」

カスペルは肩をすくめた。「あいにく、こんな状況は初めてだからね。今までの経験はなんの役にも立たない」

「あなたにとって、これはどういう状況なの?」

「相手に媚びへつらおうとする状況だ」カスペルはいたずらっぽく目を輝かせ、再びホリーの手を取って、今度はしっかりと握った。「僕が間違っていた。おなかの子は僕の子だ」

喜びがこみあげてきて、ホリーはぎゅっと目を閉じた。彼は私を信じてくれた。

だが、次の瞬間、納得できないものを感じ、ぱっと目を開けた。「ちょっと待って。ついさっきエディと浮気をしているって責めたばかりなのに、どうしてそういうことになるの?」

「信じるって言っているんだから、それでいいだろう?」

「そんなのだめよ」カスペルに触れられていると、冷静に考えることができない。ホリーは彼の手を振り払い、立ちあがった。「わかったわ、お医者様に検査をしてもらってきたのね?」

カスペルの頬の筋肉が引きつった。「ああ」

「結局は私じゃなくて医学を信じたんじゃないの」

「ホリー……」

「肉体的には父親になれるってことね。それはおめでとう。でも、だからってこの子があなたの子供だということにはならないでしょう？」

「君は感情的になりすぎているよ。妊娠中だからホルモンの影響で――」

「ホルモン？　これがホルモンの影響なら、あなたはなんなの？　いつだって私を責めるじゃないの。だれとでもベッドをともにする女みたいに言ったり、お金目当てに赤ん坊の父親役を押しつけたって疑ったり」

カスペルも立ちあがった。「そう考えてしまったいきさつは理解できると、君も言ったじゃないか」

「最初のうちはね。でも、私をよく知ってからも変わらなかった」カスペルの胸元の日焼けした肌が目に入り、ホリーはどきっとした。彼から目をそらそうと身をかがめ、持ってきたものをバッグにほうりこみはじめる。「私はあなたを愛していたのに、あなたは怖がってその愛を突き返してきたのよ」

「怖がっていたわけじゃない。ほら、そんな乱暴に入れたら、砂が入るじゃないか」

「砂なんてどうでもいいの。あなたは間違いなく怖がっているわ。心を閉ざして、二度と傷つかないようにしているのよ」ホリーはいらだち、バッグの中身をあけて、もう一度、砂を払いながら入れ直した。

「僕はあやまりに来たんだよ」

ホリーはカスペルに目を向け、これほどハンサムでなければいいのにと恨めしく思った。そうよ、触れられても、胸のうずきなんて感じなければいいのに……。「だったら、もっと練習が必要ね。あやまるっていうのは、ちゃんと〝ごめんなさい〟と言葉にすることなの」彼女はバッグを肩にかけ、帽子を拾おうと手を伸ばした。

カスペルがその手をつかんだ。「話がすむまでは行かせない」

「だったら、力ずくでとめれば？」ホリーはあいているほうの手で帽子を頭にのせた。次の瞬間、いきなり抱きあげられて、息をのんだ。「なにをするの、下ろしてよ！」

「いやだ」カスペルはホリーがもがくのもおかまいなしに決然とした足取りで砂浜のはずれにある小道に出ると、歩調をゆるめずに進んでいった。やがて、細かな白砂の上に彼女を下ろした。

「きっと腰を痛めたわね。いい気味だわ」

「君の重さなんて、なんでもないよ」

そこでホリーは周囲の景色に気づき、はっとした。これほど美しい砂浜を見るのは初めてだった。

「こんなところに別のビーチがあったなんて。とってもきれい……」

「子供のころ、兄と二人でここを秘密の砂浜と呼んでいたんだ」カスペルは砂の上にラグを敷き、ホリーの肩からバッグを取ってその上に置いた。「二人でよく遊びに来たものだよ。キャンプをしたり、海賊ごっこをしたりね。子供時代、ここだけが世間の目を気にしないで過ごせる場所だった」

ホリーは胸がいっぱいになった。「それくらいにして」

「話すのはいいことじゃなかったのかい?」

「そんな話をされたら、怒っていられなくなるじゃないの」ホリーはラグに腰を下ろした。

カスペルは自分に追い風が吹きはじめたと思ったのか、ホリーの隣に座った。「怒っていられなくなる?」ホリーをラグにそっと横たえ、肘をついて彼女の顔をのぞきこむ。

「許してくれるのかい?」

「いいえ」ホリーは目を閉じ、彼のセクシーな瞳を見まいとした。「ほんとに傷ついているんだから」

「だからあやまっているじゃないか。目を開けてくれ」

「あなたを見たくないの」

「目を開けてくれ、僕の宝物(テソーロ)」

カスペルの声があまりにもやさしくて、ホリーはついまぶたを開けた。そのとたん、彼の黒い瞳におぼれそうになった。「なにを言われても変わらないわ」

「そんなことはない。君はいつも〝私がどういう人間か知っていれば……〟と言うだろう。僕は君が寛大な人だと知っている」彼はホリーの頬を撫(な)でた。

「そこまで寛大じゃないのよ」

カスペルはホリーの唇に、泣きたくなるほどやさしいキスをした。「ごめんよ、僕の天使(アンジェロ・ミオ)。おなかの子が僕の子だと信じなくて、本当に申しわけなかった。僕をはめたと責めたりして悪かったよ」

ホリーは身を硬くした。それでも、いちばん聞きたい言葉を彼が言ってくれることはないのだ。

カスペルは眉をひそめた。「あやまっているんだ」

「ええ」これで事はすんだと思っている彼を見ていると、またひっぱたいてやりたくなる。

「どうも間違ったことを言ってしまったみたいだな。どうすれば許してくれるんだい?」

カスペルは答えを待たず、再びめまいを起こすほど巧みなキスをした。

ホリーはすぐさま官能の世界へ引きこまれそうになり、必死に現実にしがみついた。

「こんなこと、したくないの――」

「いや、したいはずだ。僕たちの間でこれだけはいつも完璧(かんぺき)だ」カスペルはホリーに体重をかけないよう、肘で体を支えながらおおいかぶさった。「赤ん坊は大丈夫かい?」

「ええ、でも……」そこでカスペルの表情が変わったのに気づき、ホリーは言葉を切った。「どうしたの?」

「赤ん坊に蹴られた」カスペルの声には今までにない響きがあった。いつも冷静な彼の突然の変化に、ホリーははっとした。カスペルはふくらみが目立つようになった彼女のおなかをそっと撫でている。「思いきりがつんと蹴られたんだ」

「よかった。押さえつけられて身動きできない状態じゃなかったら、私が蹴飛ばしたいところだもの」

ホリーににらみつけられても、カスペルは自信たっぷりにほほえみながら、彼女の腿に手をすべらせた。「いや、君は蹴ったりしない。非暴力主義だからね」

「あなたと出会って変わったみたい」

「僕のせいで情熱的になったんだな。僕の赤ん坊のために強い母親になってくれるのなら、大歓迎だ」

「〝僕の赤ん坊〟?　今度は自分一人で作ったみたいに言うのね」カスペルの手はサンドレスの裾からもぐりこみ、ホリーの腿の間に侵入してくる。彼女の体の奥で小さな火花が散った。今や全身が彼を求めている。

カスペルはセクシーなほほえみを浮かべ、ホリーの唇をキスでとらえた。

カスペルの指先に翻弄され、ホリーの期待は極限まで高まった。やがて彼が体を沈めてきたとき、そのゆっくりした動きに、官能の新たな扉が開くのを感じながら、彼の腰に脚をからめた。

二人のセックスは最初のときから常に情熱的で激しいものだったが、この日は初めからなにかが違っていた。カスペルの愛撫(あいぶ)はすべてがやさしさに満ちていた。陽光と波音に包まれながら、ホリーはクライマックスにのぼりつめ、彼の肩にしがみついた。

ようやく頭の中の星の爆発がおさまったとき、ホリーは目を開け、カスペルの肌に口づけした。

「信じられないほどすばらしかった」カスペルがぼんやりと言い、彼女の髪を撫でた。

「どこまで話したかな?」

「私があなたを蹴ろうと思っていたら、赤ちゃんが代わりに蹴ってくれたのよ」

「そうだ、君は僕を許してくれるところだったんだ」

「それじゃ、今のは謝罪のためのセックス?」

カスペルはしばらく答えなかった。ホリーの髪をすく彼の手はかすかに震えている。

「いや、違う。愛のためのセックスだよ」

ホリーは凍りついたように動けなくなった。

まるで砂漠で遠くに泉を見たような心境だった。

本物? それとも幻?

「愛のためのセックス？」口にすることすら怖かった。「どういう意味？」

「つまり、君を愛しているということだ」

ホリーの心臓は激しく打ちだした。「愛せないんじゃなかったの？」

「僕の間違いだった。だからそれを行動で示そうと思ったんだ。言葉よりも行動で示すほうが得意だからね」

温かな感情がホリーの全身にしみ渡った。「本当は言葉も得意なくせに」

「でも、自分の感情を表す言葉を選ぶのはからきしだめなんだ。ほら、あやまるのも下手だっただろう？」カスペルはそっとホリーの頬を撫でた。「愛しているよ、ホリー。本当は、初めて会ったときから愛していたんだと思う。温かくて、美しくて、セクシーな君をね」

「事がすんだとたん、帰そうとしたくせに」

「僕がばかだったんだ。ずっと感情の入りこむ余地のない冷たい世界で生きてきたから、君と出会っても自分の気持ちがわからなかった。ただ直感的に、君はほかの女とは違うと感じていた。そんなとき、君が窓辺で僕にキスをした」

「あなたはそれを私の作戦だと思ったのね」

「ああ。そのあとはすべてが疑わしく思えた。君がしばらく姿を消していたと思ったら、妊娠が公表された。まさにいちばん効果的な方法でマスコミにもらしたように見えた」カスペルはホリーから離れ、ラグの上で体を起こした。「女たちは常に僕になにかを求めてきた。愛を誓ったアントニアでさえも僕を利用しようとした」

ホリーは顔をしかめた。「あなたがうたぐり深くなるのも無理ないわ」

「実際はアントニアのせいじゃない。すべて僕自身の責任なんだ。僕は女たちのいちばん醜い面を見ようとするようになった。おまけに僕は子供を作ることができないと信じきっていたから、たった一度のことで赤ん坊ができるとはとうてい思えなかった」

「実際は、人並はずれた子作りの能力があるのかもしれないわね」

「そのようだな」カスペルは笑った。しかし、すぐにその笑みは消え、彼には珍しく不安げな表情が浮かんだ。「一つだけ教えてくれ。僕をまだ愛してくれているかい？　もう長いことその言葉を聞いていないが」

ホリーはごくりと喉を鳴らした。「聞きたくないって言われたから。もうあなたを怖がらせたくなかったの」

「感情を封じこめることが、僕にとって唯一の生き延びる道だったんだ」カスペルはかがみこみ、ホリーの頬にてのひらを当てた。「質問の答えを聞かせてくれないか？」

「言うのが恐ろしくなってしまったわ」ホリーは緊張ぎみに笑った。

「愛していると言ってくれ、ホリー」

「あなたを愛するのをやめたことなんて一度もない。ただ言葉にしなくなっただけ。私にとって〝愛している〟は、永遠に愛することを意味するの。スイッチを切り換えられるくらいなら、最初から愛じゃないわ。愛したくないと思っても、愛してしまうのよ」

　カスペルはホリーを抱き締めた。「頼むから、そろそろ勘弁してくれないか。君をそこまで傷つけたと思うと、申しわけなくて。寂しい思いをさせていたんだね。でも、もう二度とそんな気持ちにはさせない。約束する」

「申しわけないなんて思わないで。こんなにあなたを愛しているんだもの」

「君に愛される資格はないのかもしれない」

「そういう情けないことは、私がシャワーで歌っているときに、聞こえないところで言ってちょうだい」ホリーは冗談めかして言った。

「ほかの女なら、僕を見捨てて出ていくところだ」カスペルはホリーをぎゅっと抱き締めた。

「私はぜったいに出ていったりしないわ」

　カスペルは少し体を離し、彼女の頬を撫でた。「ああ、君はやさしくて情に厚いからね。君のような母親を持って、僕たちの赤ん坊は本当に幸せだ」

　再び力強く抱き寄せられ、ホリーはカスペルの肩に顔をうずめた。「あなたが赤ちゃんを愛してくれないかと思うと、不安でしかたなかった。でも、私さえ希望を失わなければ、あなたの心の傷はいつかきっと癒えると信じてもいたの。それでも、どうしたら癒してあげられるのか、きっかけが見つからなくて……」

「きっかけは君だよ」カスペルは彼女の顎を支え、ねぎらうように口づけした。「おかげで、僕たちの間にはもうなんの問題もなくなった」

「冗談でしょう？」ホリーは感動の涙を浮かべながら笑った。「あなたはこんなに頑固で、傲慢で、わがままなのに、問題がないわけないじゃないの」

「大丈夫。君がやさしくて、忍耐強くて、僕に夢中だからね」カスペルは憎らしいほどハンサムな顔でほほえんだ。「問題が起きたら、そのたびに、愛とはなにか、君が思い出させてくれればいい」彼はホリーのおなかに手を当て、妙にかすれた声で言った。「おとぎ話なんて信じていなかったが、この子のおかげで考えが変わったよ。富と権力を持ちながらも、ただ一つ、家族だけはぜったいに手に入らないと思っていた。君がその願いを魔法のようにかなえてくれたんだ」

　ホリーはカスペルを見あげてから、遠くに見えるサンタリア宮殿に目を向けた。塔のそびえる城は、まさにおとぎ話から抜け出たようだ。「家族……」噛み締めるようにつぶやき、彼にほほえみかける。この世のすべてが輝いて見えた。「これが私たちのハッピーエンドね」

●本書は、2009年10月に小社より刊行された『愛という名の鎖』を
改題し、文庫化したものです。

世継ぎを宿した身分違いの花嫁

2024年4月1日発行　第1刷

著　者　サラ・モーガン

訳　者　片山真紀（かたやま　まき）

発行人　鈴木幸辰

発行所　株式会社ハーパーコリンズ・ジャパン
東京都千代田区大手町1-5-1
04-2951-2000（注文）
0570-008091（読者サービス係）

印刷・製本　中央精版印刷株式会社

Printed in Japan © K.K. HarperCollins Japan 2024 ISBN978-4-596-53817-8

ハーレクイン・シリーズ 4月20日刊

ハーレクイン・ロマンス

愛の激しさを知る

傲慢富豪の父親修行 ジュリア・ジェイムズ／悠木美桜 訳

五日間で宿った永遠 《純潔のシンデレラ》 アニー・ウエスト／上田なつき 訳

君を取り戻すまで 《伝説の名作選》 ジャクリーン・バード／三好陽子 訳

ギリシア海運王の隠された双子 《伝説の名作選》 ペニー・ジョーダン／柿原日出子 訳

ハーレクイン・イマージュ

ピュアな思いに満たされる

瞳の中の切望 ジェニファー・テイラー／山本瑠美子 訳

ギリシア富豪と契約妻の約束 《至福の名作選》 ケイト・ヒューイット／堺谷ますみ 訳

ハーレクイン・マスターピース

世界に愛された作家たち
～永久不滅の銘作コレクション～

いくたびも夢の途中で 《ベティ・ニールズ・コレクション》 ベティ・ニールズ／細郷妙子 訳

ハーレクイン・プレゼンツ作家シリーズ別冊

魅惑のテーマが光る極上セレクション

熱い闇 リンダ・ハワード／上村悦子 訳

ハーレクイン・スペシャル・アンソロジー

小さな愛のドラマを花束にして…

甘く、切なく、じれったく 《スター作家傑作選》 ダイアナ・パーマー他／松村和紀子 訳

ハーレクイン文庫

少しだけ回り道

ベティ・ニールズ

原田美知子 訳

HARLEQUIN
BUNKO

A SECRET INFATUATION

by Betty Neels

Published by Harlequin Japan, a Division of K.K. HarperCollins Japan, 2024

少しだけ回り道

◆主要登場人物

ユージェニー・スペンサー……………………看護師。

ミセス・スペンサー……………………ユージェニーの母親。

ミスター・スペンサー…………………ユージェニーの父親。教区牧師。

ジョシュア・ワット……………………ミスター・スペンサーの代理牧師。

シスター・クロス………………………ユージェニーの上司。ロンドンの病院勤務。

シスター・コルスマ……………………ユージェニーの上司。フローニンゲンの病院勤務。

マシュー…………………………………ユージェニーの幼なじみ。

アデリク・レインマ・テル・サリス……心臓外科医。

サファイアラ……………………………アデリクの婚約者。

ミーントイェー…………………………アデリクの家の家政婦。

ラフ・ヴァーン・フロート……………アデリクの同僚。麻酔医。

ヴィム……………………………………アデリクの同僚。技師。

ミスター・ソーヤー……………………アデリクの旧友。医師。

1

ユージェニー・スペンサーは、しかたなく手を伸ばして目覚まし時計を止め、ベッドから起き出した。すらりとした背、均整のとれた体、髪と同じ色の黒っぽい目をした美人は、スリッパに足を突っ込んでガウンをはおり、窓辺から早朝の景色を眺めた。荒野にごつごつ突き出た岩はかすんでいたものの、四月の朝靄（あさもや）はほのかに暖かな陽光を浴びてゆっくり消えかかっている。父をエクセターへ車で連れていくのはわけなさそうだ。モートンハムステッド道路を走って荒野を抜けていく道中は寂しいだろうが、ダートムーアで生まれ育った彼女には、広漠とした大地も、突然の霧や変わりやすい冬の天気も、なじみ深い。ユージェニーが物心ついて以来、父親は広範囲にわたる僻村（へきそん）を二人の牧師とともに訪ねて回る教区牧師だった。看護師になる勉強のために家を離れ、そしてロンドン大学付属病院の病棟看護師の職についてからも、ユージェニーは機会あるごとに帰省していた。ところが、父親が突然激しい心臓発作に見舞われ、数週間の入院治療の結果、当分働けない状態であることがわかった。ユージェニーは仕事をあきらめて里帰りし、自宅療養でゆっくり回復を待つ父親の看護や母親の手助けをする一方、教区の実務に携わり、代理牧師として派遣されてきたミスター・ワットの面倒をみることになった。大都市出身の意気盛んな若い牧師には、村の生活がどんなものか見当もつかない。ダートムーアのような片田舎ならなおさらだ。

広い荒野に点在する小さな村の農家は、冬になるとしばしば陸の孤島と化す。だが、けさの見渡すかぎり寥々(りょうりょう)と広がる荒野には、人を引き寄せる魅力があった。ユージェニーは一日を始めるために、すばやく踊り場からバスルームへ駆け込んだ。

しばらくして、ツイードのスカートに履き心地のよい靴を履き、ブラウスの上にセーターを重ねたユージェニーは、髪を無造作に束ねて階下に下りた。キッチンのドアを開け、初老のスパニエル犬タイガーと気まぐれな老猫スマーティを家の中に入れ、モーニングティーのやかんを火にかける。

牧師館は村から少し離れていて、ダートミートとトゥー・ブリッジズの中間にあった。悪天候をものともしない堅牢(けんろう)な造りで、部屋には使いやすい家具が備えられていたが、旧式のキッチンには古いレンジと皿や茶碗(ちゃわん)が雑然と並んだ頑丈な食器棚以外、新しい装備は何もない。ユージェニーはあちこち動き回っていつもの仕事をこなし、両親を起こして朝食の準備をした。まだ時間は早いが、父親は急ぐと体に障るし、出かける前に片づけておくべき雑用もいくつかあった。

母親が最初に下りてきた。娘と同じくらい背が高く、若いころの美しい面影を残している。

「にわとりに餌をやってきてちょうだい。お父さんは少し緊張しているみたい。運転には注意してね」

「ええ、わかったわ。お茶の時間には戻ります」

にわとりに餌をやり終えたユージェニーは、しばらく庭の隅にたたずみ、あたりを見回した。足元には、タイガーとスマーティが朝食をねだってまつわりついている。険しい丘にさえぎられ、村の景色は見えなかった。目に入る家といえば、一キロほど離れた羊飼いの住む小屋だけだ。

「ロンドンとは大ちがいよ、タイガー。本当にあの街に戻れるのかしら」

働いていた病院はユージェニーによくしてくれた。退職は一カ月前に申し出る必要があったので、できるだけ早く復帰してその分を勤め上げるという条件で、彼女の離職を認めた。すべては、きょう父親を検査する医師がなんと言うかによる。

エクセターまでの道のりはこれといって何もなく、幹線道路ではないので、車の数も少ない。プリマスやその先へ行く人たちの多くは、荒野の縁に沿ったもっと南寄りの高速道路を通る。ユージェニーたちの行く手には村落もわずかで、喧騒に満ちた小さな市場町、モートンハムステッドでスピードを落とす以外、運転は楽だった。

ユージェニーは父親を心臓病棟へまっすぐ連れていき、看護師の手にゆだねると、待合室に腰かけて古いファッション雑誌のページを繰った。

検査が終わるころにはくたくたになってしまった父親に、ユージェニーは静かなレストランで軽く食事をとるよう勧めた。検査の結果は医者の満足できるもので、あと二、三週間したら教区の簡単な仕事を再開してよいというお許しが出た。

「やっと、おまえにも病院へ戻ってもらえるよ。もとの部署に復帰できるのだろう?」

「たぶん、だめだと思うわ。でも、異動したいと思っていたの」

それは、本当ではなかった。ひと月働いたら辞めなければならないことを、両親には言わずにいた。病院は退職時期を先延ばししてくれただけだった。もうすでに二カ月以上が過ぎている。今ごろは、後任が決まっているだろう。戻ったら手の足りない持ち場に回されてひと月分を勤め上げ、それから退職する。そのときがきたら、打ち明けよう。

ユージェニーは、天気がもってくれたことに感謝し、帰路についた。西の空には黒雲がゆっくりたなびき始めている。早春の天候は変わりやすく、あてにならない……。

ユティーテーブルをセットして暖炉に火を入れた暖かな居間で、母親が迎えてくれた。ユージェニーはキッチンに立って夕食の準備を始め、じゃがいもの皮をむいたり野菜を刻むあいだ、将来について考えた。恋を知らない二十五歳の乙女は、嬉しいものも嬉しくないものも含めて、ひとかどのプロポーズは受けてきた。自分がどんな人と結婚したいのかはっきりしないが、その人とまだ出会っていないことは確かだ。その日がくるまで、生計を立てる必要がある。それも、この家から遠くない病院で。お父さんはまた発作を起こすかもしれませんよ、と医者から警告されていた。そうなったら、おそらくワット牧師が戻ってくる。ユージェニーはそれを望んでいなかった。いい人ではあるけれど、父の教区を取りしきる点においては、まったく考え方が異なる。それに、私に気があることを隠そうともしない。何しろ、教区牧師の娘と結婚し、やがてその教区を引き継ぐほどうまい話はない、と思っているような人だ。

「そううまくいくものですか」彼女はつぶやいた。

翌朝、目覚めると雨が降っていた。夜のうちに風も出てきて、低い雲が空を飛んでいる。大西洋から低気圧が接近中というラジオの声を聴いたユージェニーは、長靴姿で外に出て泥をはね飛ばしながらにわとりに餌をやり、いくつもある納屋の戸締まりと、洗濯ロープに何かかけられていないか点検した。家に戻ると、ワット牧師から電話が入っていた。ひどい風邪をひいてしまった自分の代わりに、何件か訪問してほしいというのだ。五、六件のうち、ユージェニーはまず遠くに住む教区民のところへ車で行くことにした。中でも、広い農場のちっぽけな小屋にひとりきりで住む老人を最初に訪ねようと、ランドローヴァーを走らせた。ワット牧師はその老人の近況についてよく知らなかったので、彼女は必要と思われるパンとミルクとそのほかの食料品を携え、週に一度の地方紙も忘れなかった。

バンバー老人はたいへん元気で、ユージェニーの顔を見ると喜んだ。体の調子もよく、外に出られるころにはもう少し暖かくなってほしいと言った。

ユージェニーは食料品と新聞を車から降ろし、流しにたまった食器の山を洗い、コーヒーをいれて、しばらくおしゃべりに興じた。村人を残らず知っているバンバー老人に噂話をあれこれ伝え、ラジオの電池がほしいと言うので、郵便屋さんに渡す約束をして、家をあとにした。

農家は荒野の狭い道路からはずれた場所にあちこちあるが、たどり着くのは簡単だった。ユージェニーはコーヒーを飲み、子供の様子を尋ね、羊の出産話にじっと耳を傾け、子犬や子猫をかわいがり、編み物の手を眺め、ひと抱えの手紙を預かってポストに投函した。家に帰るとすでに昼過ぎで、雨はまだ降り続いていた。

翌日も天気はよくならなかった。午後には母親集会があり、いっこうに回復しないワット牧師に代わって、ユージェニーが地域活動の中心である小さな集会所へ行った。彼女は慣れた手つきでお茶をいれ、赤ん坊や小さな子供をあやして、とりとめもない話の聞き役になった。やれやれ、牧師のいい奥さんになれそうだ。

次の日の朝、荒野は濃い霧におおわれていた。慣れない人には危険な霧も、この地で生まれ育ったユージェニーにとっては、ちょっと不便なだけだ。なるほど、彼女はこんな日に遠出をするような愚か者ではないが、旅行者の目には、ときたま荒涼とした景色がかろうじてわかる程度の状況も、まったく意に介さなかった。肝心なのはじっとしてあたりが見えてくるまで待つことよ、とユージェニーは心配する母親に説明したものだ。彼女は数キロ四方にわたる岩や木や茂みを知り尽くしていたし、霧がもたらす深い静寂も、ちっとも怖くなかった。

午後までにこぬか雨は上がったけれど、霧は相変わらず立ちこめていた。お茶の時間近くになって、ワット牧師が電話をかけてきた。彼は村の裏手にあたる、崖の上の小さな家に住んでいた。距離はたいしたことないが訪ねるには不便で、集落からもはずれていた。

ユージェニーは受話器の向こうの不安そうな声を聞いて、ワット牧師がかわいそうになった。風邪がますます悪くなっている。咳止めのドロップかレモンでもあればいいのだが、アスピリンもなくなってしまった、と彼は訴えた。

「必要なものを持っていってあげるわ」

「こんな霧じゃ来られないよ」

「あら、二十分くらいで着いてみせるわ」

アスピリンにレモン二個、薬用の喉飴、戸棚に常備してあるウイスキーの小瓶一本を抱え、アノラックに長靴という格好で、ユージェニーは日暮れが迫る外へ飛び出した。できるだけ早く戻らなければ。「道に迷ったりしないのはわかっているけれど、それでも気をつけてね」母親の声がした。

村への道路はすぐにわかった。家の窓から明かりがぼんやりもれている。そのそばを通り抜けると、ユージェニーは土手から離れないようにしながら、道路を上り始めた。ワット牧師が気をきかせて家じゅうの明かりをつけておいてくれるといいのだけれど。道路からはずれて小道に入ったとき、彼が期待に応(こた)えてくれているのがわかった。

ワット牧師を好きにはなれないが、彼は哀れだった。風邪にやられ、自分の住む家にも荒野にも、ここでの暮らしすべてにうんざりしている。

「どうしてきみが耐えられるのか、わからないよ。ここに派遣されるとき、どんなところか――霧と風と雨ばかりの場所だと知っていたら……」

ユージェニーはやかんを火にかけ、レモン汁をしぼった。「まあ。でも晴れた日にはどんなに美しい場所か、ご存じでしょう。平和に満ちて静かで、景色はすばらしく交通渋滞もない」紅茶をポットに作り卵をゆで、アスピリンを渡してガスの火を強くする。「体の具合が悪いから、何もかもひどく思えるのよ。朝になればきっとよくなっているわ。さあ、座って紅茶を飲んで早く寝ること。アスピリンはあと二錠のんでね」

見た目が美しいばかりでなく、機転のきくユージェニーは食卓の用意をしてから湯たんぽをベッドにセットし、貯蔵食料を調べた。

「食べ物はたくさんあるわ。霧が晴れたらすぐに、ミセス・ポラドが世話をしに来てくれるはずよ。私も午前中に電話するわ」

「帰らなくてもいいだろう？　しばらくいられない？」

「外を見たでしょう？　すぐに真っ暗になるわ。歩き回るのは、そんなに楽じゃないのよ」

「生まれてからずっとここで暮らしているんだから、地理には明るいだろう？」

「そのとおり。だから、帰ろうとしているのよ。アスピリンをのむのを忘れないでね」

苦労して小道を引き返しながら、ユージェニーは思った。あの人は、ありがとうも言わなかったわ。

「まったく、男の人って」ぶつぶつ言いながら下り坂を滑り下りた彼女は、道路に出たところにちょうど止まっていた一台の大きな車にぶつかった。

開いていたドアから、おもしろがるような声が聞こえてきた。「空から天使が降ってきたね。怪我(けが)はないかい？」

長い腕に支えられたと思った次の瞬間には、声の主がそばに立っていた。その男性はすぐに手を離した。よく見えないが、間近にそびえ立つ気配が感じられる。「ええ、怪我はないわ。道に迷ったの？」

「ああ。車の中で夜明かしする覚悟を決めていたところなんだ。でも、助かったらしい。きみも道に迷ったのでなければね」

「迷ってなんかいないわ。ここからそう遠くないところに住んでいるんです。村も近いわ。

どこへ行きたいんですか？」

「バーベニー……」

「トム・ライリーのところね。この霧が晴れるまで、行くのは無理よ。私の家にいらっしゃい。母が泊めてくれるわ。トムに電話もできるでしょう」

「きみの家？　ホテルかパブがあるだろう？」

「パブが一軒あるだけで、泊まるところはないわ。一番近い宿屋(イン)でも、数キロ離れたヘクスワージーまで行かないと。さっき通ってきたでしょう」ユージェニーは母親のような口調になっていた。「いいこと、この辺の地理に詳しくないなら、霧のダートムーアを車でうろうろすべきじゃないわ」

「よくわかった。僕がばかだったよ。こっち側から車に乗ってもらえるかな？」

すばやく運転席を乗り越えたユージェニーは、助手席に落ち着くと尋ねた。「ロールスロイス、それともベントレー？」

「ベントレーだ」傍らに乗り込んできた男性を、車のライトを頼りに観察する。大きな男だ。帽子をかぶっていない金髪の頭はシルバーかもしれないが、この光ではよくわからない。だが、高い鼻に引き締まった口元、しっかりしたあごを持つハンサムであることは見てとれた。目の色がわかればいいのに。仕立てのよい、適当に着古したカジュアルなツイードのスーツを着ている。そうね、ベントレーを運転するなら、ぴったりの服装だわ。その男性は何も言わずに少しほほ笑み、それから口を開いた。「頼りにしています、ミス……？」

「ユージェニー・スペンサー。教区牧師の娘です」

男性は大きく冷たい手を差し出した。「アデリク・レインマ・テル・サリスです」

「イギリス人じゃないんですね。スウェーデンの方？　ノルウェー？　それともオランダかしら？」

「オランダ人です」

また、おかしさをこらえているような彼に、ユージェニーは早口で告げた。「百メートルほど道は下り坂よ。村に着けば平らになるわ。羊に気をつけて。右手に切り立った土手があるから、そこからできるだけ離れないようにして」

注意深く車を進めながら、彼がきいた。「どこかへ、歩いていってきたのかい？」

「父の具合がよくなるまで教区を受け持ってくれるワット牧師が、レモンがほしいと電話してきたんです。ひどい風邪をひいてるの」

「レモンを持っていくために、こんな天候の中を出てきたのかい？」

「それと、アスピリン。バーミンガム出身のワット牧師は、ここの暮らしにまだ慣れていないの」

「よくわかるよ」

「道が右にカーブするわ。窓を開けてくださる？」窓が開くとユージェニーは少しのあいだ、霧の中に頭を突き出した。「ちょうど角のところに木の切り株があるの。ここよ、少し右へ切って。あとはまっすぐ進んで。さあ、村よ」

農家の窓から、いくつかの明かりがほのかに見えた。郵便局のネオンサインが二人を迎えてくれたのもつかの間、また闇（やみ）におおわれた。

「もうすぐよ。運転がお上手ね」

彼は、素直にありがとうと言った。

ユージェニーの母親は、車が止まる前から、玄関扉を開けて待っていた。

「ユージェニー、あなたなの？」

車から降りるとき、彼が先に立って助手席のドアを開け、手を貸してくれたのでびっくりした。マナーがいいのね。ユージェニーは彼の袖（そで）を引っ張った。「中へどうぞ。車はここで大丈夫。私よ、お母さん。道に迷った方が一緒なの」

「いらっしゃい。お気の毒に。きっと、疲れておなかがすいておいででしょう」

二人が玄関にたどり着くと、ミセス・スペンサーは温かく手を差し出した。

「ユージェニーの母です。霧が上がるまで、どうぞゆっくりしていらして。天気予報によると、朝までには晴れるんじゃないかしら」

玄関に入るとすぐ、ユージェニーはアノラックと長靴を脱ぎ捨てた。「待っていたのよ、ユージェニー、お茶にしましょう。さあ、一緒にどうぞ。主人もおります」

「ありがとうございます。先に、車から荷物を降ろしてよろしいでしょうか?」

「どうぞどうぞ。今晩必要なものはなんでも運び入れてください。ベッドのほかにも、いろいろ使っていただいていいんですよ……」

彼が行ってしまった隙(すき)に、ミセス・スペンサーが言った。「大きな人ね。いったいどこで出会ったの?」

「ワット牧師の家のすぐ下よ。どの部屋へお通しする?」

「奥の角部屋がいいわ。イギリス人じゃないわね」

「オランダ人よ。バーベニーへ行くんですって」

話している最中に、彼が戻ってきた。「電話をお使いになりたいでしょう。主人の書斎にあります」ミセス・スペンサーは部屋のドアを開けた。「荷物を運び終えたら、居間にいらしてね」

彼が姿を現す前に、父親には事情を説明した。父とこの人とはきっと気が合うだろうとユージェニーは直感した。荒野は青銅器時代の名残をはっきりとどめている、という何げない父親の言葉に、訪問者はその事実を知っていただけでなく、並々ならぬ興味を示した。暖炉を囲んでのお茶はくつろいだひとときになり、スペンサー牧師は石小屋やごつごつした岩山、荒野の長い歴史について、自説を披露した。

こんなに楽しそうな父を見るのは久しぶりだ。キッチンで夕食を準備しながら、ユージェニーは思った。やがて食事になると、話題はあらゆることに及んだ。寝支度をするときになってようやく、お客が自分に関する話をほとんどしなかった事実に気づいた。オランダ出身で医師だと言ったが、それ以外は何もわからない。今はイギリスに住んでいるのだろうか？　休暇中かしら？　なぜ、バーベニーへ行くの？　ロンドンの病院に勤めているのかしら？　ところで、彼は独身だろうか？　最後の問いを思い浮かべて間もなく、ユージェニーは眠りに落ちた。

朝までに、用心して運転すれば危なくないほどに霧は薄くなっていた。訪問者は、心尽くしの朝食を食べて礼を繰り返し、できるだけ早く出発するつもりだと語った。

「近道をしたらだめよ」ユージェニーは事務的に告げた。「深いぬかるみがいたるところにあるから」

「ああ、気をつけるよ」

彼は階上へ上がり、朝食に下りてこなかった牧師に挨拶（あいさつ）し、荷物を取ってきて車まで運んだ。

「おかげで助かりました。ご親切に対し、なんとお礼を述べたらいいか」彼はミセス・スペンサーの手を握ってから、ユージェニーのほうを向いた。「さようなら、僕を救ってくれた賢い天使さん。本当に助かったよ」

ユージェニーは手を差し出した。「お役に立てて嬉しいわ。どうぞ、お気をつけて」バーベニーに寄ったあと、どこへ行くのか知りたくてたまらなかったが、何も教えてくれなかった。ほんのわずかな手がかりさえも……。彼女は車のところまでついていき、遠ざかる姿に手を振った。小道のカーブを曲がって消えていく大型車を見つめながら、もう二度と会えないかもしれない人を好きになってしまう気持がわかった。恋に落ちるってこういうことなのね。

玄関へ戻り、母親の腕を取って彼女は告白した。

「彼と結婚したいような気がするわ。笑わないでね」

母親が顔を見つめた。「笑うものですか。あなたたちが再会して愛し合い、結婚する運命にあるのなら、何もそれを止めることはできないわ」

ユージェニーは母親の頰にキスした。「お父さんがお母さんを選んだ理由がわかるわ。冗談でなく」

「そうね。さあ、中に入って家事を始めましょう」

二人で食器の後片づけをしていたとき、ユージェニーはふともらした。「彼のことを全然知らないのに、ずうっと前から知っていたような気がするの」

その日の午後、ユージェニーは長い散歩に出て頭を冷やし、現実味のない白昼夢から抜け出そうとした。好きになってしまった人とは二度と会えそうにない点だけが現実的だった。家へ戻る途中、彼女は自分に言い聞かせた。〝一度も恋をしないより、恋をして失ったほうがましだ〟っていうわ。

トム・ライリーからミスター・レインマ・テル・サリスのことを聞き出したい誘惑に駆られたが、ユージェニーには電話をする理由がなかった。父と顔見知りというだけだ。それに、隠れてこっそり調べるのは、少し気がひける……。

彼女が帰宅すると、ワット牧師の伝言が待っていた。〈母親集会と乳母車礼拝の件で来てもらえないか。ついでにアスピリンを少し持ってきてほしい〉

「かなりひどいようね。作ったスープを持っていってあげてちょうだい。三人分以上あるから」ミセス・スペンサーは、娘のぼんやりした表情を眺めた。「まず、お茶でも飲んでからね」

ドアを開けたワット牧師は、気むずかしい顔で不機嫌に話した。「ミセス・ポラドは僕に近寄ろうとしない。ミルクと新聞だけ置いて、郵便受け越しに僕がよくなるまでは来ないって大声で言うんだ。風邪がうつるのがいやらしい」

「彼女を責められないわ。五人も小さな子供を抱えているのよ」ユージェニーは元気づけるように言葉をかけ、ワット牧師のわきをすり抜けて、スープを置くためにキッチンへ向かった。「一日か二日なら、自分の面倒をみられるでしょう？　お医者さまに来てほしい？　ホウンのドクター・ショーは名医よ。抗生物質が必要かもね」

「いや、その必要はないよ。世話をしてくれる妻がいれば……」ワット牧師は彼女をちらっと見た。

ユージェニーはその視線を無視した。「お母さんからのスープよ。乳母車礼拝と母親集会で私は何をすればいいの？　聖歌隊の練習はいつもどおり、木曜の夜ね？　日曜礼拝までに治るかしら？」

「頑張るよ。ミスター・スペンサーの具合は？」

「ひと月もすれば、教区の仕事も少しはできるようになるわ」

ワット牧師はくしゃみをして、はなをかんだ。「それはよかった。じゃあ、僕が礼拝を受け持つ必要はなくなるわけだ。ユージェニー、僕との結婚を考えてもらえないかな？　きみはここに住み続ければいい。もちろん、もっと立派な家にね。僕もお父さんから仕事を引き継ぐことができる。ほんとを言えば、にぎやかな町のほうが好きだけれど。片田舎で暮らしていると、時代に取り残される気がする」

ユージェニーは心のやさしい反面、かなり短気なところがあった。なんとか癇癪を抑え、彼女は穏やかな態度で答えた。「プロポーズには感謝します。でも、私はあなたを幸福にできないわ。あなたの意気込みが評価される町の教区に戻ったほうが、ずっと幸せじゃないかしら。わかるでしょう、ここの生活はかなり特別なのよ。みんな自然に接して生きているの。それに自然は変わらないわ」ユージェニーは握手を求めた。「この二、三週間、実によくやっていただいたわ。とてもありがたく思っています。たいへんだったでしょうけど……」

もう一度はなをかんだワット牧師は、風邪にもかかわらず満足げだった。「この教区の人たちに、教会のいろんな面に対する洞察力を与えることができたと信じているよ」

「ええ、そうね」みんながなんと言っていたかを教えることは控えた。ともかく、彼なりに全力を尽くしたのだ。風邪が治れば、以前どおりにするだろう。

「さあ、行かないと。夕食の時間だし、あれこれ仕事が残っているから」

「ここにいて、幸せなのかい？」

「幸せよ。ここは私の故郷だもの……」

「きのう、戻るのに苦労したんじゃないかな？　あのひどい霧で」

「いいえ、全然」

「きみが帰ったすぐあとに、車の音が聞こえたようだったが」

「霧は音をよく伝えるからよ。助けが必要だったら、知らせてね」

帰宅したユージェニーに母親が尋ねた。「何かあったの？　ずいぶん遅かったわね」

「ワット牧師に結婚を申し込まれたけど断ったわ。それから、教区民を啓発しようという見解を聞かされたの」

「失礼な態度をとらなかったでしょうね。大丈夫だとは思うけれど、あなたは不意打ちを食らうと頭に血が上る人だから。ワット牧師が気の毒だわ」

「あの人は大都市へ戻って、自分の言うことはなんでも聞いてくれる女性と結婚すればいいのよ」ユージェニーは母親の目を見た。「冷たくするわけじゃないわ、お母さん、彼はとてもいい人よ。でも、なぜか真剣になれないの。私がプロポーズを断っても、あまりこたえなかったみたい。いずれ父から教区を引き継ぐチャンスだと思っただけじゃないかしら。この村が好きではないのに」

「わかったわ。お父さんの具合がよくなっているのだから、ワット牧師もじきにどこでも好きなところへ行けるでしょう。それより、あの方はトム・ライリーのところへちゃんとたどり着いたかしら？」

心配は無用だった。翌朝、郵便配達夫がミセス・スペンサーあてに大きな箱を届けてくれた。中には薔薇(ばら)の花が二十四本も入っていた。〝A・R・S〟とサインされたカードは、ひどく読みにくい字で書かれていたため、ミセス・スペンサーは彼がうっかりしてオランダ語を使ったのではと思った。病院の手書きカルテに慣れていたユージェニーが判読した。

「いいえ、英語よ、お母さん。〈温かくもてなしていただいたことに対し、厚くお礼申し上げます〉」

「たいしたものね、ユージェニー。なんてきれいな花なのかしら。それも、こんなにたくさん……」

空気はひんやりしていたが、夜になっても天気はくずれなかった。ユージェニーは病院あての手紙に、復帰できそうな日を書き記し、これからどうしようかと考え始めた。病院からの返事には、残念ながら、病棟看護師の席はすでに埋まっているとあった。〈看護師が休暇を取る予定の手術室で、ひと月働いてもらうことになります。信用照会状の記載事項は申し分ありませんので、能力に見合った職場をきっと見つけられるでしょう〉

彼女は手紙をポケットに押し込み、両親にはその内容を教えなかった。以前の病棟に戻る代わりに、手術室の仕事につくことになったとだけ伝えた。

「それは、いい気分転換になるわね」病院の仕事に疎い母親が言った。「テレビでやっているあの恐ろしい救急病棟みたいじゃないかぎり」

ユージェニーは、五月の最初の週に家を出た。雲ひとつない朝で、荒野はこのうえなく美しい。自分の小さな車を運転しながら、立ち去りがたい思いに駆られた。ホウンにいる友人に別れを告げたかったので、バクファストリー道路を行くことにした。友人は夏のあいだ、そこの小さなコーヒーショップを手伝っている。まだ朝早かったが、二人はコーヒーを飲んで三十分を楽しく過ごした。やがて、ユージェニーはいやいや腰を上げた。「行かないと。ロンドンの夕方のラッシュに巻き込まれたくないから」

新しい仕事を見つけたら知らせると友人に約束して、彼女は車へ戻った。ほとんど人は見あたらないが、あとひと月もすれば、観光客でにぎわうはずだ。

　貯水池を通り過ぎ、羊にぶつからないようゆっくり進んでいたユージェニーは、車から降りて道路の両側にあるごつごつした岩山から、あたりの景色を最後に見たい衝動を覚えた。気持を抑えて、バクファストリーの狭い道を休まずに走り、エクセターへ続くA38号線に出た。その先はロンドンだ。

　ロンドンは、午後の光の中で魅力たっぷりに輝いていた。だが、病院の重苦しい雰囲気を隠せるものはない。ユージェニーは建物の裏に駐車し、守衛室に顔を出した。守衛長のマリンズが大喜びで出迎えてくれた。

「また会えて嬉しいよ、シスター。五時に呼ばれていたね」彼は後ろの時計をちらっと見た。「看護師寮へ行って部屋の鍵を取ってくる時間は十分ある」

　新しい寮長は、気むずかしそうだった。連れていかれた部屋は、建物の後ろ側で、煙突の通風管とれんがの壁が見えた。

「ひと月したら、退職するんでしたね。以前の部屋はほかの人が使っています」

　新しい寮長が行ってしまったあとで、ユージェニーは思った。前の寮長だったら、お茶でも飲んで、噂話のひとつでもしていっただろうに。そういえば、ちょうどお茶の時間だ。食器室へ足を運んだユージェニーは、そこで仲間の二人とばったり会った。少なくともその二人は、再会を喜んでくれた。とりとめのないおしゃべりと数杯の紅茶に励まされ、ユージェニーはオフィスへ向かった。

師長は、これ以上ないというほど機嫌よく迎えてくれた。きりっとした顔立ちに厳格でよそよそしい物腰の師長の前に出ると、ユージェニーはいつも圧倒され萎縮してしまう。

午前中の手術から、仕事を始めることになった。自信がつくまでの二日間、休暇を取る予定の看護師が一緒に付き添ってくれる。「むずかしいことはないわ、シスター・スペンサー。あなたは病棟看護師になる前は、手術室の看護師次長をしていたんだから。それに休日出勤で、ときどき来ていたんでしょう?」

ユージェニーはそのとおりですと丁寧に答えた。病棟看護師をあきらめるのは残念だが、手術室も好きだった。

その夜は、荷物をほどいて病院のニュースをかき集め、母親に電話して時間が過ぎていった。それから仲間とお茶を飲みに行って、ようやくベッドに横になったユージェニーは、眠る前にほんのいっときアデリク・レインマ・テル・サリスを恋しく思った。

翌朝、目覚めたときも、ユージェニーはすぐに彼のことが頭に浮かんだ。そして手術室のドアを通り抜けた彼女の目に最初に飛び込んできたのは、まさにアデリク・レインマ・テル・サリスその人だった。

2

　ユージェニーは美しい顔を喜びで輝かせ、穏やかな表情のアデリク・レインマ・テル・サリスを見上げた。「また会えると思っていたわ。そうでしょう?」

　彼はユージェニーの姿に驚いた様子もなく、答えた。「ああ、そうだね。手術室看護師として、働くことになったのかい?」

「ええ、ひと月のあいだ。あなたはお医者さまだった……」

「外科医だ」

「わかったわ。ペースメーカーを装着しているトム・ライリーを診に行くところだったのね」

「そうだ」

「またお目にかかれると思っていたわ」

　彼は、ユージェニーが通れるようにわきへ寄った。「僕もだ」鉢合わせしたとき、ユージェニーは彼が嬉しそうな顔をしたのを見たように思った。だが今はよそよそしく、厳しささえうかがえる。彼女は元気をなくして、オフィスへ出勤した。

シスター・クロスがほっとした顔で、ユージェニーを迎えた。「いくらか助かるわ。この仕事は心得ているわね？　あなたがいなくなってから、少し変化がありました。シスター・ソープは病気で休職中です。私は変わりありませんが」

何があっても、シスター・クロスは変わらないだろう。かなり年配の骨張った女性で、その小さな黒い瞳はミスをひとつも見逃さない。看護学校生たちは陰で物笑いにしていたが、手術の実習を経験すると一変して、シスター・クロスを畏れ敬うようになる。彼女は高い水準を執拗に求め、三つの手術室を強力に支配した。インターンもシスター・クロスを怒らせないよう気を配る。しかし、外科医たちからは、頼りになると絶大の支持を得ていた。

ユージェニーもシスター・クロスが好きだった。二人はお互いの力量を見抜き、うまくやってきた。

シスター・クロスはユージェニーを座らせながら、一週間の仕事内容を簡単にまとめた書類を渡した。

「現在、客員の顧問医師の方が来ています。ミスター・レインマ・テル・サリス――オランダ人の一流外科医で、心臓病が専門です。ここへはミスター・ペパーの招きで、心臓弁置換の新しい技術を教えるためにみえました。たいへん礼儀正しい、気さくな方です」

ユージェニーは彼をすでに知っていることを、シスター・クロスに告げようかどうしようか迷った。そして結局、言うことにした。

「ふむ」話を聞き終えたシスター・クロスはそうつぶやき、看護師次長が手術の準備をしているはずの、第二手術室をチェックしてきなさいと命じた。冠動脈バイパス術をおこなう重病患者がいた。「それから、手術に備えて手を洗っておいてちょうだい。日常勤務に戻るのが早ければ早いほどいいですからね」

そんなわけで、ユージェニーは手を洗い、ミスター・レインマ・テル・サリスの患者を担当した。彼の人を寄せつけない礼儀正しさに気が滅入った。なれなれしくしてもらいたいとは思わなかったが、ひどく丁重な態度で敬遠しなくてもいいのに……。

急にむずかしいことを担当させられる心配は無用だった。彼はあわてず騒がず、手術台にのった少年の上にがっしりした身をかがめ、根気よく切ったり縫ったりしている。とても静かだったので、自分の腕が鈍っていないか不安だった彼女はすっかり安心した。実際、最初の五分が過ぎると、楽しくなってきた。これまでも手術室で働くのは好きだったが、前に学んだ技術をきちんと覚えていることがわかって、自信を取り戻した。

手術は簡単ではなく、思ったより時間がかかったため、昼過ぎには終了する予定が、だいぶ遅くまでずれ込んだ。ようやく終わると、ミスター・レインマ・テル・サリスはユージェニーに礼を言って手袋をはずし、手術服の紐を看護師が解いてくれるのを待って出ていった。ペースメーカーと心臓カテーテルはミスター・ペパーが引き継ぎ、ユージェニーは遅い昼食をとりに行った。午後は、盲腸とヘルニアの手術があった。六時に、あとは帰るばかりになっていたところへ、シスター・クロスから夜は待機しているように言われ、ユージェニーはがっかりした。

「人手と休暇が足りないのよ。夜勤の看護師が普通の患者は扱えるから、手に余る場合だけ呼びます」

彼女は家に手紙を書いて友達とおしゃべりをし、ミスター・レインマ・テル・サリスはどこにいるのだろうと思いながら夜を過ごした。なぜか彼に冷遇されているような気がして、寂しく眠りについた。

午前二時にユージェニーは揺り起こされた。「銃による負傷者です。心臓部に散弾を受けています。十分で手術室に来ていただけますか」看護実習生がベッドサイドの明かりをつけ、紅茶のマグを傍らに置いた。「すっかり目が覚めましたか?」

ユージェニーはベッドから起き出した。「手術室に着くまでには大丈夫よ。紅茶をありがとう」
一、二分で服を着て、豊かな髪を急いで束ねて大ざっぱにピンで留め、その上に看護師帽を押さえつけた。紅茶を飲んで明かりを消し、寮をそっと抜け出して病棟へ向かう。ほとんどの患者が眠っている夜の病棟は、とても静かだった。厨房の皿や茶碗のかすかな金属音と、廊下を歩く低い足音だけが聞こえる。手術室に着いたユージェニーが扉を開けると、夜間看護師がほっとした表情を見せた。

「怪我(けが)をした男性はもう運ばれています。考えられるだけの準備はすべてしておきました」

「いいわ。患者はまだ手術台の上にはいないの？」

「まだです。手を洗いますか、シスター？」

「ええ。集中治療室のほうも大丈夫ね？」

「はい。私たちだけでできるでしょうか？　夜間看護師は人手不足で……」

「じゃあ、二人でするしかないわ」ユージェニーは元気づけるようにほほ笑み、手を洗うために廊下を急いだ。オフィスを通り過ぎようとしたとき、彼女は呼び止められた。

「シスター・スペンサー、ちょっと待って」ミスター・レインマ・テル・サリスが手術着姿で、デスクのところに座っていた。「起こしてすまなかったね。通りでけんかをしていた若者が、ショットガンで胸を撃たれた。心臓部に弾が散っている。生きているのが不思議なくらいだ。胸骨を切開しようと思う。弾が二発心膜に食い込み、右心室にも少なくとも一発ある。助手のミスター・シムズがインターンを二人連れて、間もなく到着する。技師は呼び出し中だったね。もっと看護師が必要かな？」

「夜間看護師は人手が足りないと聞いています。看護師次長はたいへん優秀です。麻酔医に看護師が必要ならば、私が頼んできます」

それを聞くと、彼は電話に手を伸ばした。「もういい、手を洗ってくるんだ」

ユージェニーが不満げな表情を浮かべたのを彼は見なかったようだ。彼女はしかたなくその場を立ち去った。文句を言う時間はない。〝もういい〟ですって！　怒りを抑えて、手を洗いに行った。

間もなく、手術室で器具をえり分け、装置がちゃんと動くことを技師のキースと確かめていたユージェニーは、麻酔士につく看護師と看護師次長を手伝う看護学校上級生がいることに気づいた。

ミスター・レインマ・テル・サリスが急に魅力を増したように見えてきた。夜中の二時だというのにますますすてきだ。そうでなくても、私は彼のことを愛している。ユージェニーは思いを振り払い、仕事に着手した。

時間が飛ぶように流れた。ミスター・レインマ・テル・サリスが揺るぎない自信をもって執刀しているさまを目にして、ユージェニーも自分の役目に集中した。彼は切迫した様子もなく、心臓と胸部から手ぎわよく弾を取り出した。最後の異物が取り除かれたことに満足し、注意深く縫い合わせる作業に入ったころには、朝の六時を回っていた。

患者が生きていることが奇跡だった。若く丈夫な体が幸いした。二、三日は危険な状態が続くだろうが、回復の見込みはある。外科医と麻酔医が付き添って患者を集中治療室へ運んだ。ユージェニーと残った仲間は片づけを始めた。昼間の看護師たちが出勤してくる時間になって、ようやく仕事が終わった。

「朝食をすませたら、すぐにおやすみなさい。午後五時に出てきて、夜間看護師が来るまでいてちょうだい」シスター・クロスのねぎらいの言葉だった。

ユージェニーは食堂へ行って朝食をとったが、眠くて何を食べているかわからなかった。それから熱い風呂に入り、ベッドにもぐり込んだ。疲れ果てていたにもかかわらず、ミスター・レインマ・テル・サリスのことを考えた。礼儀正しい感謝の言葉を残して手術室を出たきり、彼の姿を見ない。夕方から出勤しても、会える可能性は低いだろう。ひどく疲労していなければいいが。

非番の同僚が、四時過ぎに紅茶を持ってきてくれた。ユージェニーはベッドで寝返りを打ち、また目を閉じた。「へとへとで出勤できないわ」彼女はつぶやき、枕に顔を埋めた。

「だめよ、起きて。たいしたことないわ。手術室での仕事はないから、オフィスに座ってお茶を飲み、きょう何があったかをチェックすればいいのよ」

五時に、美しさに変わりはないが、疲れの抜けない青白い顔で、ユージェニーはオフィスに現れた。

「よく眠れましたか？　今のところ何もありません。シスター・ティムズが五分もすれば、戻ってきます。彼女は歯の陳列棚を掃除しなければなりません。あなたには非番ノートの整理をしてもらいます。それから、日誌と、洗濯物をお願いするわ。早くおやすみなさい」

「はい、シスター」すぐにでも眠ってしまいたい。

ティムズは、背の低いおとなしい看護師で仕事はできたが、少しとりすましたところがあってみんなからあまり好かれていなかった。戻ってくると、ティムズはユージェニーに紅茶をいれてくれ、それから歯の陳列棚を掃除しに行った。

ユージェニーは紅茶を飲み、非番ノートに目を向けた。中には手術室看護師の特別休暇願の紙がたくさんはさまっている。シスター・クロスが頼んだ理由がわかった。休暇の要求をすべて受け入れたら、事態は混乱するだろう。シスター・クロス自身の分も記入されていた。自分は週末に休暇を取り、ユージェニーには週の真ん中に二日間取らせるつもりだ。

「うちへ帰ろう」ユージェニーはつぶやいた。

「いい考えだね」ミスター・レインマ・テル・サリスがオフィスに入ってきた。彼はデスクに寄りかかり、非番ノートを逆からのぞいた。「水曜と木曜か。ちょうどいい、僕もエクセターへ行くんだ。車に乗せてあげるよ」

頬を赤らめ、彼女は声を失ったように黙っていた。彼が返事を待っているので、息を深く吸い込んだ。「ご親切にありがとうございます。でも、自分の車で行きます。帰ってこなければならないので」

「僕もそうだよ。木曜日の夜遅くになってもいいかな？　十時の門限に締め出されたりしないだろう？　監視が必要なのは、若い人たちだけだからね」

かちんときたユージェニーは、彼をにらんで不機嫌に答えた。「私のような年になれば、身を慎む分別がつきますからね」本人は知らなかったが、怒るとユージェニーの顔は、ますます生き生きした。

「怒らなくてもいいじゃないか。きっと、疲れているんだ。それだけの価値があったよ。ゆうべの患者は経過がよく、なんとか持ちこたえている。今、診てきたところなんだ」

「本当によかった。順調にいくといいわ」

ミスター・レインマ・テル・サリスににっこりされ、ユージェニーは胸がどきどきした。

「いい仕事ぶりだ。きみにはいろんな才能があるんだね。濃い霧の中で道を見つけたり、ひどい風邪の牧師を世話したり。それに、手術器具を手渡すタイミングは文句のつけようがない。火曜の夜七時に、外で待っているよ。うまくいけば、夜半には着く」

「まだ行くなんて……」言いかけたユージェニーの顔を明るい青みを帯びた目が見つめた。

「あ、ありがとうございます。楽しみだわ」

彼はうなずいておやすみと伝え、入ってきたときと同じように静かに出ていった。

夢うつつの境をさまよいながら、ユージェニーは非番ノートをさっさと片づけ、何にも邪魔されずに彼のことを考えた。結婚しているのだろうか？　それとも婚約中なのかしら？　オランダの女性とつき合っているかも。心の安らぎを得るために真相をつかまなければ。火曜日にきっとわかるわ。

火曜日の夜はなかなかこなかった。シスター・クロスは週末から休みを取っていたので、ユージェニーが手術室の管理を任された。かなり忙しかったが、働きすぎというほどでもない。若い看護師が第二手術室の軽症の患者を担当してくれたし、看護師次長クラスのパートタイマーも何人かいた。月曜日の手術患者は、ミスター・ペパーが受け持った。シスター・クロスが正午に休暇を終えて出てきたとき、入れ替わりに退くのは気が引けた。オフィスに戻ると、午後にミスター・レインマ・テル・サリスがバイパス形成手術をおこなったことを知った。

火曜日は一日じゅう、彼を見かけなかった。ユージェニーは五時に仕事を終えた。家まで送ってくれる約束を、彼は覚えているだろうか？　重症の心臓病患者の手術が入ったのではないだろうか。

ユージェニーは服を着替えて旅行鞄を持ち、彼はいないだろうと思いながら七時に前庭へ下りていった。大きな体の彼が洗練された姿で、何か思いつめたように守衛室の壁に寄りかかっている。ユージェニーが現れたのに気づき、彼は近づいてきた。

「やあ、時間どおりだね」彼は親しげな笑顔を見せ、鞄を持ってくれた。楽しい旅になるだろう、とユージェニーは思った。何か気のきいたことでも言えればいいのだけれど。代わりに彼女は天気の話をした。

「雨が降ってきそうな空だわ」

彼は口元をゆがめた。「たぶん降るだろう」まじめくさって言い、ユージェニーを助手席に座らせてから後ろの座席に旅行鞄を置く。彼は運転席に乗り込んで車を発進させた。むだ話はしないってわけね。気恥ずかしさは消えうせた。市街地と郊外を通り抜けるあいだ、彼女はおとなしくしていたが、車の数が少なくなったのを機に、決然とした態度できいた。

「あなたは結婚しているの？」

ユージェニーの質問に彼が驚かなかったとしたら、よほどうまく隠したのだろう。「いいや」

「でも、婚約はしているんじゃないかしら？」ユージェニーはさらに尋ねた。

「ああ、している」予期せぬ答えは、それ以上きけるものならきいてみろという口調だった。

ショックだった。なぜ、彼は恋をしたことがないなんて思ったのだろう。結局、彼は上流社会で結婚相手にふさわしいと見なされる人物なのだ。ハンサムで立派な地位にあり、いい生活を送れるだけのお金も十分持っている。相手の女性はどんな人なのかしら。彼の冷ややかな態度にもめげず、質問を続けたのはいかにもユージェニーらしかった。

「お相手はオランダ人じゃない？」

「そうだ」

「きれいな方でしょうね。何をしている女性？」

すぐには答えが返ってこなかった。「友人が大勢いて、しょっちゅう旅をしている。社会事業をおこなったりも……」

「でも、仕事はしていないの？」

「していない。働く必要がないんだ」

「そう。結婚したときにいいわね。だって、そういう女性なら家にいて子供の面倒をみられるわ」ユージェニーにとってはうんざりする生活だった。

「ああ、そう思うよ」どうでもいいような返事だ。「お母さんには、夜遅く着くと電話したかい？」

わかったわ、私を相手にしないつもりね！　ユージェニーは味わったことのない惨めさにさいなまれた。「ええ、電話したわ。あなたが婚約者のことを話したくないなら、別にいいわ」

「彼女について話したいなんて僕が言ったかい？　きみのほうだろう」

「結構よ。私は世間話をしていただけ」

彼は笑って、それ以上何も言わなかった。A303号線をずいぶん長い時間走ったような気がしたが、やがてレストランのチェーン店に止まった。「コーヒーとサンドイッチをとるくらいの時間はあるだろう」

「私は紅茶がいいわ」ユージェニーはぶっきらぼうに告げて化粧室へ駆け込んだ。不機嫌な顔にパウダーをはたいて髪をとかし、こんだレストランの中を進んでテーブルに着くと、彼は立ち上がった。すばらしい子守りに育てられた人特有の、よいマナーがさりげなく備わっている。

「バタートースト？　もっと食べられるだろう。思ったより順調だが、まだ先は長いんだ」

ユージェニーは座って紅茶を注ぎ、飲みながらあたりさわりのない会話を交わした。彼の話にはたいして注意を引くものはなく、ときどき簡単に相づちを打てばよかった。そのうち気が静まってきて不機嫌が直った。気づくと、父親の病気やワット牧師のこと、荒野がなつかしくてたまらないことなどを話していた。車に戻ってから、お互いにほとんど口をきかなかったけれども、雰囲気は悪くなかった。

だいぶ夜も更けてきて暗くなり、やがて霧雨が降り出した。前方に延びる道路以外、何も見えない。走っている車もほとんどなかった。退屈だったが、ユージェニーは満足していた。彼が婚約しているのはショックだったが、さしあたり私の隣にいて結構楽しそうな様子だ。この旅が永遠に続けばいいのに。

ベントレーは疾走し、A303号線を出てM5号線に入った。遠くにエクセターの街の明かりが輝いて見える。それから、間もなくプリマス道路に入った。ユージェニーにとってはあまりにも速すぎた。アッシュバートンを過ぎてわき道に入ると、パウンズゲイトへ向かってゆるやかな上り坂が続き、それから丘を下れば、ダートミートだった。羊が放し飼いになっているため車は速度を落とし、村につながる狭い道を進み、牧師館の前で静かに止まった。

ユージェニーは時計を見た。ほんの四時間ちょっとしかかかっていない。あっという間だ。車を降りてドアを開けてくれた彼に声をかけた。「中に入って、何か召し上がらない？　母もきっと……」

「そうしたいが、僕はエクセターへ戻らなければならない。木曜日の六時ごろ、迎えに来るよ」

母親が玄関に立って、見ているのがわかった。「送っていただいて、ありがとう。準備しておきます。運転に気をつけてね」

彼は笑みを浮かべたが、暗くて顔がよく見えなかった。彼が車に乗り込んで行ってしまってから、ユージェニーは家に入って彼が立ち寄れなかった理由を母親に説明した。

「せっかくベッドと夕食を用意しておいたのに。帰りも乗せてくださるの？」

「ええ。六時に迎えに来てくれることになっているの。お父さんの具合はどう？」

「なかなか順調よ。ワット牧師はやっと風邪が治ったわ。母親集会と日曜学校を手伝ってあげたのよ。あなたがいなくて、寂しかったわ」母親はスープボウルをテーブルに置き、パンを切ってくれた。「あなたのあこがれのオランダ人は、おなかがすいているでしょうね」

「彼は私のものではないわ。オランダに住む女性と婚約しているの」

ミセス・スペンサーは娘をじっと見た。「でも、結婚してはいないのね。あなたがきいたの？」

「ええ。でも、彼は話したくなかったようなの」

「不思議ね。好きな人がいたら、たいていの男性は自慢したがるものだけど」

ユージェニーはスープを飲み、パンをかじった。「せんさく好きだと思われたみたい」

「そんなにいろいろきいたの？」

「知りたかったんですもの、お母さん。そうすれば、これからどうしたらいいかわかるでしょう？　彼のことは忘れるわ」

彼女は元気よく言ったが、本心ではなかった。

実家での二日間は、雑用に追われた。バクファストリーの獣医のところまでタイガーを予防注射に連れていかなければならなかったし、待っているあいだは、母に代わって一週間分の買い物をした。それに、花束とケーキを持って、町から離れた農場に息子と住むミセス・アッシュを訪ねた。彼女は一週間後に、九十歳の誕生日を迎える。

家に戻ると、ワット牧師が父親に教会の礼拝時間を変えたほうがいいと意見を述べていた。ユージェニーはでしゃばって話し合いに加わった。

「何十年も変わらず、そうしているのよ。あなたは自分に都合がいいから、変更したいだけよ」

「こらこら、ユージェニー」

父親の言葉を無視して、彼女はまくし立てた。

「どういうつもりなの？　あなたはあと一、二週間もすれば、ここからいなくなるのよ。そうしたら全部またもとどおりになるっていうのに」

自分の思いどおりにいかない苦悩と、ユージェニーをなつかしく思う気持に引き裂かれ、ワット牧師はわけがわからなくなった。彼女はすかさず続けた。

「そうでしょう。わかってもらえて嬉しいわ」

ユージェニーは牧師ににっこりほほ笑みかけ、家まで送っていくと告げて、その問題に決着をつけた。

彼女が牧師館へ戻ると、父親は穏やかに諭した。「おまえはワット牧師に厳しすぎるよ」

「まあ、お父さんだって反対だったのに。やさしすぎて言えないだけでしょう」父親の頭にキスして、ユージェニーは夕食の準備を手伝いに行った。

翌日も雨は降りやまなかったが、ユージェニーには庭仕事がたくさんあった。アスターやダリア、菊など、教会にも飾れる花を植えるための苗床を掘って、楽しく午前中を過ごした。昼食をとっていたらたちどころに雨が上がったので、彼女はキッチンのカーテンを洗って外に干し、アイロンをかけてもとの場所にかけた。それから、来たときと同じツイードのジャケットとスカートに着替え、鞄に荷物を詰めて、ミスター・レインマ・テル・サリスを待った。

雨の気配はもはやなく、少し肌寒かったが、よく晴れた夕方だった。時間どおりに迎えに来た彼は、他人行儀な挨拶をしてユージェニーをどぎまぎさせてから、ミセス・スペンサーの招きに応じてコーヒーとビスケットをつまみ、ミスター・スペンサーと少し話して、腰を上げた。

握手を交わしながらミセス・スペンサーは温かい言葉をかけた。「このあたりを通ることがあったらいつでも寄ってください。不便なところですが」

彼は笑顔で礼を述べ、ユージェニーがさよならを言えるように、少し体を引いた。玄関から出ようとしたとき母親が残念そうな声で言った。

「ジョシュアが寂しがると思うわ、ユージェニー。よろしく伝えておきましょうか?」母親はミスター・レインマ・テル・サリスにほほ笑んでみせた。「ワット牧師のことですの。主人が病気のあいだ手伝ってくれていたんです」

「かまわないで、お母さん。私がどう思っているか、あの人はわかっているんだから」

車に乗るとすぐに、ミスター・レインマ・テル・サリスがきいた。「その牧師さん、ジョシュアといったかな？　彼はきみの魅力のとりこになっているんだろう？　その気持に応えてあげないのかい？」

「ばかなことを言わないで。知っているでしょう？　卵ひとつゆでられない人なのよ……」

「卵をゆでられることがいい夫の条件なのかい？」

「私をからかっているのね。いいわ、言わせてもらえば、男の人だって基本的な料理くらい少しはできてほしいものだわ。あなたはできて？」

車はエクセターへ近づいていた。街の明かりが前方に見える。

「卵はゆでられるし、パンをトーストしてベーコンをいためるくらいはできる。それに僕のいれる紅茶はおいしいんだ」

「まあ、誰に習ったの？」ぶしつけな質問だが、ユージェニーは気にしなかった。

「母さん。僕が料理のできない女性と結婚するのではないかと、いつも心配していた」

「あなたのフィアンセは……料理ができて？」

「たいした腕ではなさそうだ。でも、すぐれた家政婦を雇うから、ほとんど問題はないね」

「お金持なのね」我ながら、なんて失礼な物言いかしら。ユージェニーは思った。きっと、もう二度と車に乗せてもらえないわ……。

「きみは、ずいぶんはっきりした人だね、ユージェニー。生計は立てていると言えば、納得してもらえるかな?」

「それにしても、ずいぶん頑張って働くのね。立派だと思うわ」

「受けとる金額に見合うだけの分は働くつもりだ」

彼女は黙った。今度は質問される番だった。

「ところで、ユージェニー。あの仕事ぶりなら、きみだって給料に見合うだけの働きはしているよ。病院を辞めたら、どうするつもりだい?」

「わからないわ。でも父のことがあるので、拘束される仕事は望んでいないの。家に帰る必要があるときは帰れるような派遣会社に行ってみようと思って。あまり気が進まないけれど、病院は契約が厳しいから」

「ワット牧師と結婚する手もある。間違いなく、彼は大喜びするだろうし、必要とあらばお父さんの近くにいてあげられる」

「ジョシュアがどういう人か、知っているの? 父は何年ものあいだあの教区を守ってきたのよ。誰かが勝手なことをしたら、悲嘆に暮れるわ。ワット牧師と結婚するなんてごめんよ」

「彼にとって損失だ。きみは牧師の妻に向いているからね。横柄で、ずばずばものを言って、おせっかいで、有能ときている」

ユージェニーの胸は、怒りと後悔と悲しみでいっぱいになった。そんなふうに思われているのね。「無意味な会話はやめて、天気の話をしましょう」

彼は笑った。そして、ときどきどうでもいいようなことを言う以外、黙っていた。

病院に着くと、彼は車から降りて助手席のドアを開け、荷物を入口まで運んでくれた。

ユージェニーは立ち止まって言った。

「ありがとうございました。本当にご親切に」

「また会おうね、おやすみ」

もちろん、また会うに決まっている。明日の午前中は勤務なのだから。それに、バイパス形成手術が予定されていた。「また明日、おやすみなさい」

ミスター・レインマ・テル・サリスのことをいろいろ考えてしまって、ユージェニーはよく眠れなかった。翌朝は、起きて食事をしてから手術室へ行くのが嬉しかった。シスター・クロスがいつもどおり、きびきびした口調で挨拶した。あと一時間もすれば、彼に会えると思うと胸がはずみ、ユージェニーは元気におはようございますと言って、午前中の手術の準備が万全かどうかを確かめに行った。

手を洗おうとしたときに、上級の助手が手術室に入ってきた。「ミスター・ペパーに気をつけてください。けさは少しいらいらしてますから……」

「ミスター・ペパー？　バイパス形成手術は彼が執刀するの？」

「はい。ミスター・レインマ・テル・サリスは心臓移植のためにエディンバラへ発たれました。臓器提供があったということで。二日間はあちらにいるでしょう」

「でも、ゆうべは病院にいらしたのに……」

助手がちらりとユージェニーを見た。彼女に好感を抱いている思慮深い助手は、二人が帰ってきたところを目撃していたが、何も言わなかった。

「一刻の猶予もなかったため、夜のうちに発たれました。飛行機をチャーターする話もありましたが、車のほうがいいと言われて」

「手術が成功するといいけれど……」

「うまくいかなくても、ミスター・レインマ・テル・サリスのせいではありません。あの方は名医ですよ」

助手が出ていってから、ユージェニーは手を洗い始めた。そして、警告どおり、ミスター・ペパーの不機嫌を我慢することになった。

気を散らす種となるミスター・レインマ・テル・サリスがいなかったおかげで、ユージェニーは自分のこれからについて真剣に考えた。いくつもの派遣会社に出向き、フリーの看護師名簿に名前を登録した。求人はたくさんあったが、ほとんどがロンドンか、その周辺地域に限られている。おそらく、もっと実家に近いところ——エクセター、ブリストル、プリマスなどで探したほうがいいだろう。いつもユージェニーに助力を惜しまないミスター・シムズに、個人病院をあたってみたらと言われたので問い合わせたが、やはり契約が必要だった。経験のある外科病棟看護師や手術室看護師が働くのによい状況はまれだ。フリーの看護師となると、単に患者の家に住み込んで医者が命じた治療をやっていればそれですむというものでもないらしい。

四日経って戻ってきたミスター・レインマ・テル・サリスは、さっそく何時間もかかる厄介な心臓切開手術を手がけ、ユージェニーに簡単に挨拶すると、またどこかへ行ってしまった。翌日からの休みを、彼女は派遣会社めぐりに費やした。病院を去る日は近づいている。

仕事に戻った日、ユージェニーは昼食に行く途中で彼とばったり会った。儀礼的に挨拶して通り過ぎようとしたとき、腕が突き出されて行く手をさえぎった。「そんなに急がないで。どこにいたんだい？」

「休暇です」

「もうすぐ、ここを辞めるんだね?」

「あと十日ほどで」

「仕事は見つかった?」

「まだです。昼食に遅れますので」

彼はおかまいなしに言った。「二週間したら僕はオランダへ帰るが、向こうの手術室看護師が産休に入る。彼女が戻ってくるまで、二、三週間代わりを務めてもらえないだろうか」

ユージェニーは目を丸くした。「私が? オランダですって?」

「世界の果てじゃあるまいし、ユージェニー。一時的な仕事でしかないが、これからどうするか決める時間を稼げる」

断ろうと口を開きかけたところへ、彼がつっけんどんに言い添えた。「すぐ返事をする必要はない。二日以内に決めて知らせてほしい」

廊下の真ん中に取り残されたユージェニーは、今の会話はすべて夢ではないかしらと思った。だがシェパードパイとにんじんを食べながら、夢ではなかったと結論を下した。彼は手のこんだ冗談や思いつきで時間をむだにする人ではない。

「なんだか様子が変よ、ユージェニー」同じテーブルにいた仲間のひとりが心配した。

「心ここにあらずって顔をしているわ」

そのとおりだった。彼女の心はすでにオランダに飛んでいた。

3

ミスター・レインマ・テル・サリスの申し出をどうするか、ユージェニーは迷わなかった。それは、天からの贈り物、よいことの前触れだ。といっても、ただ二、三週間彼と一緒にいられるというだけで、なんの役に立つだろう？　別れのときがきたら、心を鬼にしてさよならを言い、二度と会うこともないのだから。それでも、彼がどんな生活をしてきたか少しはわかるだろう。家や家族のこと、婚約中の女性についても。もちろん、そんな知識はユージェニーにとってなんにもならないが、あらぬ空想を打ち砕くのにはいいかもしれない……。

厄介な男性の姿は、また消えてしまった。翌朝、シスター・クロスがコーヒーを飲みながらユージェニーに教えてくれた。「バーミンガムへ行ったわ。刺し傷の怪我人よ。間一髪で大動脈ははずれたらしいけれど、心膜に軽い損傷を負っているんですって。ゆうべ発ったわ」

もっとよく知りたかったが、ユージェニーは控えめに言った。「とても仕事熱心な方のようですね」

「熱心すぎますよ。そろそろ所帯を持つ潮時でしょう。オランダで結婚すると聞きました。いいことです。看護師の半分は彼に熱を上げていますからね」

ユージェニーは黙っていた。看護師たちのことなどどうでもいい。気になるのは、自分が会う前に、彼のハートを射止めたオランダ人女性だ。

手術室をチェックしに行ったユージェニーは、その日遅くになってようやく、彼のことをもう一度考える時間が持てた。仕事を引き受ければ、私にもチャンスはあるかもしれない。うぬぼれの強い人間ではないが、外見はなかなかのものだし、頭もまあまあだと思う。よく若い男性からデートに誘われてもきた。機会さえあれば、ミスター・レインマ・テル・サリスの心に、これまでの落ち着き払った親切心以上の感情をかき立てることだってできるかも。あの人が婚約者を本当に愛しているなら、そのときは臨時の手術室看護師に徹して、彼と同じように冷静な態度でふるまうことにしよう。むずかしいが、やってみるだけの価値はある。一緒にいられる二、三週間を最大限に活用して、それから彼のいない人生と折り合いをつけるのもいいだろう。なんとなく、ロマンス小説の主人公みたいな気分だった。

依然、ミスター・レインマ・テル・サリスの姿はなかった。ユージェニーはまためぐってきた休暇に自分で運転して実家へ帰り、母親に彼の話をした。

「申し出を受けるつもり?」

「ええ。せいぜい二、三週間だと思うわ。今の手術室専門の看護師さんが産休に入るため、別の人が代わりを務めることになっていたの。だけどその人の都合がしばらくつかないので、その代役を私が務めるのよ。いろいろ考えてみる時間にもなるし……」

母親は快く賛成した。オランダにいたら、この近くで仕事を見つけるのに支障があるのでは、という思いは口に出さなかった。それより、娘が彼と結婚したいようなことを言っていたのが心配だった。娘はこうと決めたらあとに引けないタイプだ。

「お母さんが何を考えているか、わかるわ。でも、心配しないで。あの人と仕事をするのが楽しいの。彼はすばらしい外科医よ。私たちは息が合っているし。親しい感情抜きで、気に入ってくれているわ」

「わかったわ。あの方ならいいだんなさまになるでしょうね。相手の女性は幸せだわ。新しい仕事の話をもっと教えてちょうだい。オランダのことを知るいい機会だわ」

「それが、どこへ行くかも全然知らないの。二、三週間一緒に働いてもらえるか、よく考えておいてほしいと言ったきり彼は消えてしまって、いつ戻ってくるかわからないわ。行ったり来たりで……」

「あなたが病院に戻ったときには、きっといらっしゃるわ。ところで、ジョシュア・ワットが夕食に来るの。お父さんが話したいことがあるんですって」

「もう、お母さんたら！　でも、そうね。彼は私の顔を見に来るにちがいないわ」

「気持はわかるけれど、あなたがオランダへ行っているあいだに彼もたぶん発つことになるんだから」

「わかったわ。できるだけやさしくするわ」

だが、それは間違いだった。ワット牧師がその気になって、我が物顔にふるまったので、ユージェニーはとうとう頭にきた。夕食が終わるとさっそく別れの挨拶(あいさつ)を告げ、私はしばらく家を離れているからそのあいだに、あなたはこの地を去ることになる、とあてつけがましく言った。

「まだここにいるかもしれませんよ。あなたのお父さんは、それほど丈夫ではありませんからね」

ユージェニーは怒りのあまり口がきけず、彼を無視して台所に駆け込んで母親の食器洗いを手伝った。

「彼にうんざりしたの？」

「うんざりですって。うんざりどころじゃないわ。最低よ。ひとりよがりの、無神経なうぬぼれ屋だわ。ここに長くいる必要なんてないんでしょう？」

「ええ。仲間の牧師二人に援護してもらえば、お父さんはなんとかやっていけそうよ。あなたが戻ってくる前に、ワット牧師はいなくなるわ」

「お母さんは、私が行ってしまっても大丈夫？　必要なときに帰れるよう、派遣会社で仕事を見つけるつもりだったのに」

「ミスター・レインマ・テル・サリスなら、こちらに必要なときにはすぐに帰してくださいますよ。でも、お父さんは本当に具合がいいし、ドクター・ショーが気をつけてくれています」

それで、ユージェニーはいくぶん安心して病院へ戻ってきた。両親の生活はほとんどもとに戻っているから、再び自分の人生と向き合える。オランダから帰国したらいろいろできるだろう。

新米の看護師が第三手術室で簡単な手術を担当しているあいだ、ユージェニーはシスター・クロスとコーヒーを飲んでいた。そこへミスター・レインマ・テル・サリスが入ってきて、シスター・クロスと談笑していたかと思うと、いきなり質問してきた。

「申し出を受けてもらえるかな、ユージェニー？」

「はい、ありがとうございます。ぜひ働かせていただきたいと思います」

「なんのお話かしら？」シスター・クロスが問い返した。「初耳ね」

「今の看護師の代わりが来るまでのあいだ、ユージェニーに二、三週間僕のところで働いてもらうことになったんです」

「まあ、どこで？　オランダ？」

「主にオランダです。一緒に働いてくれる僕専属の手術室看護師がほしかったんです。ここではもちろん必要ありませんが、中東やアメリカ、地中海諸国などでは、そのほうが仕事が楽にできますから」

十分考えたあとで、シスター・クロスは賛成した。ユージェニーは何も言わなかった。突然、人生がわくわくするような可能性に満ちてきた。

だが、ミスター・レインマ・テル・サリスのビジネスライクな口調に、楽しい夢もかき消えた。

「来週末には辞めるんだったね、シスター。僕は二、三日以内に帰国する予定だが、きみの旅の手はずは整えておく。パスポートは持っているの？」

ユージェニーはうなずいた。

「よろしい。僕が発つ前に、詳細を知らせるよ」

彼が行ってしまうと、シスター・クロスはユージェニーに運がいいと告げた。「いい経験になりますよ。それに、彼にすばらしい推薦状を書いてもらえるでしょう。いずれ派遣会社に登録するつもりなら、すぐに仕事が回ってきますよ。新しい個人病院はどこかしらで開業していますからね。彼はあなたの将来に、おおいに役立つわ」

そのとおりだった。経歴にはなっても、彼の妻になるためのプラスとならないのが、とても悲しい。

　午後には重症患者の手術が待っていた。シスター・クロスは非番だったので、ユージェニーが担当した。最後の患者が手術室から運び出されようとしていたとき、シスター・クロスが勤務に戻ってきた。ユージェニーは制服に着替えて腰かけ、引き継ぎの前にノートを埋めた。シスター・クロスはおしゃべりしたい気分だったらしく、ユージェニーはしばらく話につき合った。

　手術室のスイングドアを押し開けると、ミスター・レインマ・テル・サリスが向こうにいた。

「遅かったな」つっけんどんに言われ、ユージェニーはむっとした。疲れていたせいか、情緒不安定で気がふさいでいた彼女は、とげとげしく答えた。

「疲れているんです……」

「それなら、引き止めないよ。僕は今夜リヴァプールに発つから、オランダへ帰る前にもうきみに会えないかもしれない。気分がよければ、食事に連れ出して仕事の打ち合わせをしようと思っていたが、そんな気になれないなら、必要な指示や情報はすべて書いて渡すことにしよう」

「まあ、そんなつもりじゃ……」

「かまわないよ。フローニンゲンで会おう」

道をあけてくれた彼の顔をすばやく見ると、逆らってもむだなことがわかったので、ユージェニーはおやすみなさいとつぶやいて通り過ぎた。まったく、厄介な人！　そう思いながらも、彼の言いなりになってしまう。困ったわ。第一、フローニンゲンがどこにあるかも知らない。どうやって行けばいいのだろう。それに、いつ行けばいいの？

心配する必要はなかった。翌朝、仕事に出ていくと、シスター・クロスの机の上に、ユージェニーあての大きな封筒が置いてあった。開ける前にシスターが来てしまい、中身を読むのは断念した。

「手を洗ってきたほうがいいわ。私は、事務処理をしなければならないの。開胸手術だったわね。ミスター・ペパーは機嫌が悪いと聞いています」

実際、ミスター・ペパーはひどく機嫌が悪かった。

夜になって仕事を終えてから、ユージェニーはようやく封筒を開けることができた。いろんなものが入っている。航空券、予定表と指示を入力したもの、〝レインマ・テル・サリス〟と走り書きした短いメモもある。彼女はまずメモを読んだ。指示を注意深く読むようにとある。あとで請求するために、旅行の費用を細かく記録しておくこと。パスポートを忘れずに、指定された日に発つ準備をすること。病院を辞めてから三日後なので、そのあいだに荷造りして、両親が元気なのを確かめられるだろう。

さらに、彼女は先を読み進んだ。飛行機はフローニンゲンへの直航便。いつ何時にも緊急事態に備えて待機してほしいので、病院に住み込んでもらう。週休は二日で、一日三時間の休憩がある。解雇通告は一週間前に出される。これは特別だと書いてある。だが、産休の看護師が戻ってくる正確な日付はまだ決定されていなかった。給料はオランダ人の同僚と同額で月一度の支払い。病院の詳細は簡潔かつ明瞭で、目を通したあと、これといった質問はひとつとして浮かばなかった。

実に手ぎわがいい、と彼女は思った「でも、自分の口で言うこともできたでしょうに」ふともらした感想を寮の居間にいた同僚に聞かれてしまい、質問が飛んできた。秘密にしていても意味がない。辞めたあとどうするかを説明すると、みんなうらやましがり、もっと詳しく教えてとせがまれた。きっと運が向いてきたのよ、というのが大方の意見だった。

もちろん、そうだわ。ベッドに横になったユージェニーは思った。次にどうしたいかを見極めるいい機会だ。父が健康を回復したことも確かだし、何より、ミスター・レインマ・テル・サリスと一緒にいられるのだ。うとうとしながら彼に思いをはせた。できるだけ早くクリスチャンネームを確かめなくては。初めて会ったとき聞いたはずだけど、忘れてしまった。今度会ったときには尋ねよう。

彼はもうオランダにいるので、すぐに会える見込みはなかった。ユージェニーは衣類を準備し、手に入るだけのオランダに関する本を読んで満足した。

荷物を詰め終わり、友人に別れを告げて回りながら、ユージェニーは病院を去るのが少し残念な気がした。結局、自分はここで鍛えられ、一人前の熟練看護師の一員になるまで居続けたのだ。ミスター・レインマ・テル・サリスの存在がなかったら、平気ではいられなかっただろう。彼のことがあったから、ユージェニーは車に乗り、見送りの友人たちに手を振って、家へ帰ることができた。まだ午前中の早い時間帯で天気もよく、ロンドンをあとにすると嬉しくなった。オランダに発つまでに二日ある。五月のダートムーアはすばらしいだろう。

もちろん、二日間では十分ではない。スーツケースから服を出し、オランダへ持っていくもの――ブラウス、スカート、薄いセーターをまた詰め直す。ガイドブックの忠告どおり、レインコートと防水加工のジャンパーも入れた。それに、暑い日のために、薄手のワンピースと蜂蜜色の軽いシルクのドレス、母親が言い張るので、コーヒー色のクレープ地のトップによく合う、チョコレートブラウンのシフォンのプリーツスカートも加えた。

娘が服をしまい込むのを見ながら、母親が言った。「下着をほとんどつけない人でよかったわね。荷物が少なくてすむわ……」

ユージェニーはぼんやりうなずいた。「どんな制服かしら。看護師帽をかぶらない型はいやだわ」

「そうね。でも、ほとんどは手術室にいるわけでしょう。あちらに着いたらすぐに電話してね」

「ええ、お母さん。手紙もできるだけ書くわ。忙しいときは、はがきを送るわ」

ユージェニーはスーツケースのふたを閉めて鍵をかけた。「さあ、終わった。私がいるあいだにしてほしいことがあるかしら？」

二人で階下へ下りていくと、父親が書斎にいた。

「日曜には私が説教し、ジョシュアが礼拝をおこなう」

「彼はいつになったらいなくなるの？」

「たぶん、ひと月もすれば。リヴァプールの教区へ移る前に、短い休暇を取ることになるだろう」

「彼がいなくても、大丈夫？」

「ああ、大丈夫だよ。今晩、ジョシュアが夕食に来る」古風な眼鏡の奥で父親の目が光った。

母親が言い添えた。「自分から来るのよ。あなたにお別れが言いたいんだわ」

ユージェニーは喉まで出かかったはしたない言葉をぐっとのみ込んだ。

「別れの挨拶はこの前したと思ったけど。頭痛がするということにしてもらえない？」

「ユージェニー、あなたは頭など痛くないし、そんなことを言えば、よくなったかどうか確かめに明日現れるかもしれないわ」

「私、疲れているから、早く床につくわ……」

ワット牧師はたっぷり余裕をもってやってきて、遅くまでねばった。父親が疲れているのがわかったので、ユージェニーはしかたなく会話につき合い、新しい教区に関する熱心なおしゃべりにじっと耳を傾けた。どうやって運営し、何をするつもりでいるかを彼は事細かに計画していて、その熱心さにユージェニーは感心してみせた。だが、彼がじっと見つめて、教会の仕事とそれに伴う責任を理解してくれる、頼りになる妻がほしいと言い出したとき、ユージェニーはかなり不愉快になった。

「いい人がきっと見つかるわ」

ユージェニーはこのあいだと同じようにきっぱりした態度で応じた。

「どうして、タイプではない人に好かれるものなのかしら?」父親が無事に寝たあと、キッチンで紅茶を飲みながら彼女は母親に尋ねた。

娘がワット牧師を指しているのでないことは、母親にもよくわかっていた。

残された一日は、幸せに過ごせた。ユージェニーは庭でぼんやりし、村の友達に別れを告げ、タイガーを散歩に連れていった。ごつごつした岩山にもたれ、風景を目に焼きつけながら、タイガーにささやいた。「この景色を見られないのが寂しいわ」

雑貨屋のマシューーが、ユージェニーの車に同乗して送ってくれることになっていた。翌日、朝早く出かけるときに彼が隣にいなかったら、きっと少し泣いてしまっただろう。ユージェニーはポーチに立つ父親と母親に元気よく手を振って出発した。小道からアッシュバートンへ延びる道路へ向かい、さらにエクセターの先へと続く高速道路に入った。

マシューは小さいころからよく知っていた。彼は教区委員を務め、求めに応じて、タクシー運転手にもなれば、郵便局長代理にもなった。雑貨屋を経営して、町から何キロも離れて住む人に必要なものは、ほとんどなんでも売っていた。「お父さんがよくなって、ほんとによかった。僕たちみんなで面倒をみるよ、ユージェニー。お母さんのこともね」

「ありがとう、マシュー。そうでなければ、私だって行かないわ。これだけは忘れないで、もし何かあったら、電話してね。車のグローブボックスに電話番号を入れておいたから。すぐに戻るわ」

「きみを放してくれるかな？　あの医者のところで働くんだろう？　よさそうな人だけど」

「いい人だわ。それに、彼は私に借りがあるのよ。ほら、霧で道に迷っているところを私が見つけてあげたでしょう」二人は一緒に笑った。

「あの霧は、自分のいる場所がわからないと始末に負えないよ」

ヒースロー空港で、ユージェニーはマシューとの別れを惜しんだ。「必ず、はがきを出すわね」彼の頬にキスして、荷物を預けに向かった。

飛行機の中は平穏無事だった。軽いお昼を食べたきりなので、二時になるともうおなかがすいた。機内雑誌を読み、ハンドバッグを点検し、雲の上で何も見えなかったが窓の外を見た。じっと見つめていると気が休まったけれども、飴(あめ)を配るキャビンアテンダントの声で現実に引き戻された。間もなく、着陸態勢に入るとアナウンスがあった。

雲の下に見える陸地は緑で、あちこちに集落があり、大きな町はない。隣の席には誰もいなかったので、キャビンアテンダントがシートベルトをチェックしに来たときにきいてみた。「空港はフローニンゲンから遠いのですか？」

「町の中心まで十キロです。出迎えに来てくれる人はいますか？」

「いると思います」ユージェニーは、窓から外を凝視した。地面がどんどん近くなる。指示の紙には、出迎えについてひと言も触れていなかった。おそらく、フローニンゲン行きのバスか電車があるのだろう。ミスター・レインマ・テル・サリスは、病院まで当然ひとりで来られると思っているのだ。あの指示だって、秘書か誰かに書かせたのかもしれない。

ユージェニーは、飛行機から降りる最後の集団にいた。待っている人はいないのだから、ひとりでどうにかしなければ。彼女は荷物を見つけて税関を通り抜け、送迎ホールへ出ていった。

スーツケースを床に置いて、あたりを見回す。大勢人がいたが、ヒースロー空港のようにごった返してはいない。いろんな掲示に目をやりながら、ゆっくり体を回すと、だんだん自分のいる位置がつかめてきた。ひと回りしたところ、手に彼女のスーツケースを持ったミスター・レインマ・テル・サリスが、そびえるように立っていた。

「まあ」彼女はほかに言葉が見つからなかった。

どことなく横柄な態度で、彼は笑みを浮かべた。「ユージェニー、ようこそフローニンゲンへ」

「出迎えがあるなんて、書いてなかったわ」

「きみをびっくりさせようと思って」ユージェニーは彼に会えたことが嬉しくてたまらなかったが、仏頂面をした。私の様子を見て笑っていたのではないかしら。

「確かに驚いたわ。病院へ直行するの?」

彼女は顔が赤らんだ。彼とどこか別の場所へ行きたいと言ったように聞こえる。カフェで紅茶でも飲めたらいいのだけれど。

「そうだ。車は外に置いてある。さあ行こう」

彼の後ろから出口へ向かうと、すぐ近くにベントレーが止まっていた。道路を横切る途中で、誰かが乗っているのに気づいた。助手席にいる女性の横顔が見える。ミスター・レインマ・テル・サリスはドアを開けて後部座席にユージェニーを座らせると同時に、その女性を紹介した。

「サファイアラ、ユージェニー・スペンサーだ。こちらは、僕のフィアンセ」

彼がスーツケースをトランクに入れるあいだに、サファイアラが型どおりの挨拶をした。

「こんにちは、よい旅でした?」

　サファイアラは作り笑いを浮かべながら、青い目ですばやくユージェニーを上から下まで眺め回した。短い金髪に、整った面立ちの美人だ。三十代前半だろう、目の使い方を心得ている。好きではないタイプだ。「ええ、とても快適でした」

　車に乗り込んできたミスター・レインマ・テル・サリスは、サファイアラが低い声で話しかけた言葉にうなずき、ユージェニーに気分はいいかどうか肩越しに尋ねて車を発進させた。

　ユージェニーはおもしろそうな表情を装って、窓の外の景色を眺めていたが、内心頭にきていた。私の出迎えに、なぜフィアンセを連れてきたの? 彼が結婚することになっていることを思い出させるため? 手術室看護師というだけであって、女としての私にはまったく興味がないことを暗に示すため? いいえ、きっとサファイアラが望んだのよ。私に仕事を依頼したことを、彼は後悔しているのかしら? それとももっとまずい事情……私が抱いている気持に感づいたのだとしたら? 考えただけで、体が熱くなる。来るべきではなかったと一瞬思ったが、もう遅い。なんとか我慢しなければ。仕事で文句を言われないよう、いつでもプロに徹した態度をとろう。

「まっすぐ病院へ連れていくからね」車がフローニンゲンの郊外にさしかかったとき、彼は言った。「早く落ち着いたほうがいいだろう」

物静かに礼を言ったユージェニーとは対照的に、サファイアラはよく通る高い声で言った。「送ってくださるわね、アデリク?」

予想はしていたが、完璧（かんぺき）に近い英語だ。ともかく、彼のクリスチャンネームを思い出せただけでも、いいとしよう。

フローニンゲンは美しい町だった。貴族の住むような家が立ち並ぶ通りを抜け、大きな広場を横切り、さらにもうひとつ広場を通り過ぎるところだった。

「簡単に自分でどこへでも行けるよ。大きな通りはすべて、今の二つの広場につながる。病院はすぐそこだ」

大きなアーチ門をくぐると、かなり古いと思われる立派な建物が現れた。その偉観を損なうことなく、新しい病棟が増築されている。ミスター・レインマ・テル・サリスは車から降り、トランクからスーツケースを出すとポーターに渡して、後部座席のドアを開けてくれた。

「ごきげんよう。仕事が楽しいといいわね」サファイアラが退屈げに言った。

さっきと同じように物静かに礼を言うユージェニーを、彼は不審げな面持ちで見たが、何も言わずに玄関へ招き入れて受付係に名を告げた。係が電話をするあいだ、彼はカウンターに寄りかかっていた。

「出迎えていただいてありがとう」

「おやすいご用さ。きみを師長に紹介するよ……」

背の高い、銀髪まじりのブロンドに青い目の師長はすぐに現れた。厳しい顔をしているが、ユージェニーが紹介されるとにっこりし、歓迎してくれた。

「ミスター・レインマ・テル・サリス、ミス・スペンサーを迎えに行ってくださったことを感謝します。異国に着いたばかりで、知っている顔に会うのは嬉しいものです」

彼は師長と握手を交わしてから、やさしい声で言った。「明日、会えるよ、ユージェニー。知りたいことはなんでも師長が教えてくれるはずだ」

彼が行ってしまったあとで、ユージェニーは師長に付き添われ、スーツケースを持ったポーターと一緒に、玄関ホールを通り抜け、広い廊下を進んでオフィスにたどり着いた。

「早く自分の部屋へ行って、コーヒーか紅茶を飲むといいわ。でもその前に、病院の概要と仕事のあらましを書いた冊子を渡します。明日、朝十時に私のところまで来てください。何か質問があれば、そのとき答えます」

冊子を受けとったユージェニーはポーターを従え、ホールの後ろにあるエレベーター乗り場へ向かった。四階で降りると、今度はポーターが先に立ち、両開き戸を開けて片方に階段のある小さなホールに出た。小さな白帽を頭にのせた、丸顔で小太りの人物がドアから飛び出してきた。

「シスター・コルスマです。本当によくおいでになりました、ミス・スペンサー。お部屋へまいりましょう。紅茶を用意いたしますよ。イギリスの方はお好きでしょう?」

ミスター・レインマ・テル・サリスの出迎えと師長の実にあっさりした挨拶に、元気をなくしかけていたユージェニーは、このちょっとした歓迎ぶりで心が温まった。三人は階段を上り、ドアの並ぶ廊下を歩いた。シスター・コルスマは一番端のドアを開け、ユージェニーを中に招いた。ポーターはスーツケースを床に置いて去っていった。

部屋は小さかったが心地よく、必要なものはそろっていた。窓からは広々とした芝生が見える。その向こうが病院の裏手にあたるのだろう。

シスター・コルスマはベッドカバーを撫で(な)てしわを伸ばし、カーテンをさっと引いた。

「いい部屋でしょう? 廊下の向こう側にバスルーム、もう一方の端にキッチンがあるから、お茶をいれられるし、おなかがすいたときにはサンドイッチも作れます。じゃあ私は引き上げますが、お茶がすぐ来ます。ひと息ついたら私のオフィスへいらしてね」

シスター・コルスマは足早に出ていった。ユージェニーはもう一度窓辺へ寄り、外の景色を見た。ざっと見たところ病院は町の中心にあったが、確かめるのはあとだ。まずスーツケースの中身を出して、渡された冊子を読み、シスター・コルスマに会いに行かなくては……。

荷物をほとんど出し終えたとき、女の子が紅茶を運んできた。ユージェニーは窓辺で一杯飲み、それからシスター・コルスマのオフィスへ出向くと、物置へ連れていかれ、そこで体に合った制服を見つけた。そのあとで病院を案内してもらい、たくさんの看護師に紹介されたけれども、名前はみんなすぐに忘れてしまった。夕食は、ぼうっとした状態で食べた。英語で話しかけられるときはよかったが、意味のわからない言葉でみんなが楽しそうに話しているのを聞くと、身のほど知らずのことをしてしまった気がする。眠れそうにないと思って横になったユージェニーは、すぐにぐっすり寝入ってしまった。

もちろん、朝になるとすべてはうまくいった。朝食のあいだ、英語を上手に話す二人の看護師にはさまれて座り、アドバイスを受けた。仕事が始まると、ユージェニーに話すとき以外はみんなオランダ語だったが、手術室ではすぐに周囲にとけ込んだ。ミスター・レインマ・テル・サリスは午後まで手術がない。午前中は勤務中の手術室看護師のあとをついて回った。手術患者は多くなく、外科医たちもごく自然に受け入れてくれたので、自信が出てきた。腕慣らしのために、最後の簡単な盲腸手術を受け持つことになり、ユージェニーは手を洗った。言葉の問題がなければ、自分の病院にいるような気分だった。

午後二時に予定されていたバイパス形成手術に、時間どおりミスター・レインマ・テル・サリスは手術室に現れた。まるで何年も勤める者を見るような目つきでユージェニーに向かってうなずき、手術を始める準備ができているかどうか丁寧に尋ねた。もちろん、そこにはたくさん人がいた。すでに全員と午前中に顔を合わせていたが、手術着にマスクをかけた姿は誰が誰だかわからない。患者の上に身を乗り出しているミスター・レインマ・テル・サリスだけ見分けがついた。手術器具をユージェニーの手から受けとり、彼女が仲間はずれにならないよう、ときおり英語で二人の医師に小声で話した。

やがて、患者は集中治療室に運ばれ、手術室に残った者と一緒に、ユージェニーは片づけを始めた。ティータイムはとっくに過ぎている。外科医たちとオフィスへ行って紅茶とビスケットを分け合う楽しいイギリスの習慣は、ここでは知られていないようだ。ありがたいことに、六時には仕事から解放された。お茶の時間には遅いが、病院の近くに軽い食事のできる喫茶店があるはずだ……。

ユージェニーが自分の部屋へ戻ったとき、あたりには誰もいなかった。ワンピースに着替え、防水加工のジャンパーをはおり、足が痛むので履きやすい靴にして、バッグを肩にかけた。窓から見たかぎり、天気は悪そうではない。空は冷たい群青色で、太陽が高いビルの背後に沈もうとしている。彼女は引き出しからスカーフを引っ張り出して、ポケットに突っ込んだ。あるガイドブックによれば、雨が結構降るらしい。

静かな建物の中をユージェニーは階下へ下りていった。ほかの人たちは仕事中か、もう外出してしまったかのどちらかだろう。ところが、シスター・コルスマのオフィスの前に来たときドアが開いて、中からミスター・レインマ・テル・サリスが出てきた。

「落ち着いたかい？　午前中も午後も手術室で緊張しなかった？」

「大丈夫だったと思います」ユージェニーは嬉しい不意打ちを食らった。だめだめ、仕事に徹して超然としていることに決めたはず。「こちらの手術室はすばらしいですね」

「一服したかい？」

「勤務時間を終えたので、町へ出てどこかでお茶でも飲もうと……」

「いい場所を知っているよ」ユージェニーが口を開きかけると同時に、シスター・コルスマがドアの向こうから不意に顔を出した。

「ミスター・レインマ・テル・サリスとお茶を飲みに行くの？　それはいいわ、寂しいでしょうから。あなたと同じ時間に勤務を終える人がいないのよ」

「いいえ、シスター。夕食の前にちょっと探険するだけですから」

「まず、お茶だ」彼はシスター・コルスマにオランダ語で何か言うと、ユージェニーの腕を取った。

「そんなつもりじゃ……」玄関ホールから外へ連れ出される途中で、ユージェニーは抵抗した。

「どうしてだい。きみはダートムーアで僕を助けてくれた。今度はフローニンゲンで、僕がきみを助ける番だ」ユージェニーの腕をつかんだまま、彼はどんどん歩いていった。

「ここからそう遠くない場所に、おいしい紅茶を飲ませる店があるんだ。サファイアラとときどきそこで待ち合わせる」

「お茶には遅すぎるわ……」

彼は答えもせずに歩き続け、数分後にはしゃれたガラス扉を押し開け、窓ぎわの小さなテーブルにユージェニーを座らせると、自分は向かい側に腰を落ち着けた。周囲の客はディナーをとっていたが、紅茶を頼んでもいやな顔はされなかった。濃い紅茶に小さなサンドイッチとおいしいケーキがついていた。

「とてもすてきなお店ね。サファイアラが気を悪くしない？」

「気を悪くする？　どうしてだい。実のところ、彼女がそうしたらどうかと提案したんだから」

4

　ユージェニーが口に放り込んだおいしいケーキの味が消えうせた。あてつけられているのだろうか？　ミスター・レインマ・テル・サリスにその気がないだけに、なお悪い。初対面で抱いたサファイアラへの反感が、ますます強まった。抜け目のない女性だ。自分がどれほど彼に影響力を持つかを示し、近づくなと私に告げたようなものだ。気が弱い人間なら、ここで引き下がるのだろうが、ユージェニーはすぐにその挑戦に受けて立つことにした。

「なんて思いやりのある、やさしい人なんでしょう。あなたのフィアンセはとてもきれいな方ね。私も金髪があこがれだったわ……」

　ねらいどおり、その言葉を聞いた彼の視線は、自然とユージェニーの見事な黒っぽい髪に注がれた。

「近々、結婚なさるんですか？　オランダ流の結婚式をぜひ見たいわ」彼女は興味深そうに言った。

彼は紅茶をお代わりした。「はっきりした日取りは決まっていない。きみがここにいるあいだに、きっと結婚式を見る機会はあるよ。町を案内できなくて残念だ。どこか特別見たいところがあるかい？」

「美術館や教会へ行くには遅すぎるわ。同僚が何人か、非番のときに行こうと誘ってくれたので、そのうち見て回ることができると思います」

ユージェニーは平然と小さな嘘をついた。楽しませる気遣いなど必要ないとわかってもらうためなら、ちょっとした嘘のひとつや二つはいいだろう。

「お忙しいのに、お茶につき合っていただいてありがとうございます」彼女は分厚いガラスの窓から外を眺めた。「広場はあっちの左のほうでしたね？　お店が閉まる前に行ってもかまわないかしら？」

閉店までにはまだ時間があると快く賛成した彼は、そっとユージェニーの様子をうかがいながら、すぐに支払いをすませた。そして、彼女が無事に通りを渡り、正しい方向へ進むのを確かめてから、考え込むように病院へ戻っていった。

心が乱れたままユージェニーは、しばらくウインドウショッピングをして、おなかがすいたので食事のできる場所を探した。かなりの数のカフェやレストランがある。彼女は半分ほど客の入った店に決め、外に出ているメニューを確かめたうえで、財布の中身と相談した。店はセルフサービスになっていて、トレーを持って列に加わり、いろんな種類の料理の中からわかりやすい品を選んだ。コロッケとサラダとコーヒーを隅の小さなテーブルに運ぶ。コロッケは申し分なかった。ユージェニーは食事を終え、コーヒーを飲んで立ち上がった。

「おひとりですか?」そばに座っていた背の高い男性が彼女に声をかけた。「イギリス人でしょう?」

「ええ、そうです」ユージェニーが立ち止まらず通り過ぎたのに、その男性はあとからついてきた。

舗道に出たところで彼女は追いつかれた。

「ご心配なく、何もしませんよ。あまり美しい方なので、男としてひとりにしてはおけません。タクシーかバスを止めてさしあげましょう」

「ご親切に、でも結構です。近くの病院に勤めていますので、歩いて十分もかかりません」

「じゃあ、そこまでご一緒しましょう。看護師さんですか?」

「ええ。あの、ひとりで大丈夫です……」

「それでも行きますよ。話す必要はありません。僕にも妹がいるんです」

「妹さんたちはひとりで外出しないんですか?」

「もちろん、しますよ。でも、外国人じゃありませんからね」

それ以上何も語らなかったが、病院の玄関に着くとその男性は丁寧におやすみなさいと言って、地理に明るくなるまではひとり歩きはやめたほうがいいと繰り返し、ユージェニーに手を差し出した。

車の窓から二人を見ていたミスター・レインマ・テル・サリスは、いら立たしい気持を必死に抑えた。そんなこととは知らずに、ユージェニーは握手した男性にさようならと告げて、病院の中へ消えた。

翌朝、ユージェニーはミスター・レインマ・テル・サリスと手術室で顔を合わせた。心臓弁膜切開手術がおこなわれる。彼は時間どおりにやってきて挨拶し、あとは何も言わずに仕事に取りかかった。人工心肺は取り扱いに技術を要したが、ユージェニーは器具を置いた台に意識を集中させていたので、文句は言われなかった。手術はうまくいった。患者が運び出され、手術室は片づけられた。ユージェニーが手術着の紐を解いてもらっているあいだそばで待っていたミスター・レインマ・テル・サリスは、冷淡な声で言った。「さみに話がある、シスター」

ユージェニーは彼のあとに従い、オフィスへ向かった。何かまずいことをしただろうか。思いつく範囲では、すべてうまくいったはずだが。手ぎわが悪かった覚えはないし、必要な器具を渡すときも細心の注意を払った。

彼はポケットに手を突っ込み、壁に寄りかかった。「ゆうべ、きみは早くもエスコート役を見つけたわけだね。あの男性は知り合いかい？」

「初めて会った人です。なぜ、そんなことをきくんですか？」

「きみがあんまり簡単にひっかかってしまうので、驚いたんだ、ユージェニー」

「聞き捨てならない言葉ですね。真実でもありませんし！　男の人をたぶらかす癖などありません」

「もちろん、そうだろう。言い方が悪かった。きみは美しい、ユージェニー。ダートムーアではまったく安全だろうが、今は言葉の通じない外国にいる。怒らないでほしいが、それにきみはお人好しだ」

　ユージェニーは頭をつんとそらせ息巻いた。「ばかげているわ。私はもう二十五歳よ。田舎生まれの田舎育ちといっても、ロンドンのイースト・エンドに何年も住んでいたんですから。自分の面倒ぐらいみられます。私のことをそんなふうに思っているなら、なぜこの仕事に誘ったりしたの？」

　彼は少しもあわてず、穏やかに応じた。「きみは気のきくすばらしい看護師だ。だが、サファイアラが、きみには注意したほうがいいと言ったのは正しかった……」

「いらないおせっかいをしないで、とサファイアラに言ってください。きっと親切のつもりなのね。私より年が上のようだし、そういった経験は私よりたくさんおありでしょうから……」

ユージェニーは黙った。ミスター・レインマ・テル・サリスはぴくりとも動かなかったが、彼女は座っていた椅子を壁に押しつけた。彼の怒りに満ちた表情を目にして、背筋が凍った。言いすぎたのは承知だった。でも、癇癪を起こすきっかけは彼が作ったのだ。負けはしない。

「もう戻ったほうがいいわ」

しばらくユージェニーは、ひとりでオフィスに残った。なんて無礼なことをしたの。彼のサファイアラを侮辱してしまった。決して許してもらえないだろう。イギリスへ送り帰されるかも……。

オランダ人の同僚と交替したユージェニーは、午後の休憩に入った。昼食をとるには遅すぎるし、第一、何も喉を通らないだろう。彼女は鍵を引き渡し、病院の中を進んだ。手術室の一画は、長い廊下で病棟から隔離されている。廊下の一方の端にエレベーターがあり、もう一方の端には階段があった。ゆっくり階段へ向かい、下り始めた最初の踊り場でミスター・レインマ・テル・サリスにでくわした。

「コートを取ってくるんだ。ドアのところで待っている」彼は実に楽しそうだった。

どういうつもりか顔をうかがうと、じろじろ見つめ返された。抵抗しても意味がない。くびにするつもりだ。だったら早いほうがいい。ユージェニーは、わかりましたとおとなしく答えて、部屋へ急いだ。

スカートとセーターに着替え、ジャンパーを持って出るのに五分かかった。さらに、玄関に着くまでに一、二分過ぎた。彼はユージェニーを待っていた。

「プリンセンホフの庭園まで歩こう。僕たちは話す必要がある」

長い距離ではなかったが、二人とも黙っていた。庭園に着いてようやく、彼が口を開いた。

「座る場所を見つけよう」

美しい風景は、見ているだけで心がなごむ。二百五十年もの歴史がある庭園は、ユージェニーの来たかった名所のひとつだ。解雇を告げられるのに、これほどいい場所もない。

生け垣に隠れるように置かれた椅子があった。彼がそのそばで立ち止まったとき、ユージェニーはすかさず言った。「よかったら、歩きたいわ」彼の顔を見なくてすむように。

人の姿はあまりない。小道を半分ほど行ったところで、彼が足を止めた。「きみに謝らなければならない。あんなふうに言う権利は僕にはなかった。信じてほしい。それに、腹を立てたりして……」

ユージェニーはじっと彼を見た。「私のほうこそ、サファイアラのことをひどく言ったわ。本気じゃなかったの。ごめんなさい。私も度を失ってしまって」生まれつき正直な彼女は、嘘が許されますようにと祈った。彼の気持が楽になるなら、問題ないだろう。男の人は恋をすると判断力が鈍る。私にはよくわからないが、彼はフィアンセを深く愛しているにちがいない。私などまったく問題外だ。彼女は手を差し出した。「お互いに許して忘れることにしましょう。手術室ではうまくいっているんですもの。顔を合わせると怒りたくなる理由がわからないわ」

すんだことは水に流すつもりだったが、なんにしてもたいしたことはない印象を与えようと、彼女は躍起になった。効き目があったらしく、彼は握手に応じた。「問題解決にはそれがいいようだ。コーヒーとサンドイッチで仲直りしないかい？　昼食には遅すぎるし、お茶には早すぎると思うから」

「いい考えね。この庭園は本当に美しいわ……」

歩きながら彼は庭園の歴史について語り、ほどなくして横丁の小さなカフェに入った。そこでおいしいコーヒーを飲み、ハムと卵のサンドイッチを食べた。やがて、彼は腕時計を見た。「三時に患者を往診しなければならないんだ。病院まで歩いて送ろう。それから、車で行く」

二人は急ぎ足で歩いた。どう見ても親しい友人同士に見えたが、穏やかな友情の下に、ユージェニーはサファイアラへの強い憤りを隠していた。

病院で別れるとき、ユージェニーは友情を感じるが親交を深める気はない仕事仲間を装って、少しそっけない態度をとった。

次の日の午後早く、大動脈狭窄症の手術が予定されていた。ユージェニーは午前中は仕事をせずに、手を洗って準備した。ミスター・レインマ・テル・サリスは手術室に入ってくると礼儀正しく挨拶し、手術に立ち合う大勢の人間と二、三、話を交わした。予定より少し時間が長引いたのは、大動脈の端同士がなかなか接合しなかったため、移植片挿入を余儀なくされたからだ。しかし、最後にはうまくいった。患者は集中治療室へ運ばれ、ユージェニーとスタッフは片づけに取りかかった。明日の午前中の準備もしなければならない。勤務を間もなく終えようとしていたところに、ミスター・レインマ・テル・サリスが戻ってきた。

「明日は休んでいい。あさっての早朝、僕たちはマデイラ島へ飛ぶ。心室中隔欠損症のオランダ領事を手術するんだ。手術器具をチェックしてもらえるだろうか？　僕は今夜遅くに戻る。来週末には帰れると思うが、十日分くらい服を用意して。夏服と、もちろん制服もね」

彼女は冷静に尋ねた。「師長はご存じですね？」

「ああ。あさって、朝七時に玄関にいてほしい」彼はちょっと会釈し、行ってしまった。

「マデイラを訪れたいといつも思っていたんです」ユージェニーは、誰もいない部屋で言った。「すぐにでもまいります」

それから、彼女は手術器具を点検しに行った。足りないものがあるかどうか彼がひと目でわかるように、ひとつひとつきちんと並べる。全部終わる前に、夜間看護師が鍵を取りにやってきた。

「コットンの服がいるわ」マデイラ行きを聞いて、その看護師がアドバイスしてくれた。

あと一日あるからワードローブを調べて、必要なものは買おう。ユージェニーは買い物リストを作り、財布の中身を数えた。

早起きしたユージェニーは、開店と同時くらいに何軒か見て回った。コットンのシャツとブラウス、それにワンピースを二枚買うつもりだ。道中はイギリスから持ってきたワンピースを着ればいいし、シルクのドレスも詰めた。サンダルと水着が必要だ。着るチャンスはないかもしれないが、休みが取れることは確かだ。ほしいものが見つかった。青いデニムのスカートに、ゆったりしたコットンのブラウス二枚、ストライプの青いシャツ、短い袖（そで）の花柄のワンピース、クリーム色と灰色がかった茶色のシャンブレードレス。サンダルとヒアシンスブルーの水着も買って、荷造りのために帰路を急いだ。ミスター・レインマ・テル・サリスと紅茶を飲んだ喫茶店の前を通り過ぎようとしたとき、サファイアラが女の人と窓ぎわの席に座っているのが見えた。サファイアラはユージェニーを見つけると気安く手を振ったが、ユージェニーはそれに応（こた）えなかった。口元に笑みをかすかに浮かべ、サファイアラが誰だかはっきりしないみたいに、当惑した面持ちをしてみせた。すぐに思い出してもらえなかったことに、サファイアラはきっといら立つだろう。

予想どおりだった。忙しくて食事に連れていけないとミスター・レインマ・テル・サリスに言われていたサファイアラは、その夜、彼に電話してそのことに触れた。「あなたがイギリスから仕事のために連れてきたあの女性に、きょう会ったわ。私が手を振ったのに、どなたかしらって顔をされたのよ」

「たぶん、わからなかったんだよ。車の中でほんの短い時間、会っただけだから」彼は患者のカルテに目を通しながら、適当に聞き流していた。

「どうして夕食にも誘っていただけないの？　電話しても留守ばかり。あなただって、お食事のときは仕事をなさらないんでしょう？」

「ああ。きみに電話するところだった。明日、早朝の便でマデイラに発つんだ。少なくとも一週間は向こうにいる」

「あの女性も一緒なの？」

「ユージェニーは僕専属の手術室看護師だ。彼女はそのためにここへ来たんだ。当然、一緒さ」

「あの髪の毛！」彼女は鋭い口調で言った。「それにもう一、二年したら太るに決まってるわ」

「どちらも手術室での技術には関係ない。大人げないよ、サファイアラ」彼は冷たく言い放った。

サファイアラが電話をがちゃんと切ってしまったので、彼は仕事に戻った。少ししてペンを置き、椅子に深く腰かけて考えた。ユージェニーは太ったりしないだろう。大柄な女性にはちがいないが、プロポーションは抜群だ。いつもピンできちんとまとめられている豊かな髪は、ほどいたらどれくらい長いのだろう。彼は再びペンを取り上げた。明日出発するまでにしておくべき仕事がたくさんあった。

早起きしたユージェニーは服を着て準備を整え、廊下の端にあるキッチンで紅茶をいれトーストを作って食べてから、スーツケースとショルダーバッグを携え、玄関へ下りていった。すでに来ていたミスター・レインマ・テル・サリスが冷静そのものだったので、ユージェニーもわくわくする気持を抑え、落ち着いた声で挨拶して車に乗り込んだ。旅行についてあれこれ考えていたユージェニーを、彼はじろじろ眺めた。旅にふさわしい服装をしてきたかどうか、チェックしているのかしら？　ユージェニーが知りたかったことは、すぐに明らかになった。

「スキポール空港まで飛び、そこで別の便に乗り換える」二人はチャーター機でスキポール空港へ飛び、そこで別のチャーター機に乗り換えた。ほかに乗客はなく静かなことが、ユージェニーには珍しかった。空港を飛び立ってから、思いきってきいてみた。

「いつもこんなふうに移動するんですか？」

「いや。今回は政府の要請だ。緊急事態さ。マデイラについて知らないかと思って、きみのためにガイドブックを持ってきたよ」

ユージェニーはありがたく受けとった。マデイラはオランダから二千四百キロ以上離れている。飛行機で五、六時間はかかるだろう。彼女は本を開いて読み始めた。ミスター・レインマ・テル・サリスがむずかしい顔つきで、手にした書類に目を通しているあいだ、手持ちぶさたでなくてよかった。

しばらくして、コーヒーとビスケットが出され、雲しか見えない窓を見ているうちに、ユージェニーはうとうとした。やさしく肩を叩(たた)かれて目が覚めた。

「もうすぐ着くよ。この雲を抜ければ、フンシャルが見えてくる」

すぐに、島の姿が目に入った。大きな二つの岬にはさまれた小さな町があり、家々が海に近い平地から背後の山腹まで広がっている。見ているうちに、薄い雲が流れ去り、太陽が白い家々を照らし、海面がきらきら輝いた。ユージェニーはうっとりした。

空港には、政府の車を運転するまじめな青年が待っていた。英語でユージェニーを歓迎したあとでひと言わび、車に乗り込んだミスター・レインマ・テル・サリスにオランダ語で話しかけた。ひとり後ろの座席に座った彼女は、車が幅の広い曲がりくねった道路を市街地へ向かって走るあいだ、自由にあたりを見回すことができた。中心地の近くで、海に面したカジノのある公園を通り過ぎたが、それと同じくらい美しい敷地を車は進み、病院の前で止まった。

「これから患者の様子を見に行く。もちろん、きみも一緒だ。僕が患者と話しているあいだに、手術室の下見もできるはずだ。僕たちは領事館に滞在する。昼食をとったら病院へ戻り、きみのやりやすいように準備を整えてほしい。病院のスタッフは協力的で親切だ」

彼はユージェニーの顔を見つめた。「疲れていないかい？」

「全然」紅茶のポットとひと休みできる場所があればいいのに、と思いながらも彼女はきっぱり答えた。

車を運転してきた青年と一緒に、二人は病院の中へ入った。黒い目と髪をした横柄な感じの年配の女性に、ユージェニーだけ別に案内された。だが見た目だけで、その女性は少しも横柄ではなかった。連れていかれた手術室はフローニンゲンのものよりかなり小さいが、設備は整っていた。人工心肺はすでに用意され、技師にも紹介された。英語を話せる人でほっとしたが、顔を合わせた看護師たちもみんな、英語が話せたので、言葉に対する不安は解消した。彼女はしばらく手術室内にいて、場所に慣れる努力をした。器具を入れた戸棚を熱心に調べているとき、ミスター・レインマ・テル・サリスがやってきた。

「満足かい？　よかった。さあ、患者に会おう」

ベッドに横たわった男性はやつれていたが、まだ四十歳前だろう。病気がよくなれば、きっともとのハンサムな男性に戻るにちがいない。状態が悪いにもかかわらず、患者はユージェニーにほほ笑みかけ、彼女がその手を取ると何かささやいた。ミスター・レインマ・テル・サリスは、彼のオランダ語に笑い声をあげ、短く答えた。

「彼はなんと言ったの？」車へ戻ってから、ユージェニーは尋ねた。

「きみは美しいってさ」彼のそっけない声と一瞥に、ユージェニーは頬を赤らめた。

「女性がまだそんなふうになるとは思わなかった」

「どんなふうに？」

「赤くなることさ」

ユージェニーは彼の顔を見ないで車に乗り込み、領事館への短い道すがら、そっぽを向いていた。

副領事が出迎え、ユージェニーの世話は領事の妻の手にゆだねられた。背が高くかなりかっぷくのよい、笑顔のすてきな青い目の女性だった。

領事夫人の英語はなかなかのもので、ユージェニーを温かく迎えてくれた。「心配です」夫人は階上へ案内しながら語った。「主人の容態がとても悪いのは、もちろんご存じね。アデリクに来てもらえて、本当によかった。彼に手術してもらえば、主人もきっとよくなるわ。愛する人が病気だと、つらくて」

ユージェニーは慰めの言葉をかけた。夫人は人好きのするタイプの女性だった。

あてがわれた部屋は申し分なく、バルコニーから広い庭とその向こうに海が見渡せた。

「ここは家の裏側にあたります、ミス・スペンサー。表側はときどき夜になると騒がしいので……」

「ありがとうございます、ユージェニーと呼んでください。みんなと同じように」

「すてきなお名前ね。名前だけではないわ。お仕事もよくおできになるんでしょうね。そうでなければ、アデリクが連れてくるはずがありませんもの」

黙ったまま、ユージェニーはにっこりした。領事夫人は、階下に下りてくればいつでも昼食の支度はできていると言い残して、去っていった。

荷物はすでに運び込まれていたが、着替えている時間がない。化粧と髪を直して階下へ下りると、ミスター・レインマ・テル・サリスが領事夫人とともに庭に面しているオープンドアのところにいた。

二人は庭に出てランチを食べてから、午後遅くに病院へ戻った。手術は午前七時半に開始予定なので、準備を万端に整えておく必要がある。朝、最後の調整にも時間がかかりそうだ、成り行き任せは決して許されない。すべて完了したユージェニーは人なつこい看護師に病院の中をあちこち案内されたあとで、一階の待合室へ行ってみた。もしかしたら、ミスター・レインマ・テル・サリスがいるかもしれない。

彼はいた。麻酔医と二人の医者も一緒だった。みんなユージェニーに見とれたが、中でも一番若い男性が言った。「お暇なときは、喜んで僕がマデイラをご案内しますよ、ミス・スペンサー」

「ぜひ、お願いします」返事に思わず力がこもってしまった彼女の顔を、ミスター・レインマ・テル・サリスはおかしそうにじっと見ていた。

気のせいよ。明日の手術に関すること以外、彼の頭には何もないはずだわ。

二人は領事館へ引き返し、紅茶を飲んでからユージェニーは階上へ上がり、シャワーを浴びてコットンのワンピースに着替えた。

遅くとも朝六時半には病院にいるよう、夕食をとりながら指示された。食後のコーヒーが出たあと、ユージェニーは失礼にならない程度に早々と退席した。緊張はしていない。きちんと対処できる自信はあったが、疲れていた。長い一日だった。凝った飾りを施したベッドにもぐり込んで、彼女はつぶやいた。ミスター・レインマ・テル・サリスは思いやりがあるし、いろいろ気を遣ってくれるけれど、とてもよそよそしい……。


美しい朝の光の中、二人は静かな路地を抜け、病院へ車を走らせた。お互いにこれといって話すことはなかった。朝食のときも、ロールパンを食べてコーヒーを飲み、手術についてわずかな言葉を交わしただけで、ミスター・レインマ・テル・サリスはほとんどしゃべらなかった。病院へ着くと別れて、ユージェニーは器具のチェックのためすぐに手術室へ向かった。照明の具合、手術台や器具台、機械の位置を確認する。納得いってから、彼女は補助の看護師と最後の打ち合わせをして、手を洗いに行った。

器具台に囲まれ、落ち着いた表情で立っているユージェニーのところへ、患者が運ばれてきた。そのすぐあとに続いて、ミスター・レインマ・テル・サリスと二人の医者が入ってきた。

時間はまたたく間に過ぎた。執刀を始めたときと同じような静けさの中で、彼がとうとう背を伸ばした。縫合に耐えられないため、人工片を用いて欠損に継ぎをあてる決断をしたときは危険な状態だったが、それも成功した。麻酔医と言葉を交わし、ユージェニーに礼を言って、彼は手術室から出ていった。

片づけるべきものが、山ほどあったが、ユージェニーはほかの看護師たちに小さな部屋へ連れていかれ、コーヒーを一杯ごちそうになった。手術は大成功で、ミスター・レインマ・テル・サリスに恋をしたと看護師たちはみんな口々に言った。

「彼は婚約しているの。とても美しいお相手よ」ユージェニーはみんなに告げた。それ以上話したくなかったので、代わりにマデイラに滞在するあいだ何を見たらいいか質問した。

看護師たちが止めるのも聞かず、ユージェニーは手術室へ戻り、片づけを手伝った。ミスター・レインマ・テル・サリスの手術器具を清潔にして、滅菌する必要がある。大小の縫い針を処理し、すべて調べたうえで今度使うときのために詰め直す。ほかの看護師たちは、遅い昼食に出かけたが、ユージェニーはとどまってこの骨の折れる仕事をしてしまおうと思った。器具をおさめるケースを取り出し、全部きちんと並べてふたを閉じ、鍵をかけて立ち上がったとたん、疲労と空腹感に襲われた。

ミスター・レインマ・テル・サリスは音もなく手術室に入ってきて、ユージェニーをじっと見ていた。彼に背を向けて立つユージェニーは、グリーンのスモックにズボンをはき、乱れた髪の上からキャップが落ちかかり、見られた格好ではなかった。

「それが終わったら、食事をしに行こう。僕ははらぺこだ。きみもそうじゃないかな?」

ユージェニーは驚いて振り向いた。「まあ、こんにちは。あの、お昼はここで食べるものだと思っていました。でも、ありがとうございます」キャップをさっと取った拍子に、髪が乱れ落ちた。「領事はよくなるでしょうか?」

「そう願いたい。確信するにはもう少し時間がいる。さあ、行こう。きみはよくやってくれたよ、ユージェニー。感謝する。玄関で待っているから」

ユージェニーはデニムのスカートにコットンのブラウスを着てサンダルを履き、髪は手早くゆるいアップにして、玄関へ急いだ。彼は、手術で助手を務めた医師二人と話をしていた。

「二時間で戻る」彼は二、三分おしゃべりを続けてから言い、ユージェニーの腕を取って町へ出た。

とても暑く、通りは静まり返っている。

「昼休みの時間帯だ。でも、ちゃんとした食事のできる場所を知っている」

海に面したメインストリートをはずれると、小さな店やカフェが並ぶ狭い通りに出た。

その中にある店のひとつに入っていく。店内は薄暗く、六つのテーブルが半分ほど埋まっていた。

腰を下ろした直後に、ウェイターがやってきた。

「冷たい飲み物はどう？　マラクージャを試してみるかい？　冷えたソーダ水を加えたパッションフルーツジュースだ。僕はビールにしよう」

注文したあとで、彼はユージェニーに尋ねた。

「ポルトガル語は話せる？」

「いいえ、ほんの少ししか話せないわ」

ユージェニーはメニューを見て、どんな料理か想像した。ひとりだったら、とても食事をしようとは思わなかっただろう……。

そんなユージェニーの心を読んでか、彼がさりげなく言った。「大きなカフェやレストランには、英語のメニューがあるし、ウェイターも少しは英語を話すから、ひとりでもまったく大丈夫だよ」

いつも僕が一緒だとは思わないでほしい、という意味かしら。彼女はそう考えた。

「魚料理のフィレッティ・デスパーダはどう？」

とてもおいしい料理だった。二人は午前中の手術について語りながら、ゆっくりと味わった。会話の内容は、たとえサファイアラに盗み聞きされても、嫉妬(しっと)をまったくかき立てないようなものだった。ボーロ・デ・メールという仰々しい名前のケーキを食べるミスター・レインマ・テル・サリスに、ちらっと視線を向けたユージェニーは思わず口にしていた。

「サファイアラも一緒に来たかったでしょうね」

彼は冷ややかなまなざしになった。「仕事と楽しみは別だ」声も冷たい。黙っていればよかった。

でも、彼は私をランチに誘ったわ。病院で別れてから領事館へ帰る道々、彼女は考えた。彼にしてみれば、ビジネスランチにすぎなかったのね……。

午後の残りは領事夫人と過ごし、一生懸命彼女を元気づけた。「すぐに面会が許されると思いますが、ご主人は安静が必要です。病床の姿を見て驚かないでください。人工呼吸装置をつけていますし、心電図のモニターもあったりして、驚かれるかもしれませんが、できるだけ早く取りはずす予定です。腕のいい看護師もそろっているので心配ありません」

電話が鳴った。夫人が取った受話器をユージェニーに手渡した。「あなたによ。悪い知らせかしら？」

「ユージェニー、来てほしいんだ。夜のあいだ待機してほしい。すべて順調だが、ベテランの看護師たちを少し休ませなければならない。夫人も一緒に連れてきてくれ。二、三分なら面会できる」

ユージェニーは受話器を置いた。「面会できるそうです。私がご一緒して、病院に残ります。制服に着替えなくては」

「車が必要ね」夫人はベルを鳴らし、ユージェニーは部屋へ飛んでいって、看護服に身を包んだ。十分後には、病院にいた。

ミスター・レインマ・テル・サリスが夫人を出迎えた。「ご主人の経過は良好です。外見に惑わされないでください、僕の言うことを信じて。五分くらいなら大丈夫。意識は朦朧（もうろう）としていますが、あなたが行けばきっとわかります」

ユージェニーのほうを向くと、彼のやさしい声は一転してよそ行きの声になった。

「ありがとう、ユージェニー。帰る前にきみとカルテを検討したい。看護師をひとりつけるが、まだ経験が浅い」

集中治療室はこぢんまりしているわりに、設備は整っていた。ユージェニーは夫人が退室するまで、非番になる看護師二人とカルテをチェックし、それからミスター・レインマ・テル・サリスの指示に注意深く耳を傾けた。

「明日の朝、六時半ごろまで大丈夫かい？」彼はユージェニーに確認した。「あとでまた来るが、僕が必要ならば、いつでも連絡すること。ドクター・ボルゲが待機している」

ユージェニーを手伝う看護師は経験はなかったものの、機敏で気がきき、流暢（りゅうちょう）な英語をしゃべった。二人は落ち着いて夜の仕事に取りかかった。三十分ごとに脈と呼吸を測り、心電図を読んで血圧を調べる。二人とも時を顧みず、黙々と動き回った。ドクター・ボルゲがときどき姿を現したが、午前二時前にミスター・レインマ・テル・サリスも現れ、よしと声に出してまた帰っていった。

疲れ果てて空腹のユージェニーとは対照的に、ぐっすり眠ったうえにおいしい朝食もすませたような顔をして、ミスター・レインマ・テル・サリスが六時に再び現れた。夜のあいだ、暇を見て飲むコーヒーと食べかけのサンドイッチではとうてい空腹を満たせなかった彼女は、不機嫌な朝の挨拶をしたあとで気を取り直し、夜の病状経過を細かく報告した。

「よろしい。さあ、帰っていいよ、ユージェニー。睡眠と食事だ。全部、領事館に用意してある。僕はきょうはずっとここにいるが、夜十時に来てもらえるかな」彼は大きな手をユージェニーの肩に置いた。「きみは僕の右腕だ。あと二日したら、休める」

「わかりました」疲れ果てていたユージェニーは、本当は彼の胸に顔を埋めて泣きたかったが、彼女のそっけない返事は、その気持を完全に隠していた。

5

朝食をたっぷりとったユージェニーは生気を取り戻し、シャワーを浴びてベッドに横になった。気が弱くなったのは、疲れていたせいだ。眠りかけた状態で、ミスター・レインマ・テル・サリスが自分の右腕だと言ってくれたことを思い出した。ロマンティックではないけれど、ひどく傷ついた自尊心を癒してくれる言葉だった。よそよそしい態度が、少しは減るかも……。

夕方になってようやく目を覚ましたユージェニーが、起き上がりシャワーを浴びて階下へ下りていくと、居間に夫人がいた。

「紅茶を飲んで、それから夕食の前に庭で少しのあいだ新鮮な空気を吸うといいわ。病院へは車が用意してあるから、時間はたっぷりあってよ」

「ご親切に感謝いたします。あれからご主人には面会に行かれましたか？」

「ええ、行ってきました。少しずつよくなってるみたい。アデリクが一日じゅうついてくれています。もう一日もすれば、峠は越すと言っていたわ」夫人の青い目に涙があふれた。

「ほんとによかった……。さあ、紅茶よ。飲んだら庭へ出ましょう。あなたに新鮮な空気を吸わせるよう、アデリクに頼まれているの。体力はあるけれど、もう二、三日頑張ってもらわないと、ですって」

いかに想像力をたくましくしてみても、お世辞とは言えない言葉だった。

どうしてもっと小さくきゃしゃな体に生まれなかったのだろう。男の人たちが放っておけないような物腰の女性だったらよかったのに。

二杯目の紅茶を飲みながら、ユージェニーはぼんやり思った。ミスター・レインマ・テル・サリスは、私の図体が大きくておまけに気がきくから、時を選ばず働けると思っているのだ。とんでもない時間に働いているのは彼も同じだし、手術同様、集中治療室で必要とされる技能を彼女が持っているからこそ、それを役立てるよう望まれているのだということは無視した。

庭は広く、燃えるような色の花々が美しい。ブーゲンビリア、蘭、てんなんしょう、棕櫚の木、鮮やかなブルーの蔓日々草。そぞろ歩く二人のあとを夫人の飼い犬のペキニーズが追った。しばらくしてから夕食にするため二人は家の中へ戻った。

おなかがすいていたユージェニーは、トマトとオニオンのスープを心ゆくまで味わった。夫人の話では、直火で焼いた牛肉料理エスペターダと並ぶ代表的なマデイラ料理らしい。食後にはあのケーキ、ボーロ・デ・メールが出た。夕方といってもまだ暑く明るい。庭を見渡すテラスでコーヒーを飲んだユージェニーは、領事館の車に乗って病院へ向かった。

すでに看護服を着ていたユージェニーは、その上に白衣をはおり、患者の部屋につながる小さな控え室へ進んでいった。テーブルで書き物をしていたミスター・レインマ・テル・サリスは立ち上がって親しげに挨拶し、よく眠れたかどうか知りたがった。

「はい、よく眠れました。それに、たくさん食べました」電気スタンドに照らされた彼の顔には、疲労の色がにじみ出ていた。「長い一日だったと……」

「すべてうまくいっている。状態がよければ、明日人工呼吸装置を取りはずそうと思う。いつもの看視を続けてほしい。僕は病院でやすむし、ドクター・デ・カステイローが待機している。さあ、患者を診に行こう」

領事の状態は確かによくなっていた。まだ重体で消耗していることに変わりはないが、まどろむ前にユージェニーにウインクしてみせた。彼女はミスター・レインマ・テル・サリスの指示をよく聞き、おやすみなさいを言ってから仕事に取りかかった。今夜はちがう看護師が手伝いに来ていた。背の低い落ち着いた女の子で、手ぎわがよく賢い。雑用をこなしてくれたので、ユージェニーは看視と三十分おきのチェックに専念できた。昨晩ほど疲れていない。一回に数分と患者から目を離さなかったが、夜はあっという間に過ぎていった。ドクター・デ・カステイローが何度か来て、午前零時にはミスター・レインマ・テル・サリスも就寝前に最後のチェックに現れた。彼は、朝六時には再び姿を現し、彼女が記録した報告書とカルテに目を通そうとしていた。

「今夜も病院にいてほしい、ユージェニー。人工呼吸器なしでやっていけそうなら、今夜が最後だ。きみは、言われれば何時間でも働く人だね」彼がほほ笑んだ。「あと四、五日でオランダへ帰れると思う」

ユージェニーはその午後早めに起きて、ひとりで町に出かけた。領事夫人は病院に行っていたので、一時間くらいで戻るとメモを残し、領事館の門から通りへ出た。門衛が貸してくれた地図を手に、メインストリートをすたすた歩いてザルコの銅像まで行き、そこから広い並木道に入り、総督府の前を過ぎて海岸通りへ向かっていった。あたりにはたくさん人がいて、どの店も開いている。ぶらぶら見て回りたかったが、もっと時間のある日にしよう。ド・マール通りに着き、道沿いに少し歩いたところで、自分が来ている場所のすばらしさを実感した。海岸線が壮観だ。帰国する前に機会があったら、もっとゆっくり見に来よう。バスもかなりたくさんあるし、頼みさえすれば……。

領事館へ戻ると、夫人が病院から戻ってきていた。領事は人工呼吸器をはずされて話ができるようになり、記念すべき一日となったと夫人は報告した。「あなたのアデリクはなんてすばらしいお医者さまなんでしょう。なんとお礼を述べたらいいか」

ユージェニーは穏やかな返事をしておいた。彼が本当に私のアデリクだったらいいのに。

勤務についたユージェニーに対するミスター・レインマ・テル・サリスのビジネスライ

クな態度は、そんな望みを打ち砕いた。彼は見るからに機嫌がいいが、同時に用心深かった。ユージェニーはおとなしく指示を受けた。「わかりました」彼はもうひと晩病院に泊まるらしい。ドクター・デ・カスティローが待機し、補助の看護師は一日目と同じだ。

唐突におやすみと言われたが無理もない。彼は疲れているのだ。二晩、危険な状態が続いたのだから。

その夜も順調だった。領事は着実に快方に向かい、諸機能ももとどおりになり始めている。彼は病を克服したのだ。

翌朝、ユージェニーはリスボンから来た看護師に仕事を引き継ぎ、ミスター・レインマ・テル・サリスに報告書を渡し、朝食とベッドを求めて退室した。

患者のこれからの治療について話すミスター・レインマ・テル・サリスと玄関まで来たとき、ドクター・ボルゲが加わってきた。ユージェニーが去ろうとすると、夕食を一緒にとらないかと誘った。

「もし疲れていなければ、きみにフンシャルの名所も案内できる。明日は昼の勤務なの？」

ミスター・レインマ・テル・サリスが冷静に答えた。「ユージェニーは、明日は新しい看護師と交替して休ませるために午後の勤務だ」

「それなら、ぜひご一緒したいわ。見て歩く場所も多いでしょう」彼女はドクター・ボルゲに言った。

七時に約束して、ユージェニーは領事館へ帰った。朝食の席で、誘われたことを夫人に話した。

「あら、すてき。短いあいだしかいられないんですもの。アデリクが、あと二日、長くて三日のうちにオランダへ戻りたいと言ってたわ。帰る前にできるだけいろんなところを見るべきよ」

暑い日中の睡眠から目覚めたユージェニーは、花柄のワンピースに腕を通し、化粧して髪を念入りに整えたあと階下へ下りていった。ドクター・ボルゲはもう到着していて夫人と話をしていたが、時間を惜しむようにユージェニーを外へ引っ張り出した。

「まず、食事だ」彼はそう言って、海に近い帆船の形をしたレストランへ向かった。人気のある店でほとんど満員だったが、海と港が一望できる窓ぎわの席を予約してあった。

ドクター・ボルゲは楽しい人物で、マデイラ島のことをよく知っていて、ユージェニーの質問に喜んで答えた。料理はおいしく、翌日まで勤務がなかったので、彼女はマデイラの辛口ワインを試してみた。

食事が終わるまでに外は暗くなっていたが、まだ何軒か店が開いていて、通りも明るかった。二人はしばらく歩き回った。彼から、目抜き通りの場所や買い物するのにいい店、ひとりで行けそうなカフェなどを教わった。

楽しい夜だったわ。かなり遅い時間に寝る準備をしながら、ユージェニーは思った。ドクター・ボルゲはいい人だが、彼がアデリクだったなら……。そんなことを考えてはいけない。

翌朝、空港に出迎えてくれたあのまじめな青年が領事館を訪ねてきて、ランチに招待されたのにはびっくりした。

「お受けしたいのですが、一時には仕事につかなければなりません」ユージェニーは驚きを隠して答えた。

「では、十時半に」青年はにこりともせず、まじめくさって言う。「大聖堂とマヌエル・アリアーガ通りの公園にご案内します。レイズ・ホテルでコーヒーを飲み、仕事に遅れないよう気をつけます」

「それでしたら喜んで」滞在中にできるだけたくさん見て回りたかったユージェニーは誘いに応じた。

「歩きましょう。そのほうがいろんなものを見ることができます」青年は言った。

ユージェニーは買ったばかりの麦わら帽子を部屋から取ってきて、頭の上にのせた。コットンのワンピースに似合い、かわいらしく涼しそうに見える。案内してもらうのが嬉しくて彼女はいそいそ出かけた。見るべきものは多かったが、ヤン・ヴァーン・ダールは花市場を見物したり、町の細い道が何本も背後の山へと続いていくさまをじっと見たりして時間をむだにすることを許さなかった。代わりに、大聖堂と総督府と二つの美術館へ連れていった。もうひとつある美術館には、またいつか案内すると言った。美術館は興味深かったが、ユージェニーは太陽の輝く外に出て、店のショーウインドウを眺めたり、観光客が好きそうな役にも立たないものを買ったり、カフェに立ち寄ってレモネードを飲んだりしたかった。マデイラ・ワインの酒蔵の前を通ったときは、中に入って大きなワイン樽を見学し、試飲ができたらいいのにと思った。そういったことはすべて、時間の浪費だと言われてしまった。ヤンは時計を眺め、領事館に戻る時間ですと静かに告げた。

「病院へ行く前に、あなたはお昼を食べないと」

午前中つき合ってもらったお礼をユージェニーは言った。三番目の美術館にもぜひという彼に、今度いつ休めるかわからないとあいまいに答えた。

「もうすぐ帰国する予定なんです。町を案内していただいて、本当にありがとうございました」

「僕の務めだと思っています」彼に真顔で言われたときは、どうしていいかわからなかった。

彼女は勤務につくとすぐに、ミスター・レインマ・テル・サリスを見かけた。翌日は朝出勤し、午後早くに仕事を終えるまで彼に一度も会わなかった。

ドクター・ボルゲと話をしているミスター・レインマ・テル・サリスのわきを通りぎわ、

低い声で挨拶したユージェニーは、彼の腕に行く手を阻まれた。

「僕の会いたかった人がいた。ここでの仕事は終わりだ、ユージェニー。万事よければ、あさって発ちたいと思う。そのときまで自由にしていいよ。飛行機は午後の便だから、店を見て歩く時間もあるだろう」

彼女は感情のこもらない声で感謝の意を表したが、すでにプランはぎっしりあった。お礼の品を買い、病院のみんなにお別れする。何より、バスに乗って島をめぐりたい。

「もし、疲れていなければ、朝八時に領事館を出発して山に登ってみよう。島の様子がよくわかるよ。それからフンシャルへ戻る。マデイラ・ワインの酒蔵に行ってワインを飲んでみたかい?」どうやって失礼にならないよう断ろうか考えながら、彼女は首を横に振った。「きっと楽しめるよ。そうだろう、ボルゲ?」

「そのとおりだよ、ユージェニー。地理に詳しい人間といろいろ回ってみるチャンスだ。ガイドブックがあっても、見逃すものは多いからね」

ミスター・レインマ・テル・サリスは彼女ににっこり笑いかけた。「ここで頑張ったごほうびだと思えばいい。きみは実によくやったよ」身内のようなやさしさで、彼はユージェニーの肩を軽く叩いた。「八時だ。遅れないように。一日の休暇を少しもむだにできないからね」

ユージェニーは小さな声でわかりましたと答えたが、本当は、他人の願いに気づきもせず、当然のことのようにふるまう人たちに、自分の気持を打ち明けてしまいたかった。領事館へ帰る道すがら、自分勝手に決めてしまう彼に対する不満と、丸一日二人で過ごせるかもしれない喜びがせめぎ合った。当然のことながら、喜びのほうに軍配が上がった。

その日の午後は、領事夫人とずっと一緒にいて、ご主人の予後の計画について幸せそうに語る彼女の話に耳を傾けた。ユージェニーが夕食の席に着いたとき、ミスター・レインマ・テル・サリスの姿はなかった。

私が一緒に行かなかったら、いい気味だわ。寝る支度をしながらユージェニーは考えた。もちろん、行くに決まっていたが。領事夫人はすばらしい思いつきだと言って、ユージェニーのために朝食時間を早くする約束をしてくれた。

暑くなりそうな日だった。コットンのワンピースを着て素足にサンダルを履き、手に帽子と持ってきたお金が全部入ったショルダーバッグを持って、ユージェニーは階下へ下りていった。まだ八時前だが、ミスター・レインマ・テル・サリスは領事館から借りたサーブにもたれて待っていた。

彼はおはようと言うなりユージェニーを助手席に座らせ、車を発進させた。

「どこへ向かっているのか知りたいわ」

「まずは、植物園だ。港の絶景が望める。そこから町へ行く。庭園は好きかい？」

「ええ。ここには、ひとつとして似た庭園がないわ」

「次は山あいのカマーシャへ急ぐ。村人が枝編み細工を作っている。買い物用のバスケットはどう?」

「ほしいわ、お母さんの分も……」

庭園は美しく、エキゾティックな花や木がたくさんあった。何時間いても退屈しない気がしたが、いろんな場所を見て歩こうと彼に促されて、ユージェニーはその場をあとにした。

カマーシャは山あいの曲がりくねった道の行き止まりにあった。小さな村で、住民が腰を下ろしてバスケットや椅子、鉢置き台などを編んでいるわきに、完成品を積んだ陳列台が置かれていた。ユージェニーはバスケットを二つ買ったが、運んで帰れるものなら、椅子もほしかった。

二人はフンシャルの上にそびえる山を越えて島を横断し、途中モンテでコーヒーを飲んだ。カーブの多い道を進んだ末、カマラ・デ・ロボスにたどり着き、海の見える小さなレストランで、あぶったサーモンをランチに食べた。それから、海岸沿いの道路を走り、リベイラ・ブラーヴァで止まって紅茶を飲み、周辺の店をぶらついた。

ユージェニーはわき出る好奇心と、ミスター・レインマ・テル・サリスを独占できる喜びで、興奮していた。彼が理想の道連れであることもわかった。島をよく知っているというだけでなく、彼女の質問に根気よく答えてくれたし、たまたま入った店の品物を調べるあいだも、じっと待っていた。刺繍品がきれいだったので、母親のおみやげにテーブルクロスを買い、そのほかにテーブルマットとハンカチーフも求めた。陶器もよかったが、財布が底をつきそうで、小さなお皿を一枚だけ買った。彼は荷物を積んで再び運転を始め、車を走らせる一方で通り過ぎる村や町について簡単に説明した。ヤン・ヴァーン・ダールよりはるかにおもしろい。きょうだけは、仕事のときのよそよそしい態度を忘れよう。サファイアラのことも、イギリスへ帰ってからの将来についても忘れよう。今このときを楽しみたかった。

彼もどうやら、同じ気持ちらしい。午後遅く、フンシャルに戻る車の中でユージェニーはきかれた。「領事館へ戻って盛装するかい？　レイズかシェラトン・ホテルで食事できるように。それとも、カマラ・デ・ロボスで食べるほうがいいかな？　居心地のいい田舎風のレストランが一軒ある。そこなら、この格好のまま入れるが」

「このままがいいわ。着替えるときょうが台なしになりそう……」

彼は、笑ってユージェニーの顔をちらりと見た。「僕たちは意見がよく合うね。カフェ・リバマールへ行こう。言っておくけど、メニューの数はたかがしれている。例のトマトとオニオンのスープに魚料理。デザートはボーロ・デ・メールかアイスクリームだ」

「すてき、おなかがすいたわ」

こぢんまりしたレストランはこんでいたが、開け放った窓ぎわのテーブルに案内された。

やはり、メニューにあるのはトマトとオニオンのスープに、数種類の魚料理、牛肉の直火焼きだけだった。ユージェニーはスープと魚を選んだ。見事に仕上がった料理はできたてで、待っているあいだにワイングラスをあけていたが、口冷ましに、ポルトガル産ワインのヴィーニョ・ヴェルディを一本頼むことにした。もてなしは悠長で、親しみがわいた。二時間も座っていたが、あとで彼女は何を話したか思い出せなかった。ただもう幸福で満足しきっていたのだ。

車に戻り、きょう一日のことを取り留めもなく話しながら帰宅の途についたころには、夜も更けていた。満月の夜で、星が空をおおい、月光が水面を照らしている。村の酒場を通り過ぎるとき以外は静かだった。前方に光り輝くフンシャルの町が見えてくる。さらに進むと、村の静けさとは対照的に、町はまだ活気にあふれていた。

「どこかで飲んでいきたいかい？」

「い、いえ、結構よ。すばらしい一日だったわ。連れていってくださってありがとう。本当に楽しかった。決して忘れないわ」彼女は軽くため息をついた。

彼は何も言わず、人通りの多い場所をゆっくり通り抜けて、車を領事館のところで止めた。

ユージェニーは声をかけた。「あなたは降りないで。車をガレージに入れる必要があるでしょう？　朝になったら、何時に発つか教えてください」

よけいなことを言わなくてもよかったのに。ユージェニーが話し終わる前に、ミスター・レインマ・テル・サリスは助手席のドアを開け、彼女が降りるのを待った。「荷物はすぐに運び入れておく」そう言って、玄関まで彼女をエスコートした。門衛は腰かけて居眠りしている。

「おやすみなさい」彼女は片手を差し出した。「ほんとにすてきな一日だったわ。何もかも美しくて」

少しのあいだユージェニーを見つめてたたずんでいたミスター・レインマ・テル・サリスは、彼女を抱き寄せ、その唇にゆっくりキスした。「そうだったね、ユージェニー。きみもとても美しいよ」

玄関の扉を押し開ける音に、門衛が目を覚まして立ち上がった。ミスター・レインマ・テル・サリスは振り返りもせず、車へ戻っていった。

ユージェニーは自分の部屋にふらふらと上がった。男の人に、すぐ忘れてしまう軽いキスをされたことは何度もあるが、ミスター・レインマ・テル・サリスのは、きっと忘れることができないだろう。サファイアラにもこんなふうにキスするのかしら。私にキスしたのは、彼女がいなくて寂しかったせい？

「明日、きいてみよう」寝支度をしながらユージェニーはつぶやいた。でも、嬉しかったことは事実だ。

内気な性格ではないユージェニーとはいえ、翌朝にそんなことをきくのはためらわれた。朝食のテーブルに着いたミスター・レインマ・テル・サリスは、病棟を回るときとまったく同じ調子で、彼女に挨拶した。天気の話しかできないユージェニーに、彼は相づちを打ったあと、領事夫人と礼儀正しく会話し、患者の最終チェックをしたいと言って席を立った。

彼の姿が見えなくなると、夫人はやさしい言葉をかけてくれた。「病院のみなさんにお別れしたいでしょう。車で送りましょうか?」

ユージェニーは歩いていきたいと答えた。帰り道に花を買いたかった。持って帰るのはたいへんだが、フローニンゲンの自分の部屋に飾ったらすてきだろう。ランチを終えたらすぐに発つ予定だった。一時半には準備を終えていなければ。午前中しか残されていない。病院まで歩き、患者も含めて知っている人たち全員に別れを告げてから、町をぶらぶらして最後の外貨を使った。てんなんしょうはかさばったけれども、飛行機内に持ち込めるようにうまく包んでもらった。ミスター・レインマ・テル・サリスには我慢してもらおう。海岸通りに近いレストランで同席したがる気のいい若者たちをかわしながら、彼女はコーヒーを飲んで早い昼食をとった。相変わらず親切だけれどもよそよそしい彼と領事夫人と二人で早い昼食をとった。てんなんしょうをはじめ、ユージェニーが買い求めたいろいろな包みや箱を目にしたとき、彼は少しあきれた顔をしたが、やさしさは失われなかった。車にそれらを積んでくれ、彼女が夫人と別れを惜しむあいだもじっと待っていた。空港にはヤン・ヴァーン・ダールが先に来ていて、ロビーから二人を小型機が数機並ぶ空港の隅へ導いた。

「このどれかに乗るの?」

「政府の要請ですから。ずっと速いんです」彼はユージェニーの大きな荷物に目を留めた。「大丈夫、荷物や花を置く場所はあります。あの美術館へは行ってみましたか?」

「いいえ、時間がなかったわ。でも、今度来たら真っ先に訪ねることにします」

「僕がお供しましょう。楽しみにしています」

ミスター・レインマ・テル・サリスは黙って二人の会話を聞いていた。「実現するといいね。さあ、ユージェニー、荷物を積もうか?」

飛行中、変わったことは何もなかった。ミスター・レインマ・テル・サリスはひと抱えの雑誌と新聞をユージェニーに渡すと、自分は書類の山を読むのに没頭した。一時間くらいして、彼は少しだけ目を休め、魔法瓶のコーヒーを彼女に勧めた。ユージェニーは雑誌を隅々まで読んでから、窓の外のはるか下方に見える海を眺めた。陸地も見えたが、どこを飛んでいるのかまったくわからない。

しばらくして、今度はコーヒーとサンドイッチを勧められた。彼が書類に目を戻してから、ユージェニーは再び気ままに時間を過ごした。ペンを取り出し、日記の余白に計算を始めた。所持金はほとんど使い果たしたが、まだ蓄えが少し残っている。イギリスへ帰ったら二、三週間は実家でゆっくりし、あまり遠くないところに仕事を見つけよう。計算をやめて将来のことを考えてみる。マデイラにいるあいだは気にかけなかったが、これから直面すべき問題だ。彼と会えなくなる現実も目の前にあった。今すぐにではないにしても。新しい手術室看護師が着任するのは、たぶんまだ五、六週間先だろう。フローニンゲンでは、二人が単なる仕事の関係に戻ることは明らかだった。マデイラでのすばらしい一日は、彼にとってちょっとしたエピソードにすぎない。きっともう忘れてしまって、サファイアラに早く会いたいと思っているのよ。

飛行機がオランダ上空にさしかかり、フローニンゲンに近づいたとき、彼が口を開いた。「明日、もしそれほど疲れていなかったら、午後に出てきてほしい。ペースメーカーを埋める予定の神経質な女性患者が、手術を受ける前に関係者全員と会うといって聞かないんだ」ユージェニーのきょとんとした顔を見て、彼はつけ加えた。「かなりの重要人物で……」

「わかりました。どこへ行けばいいでしょう？」

「僕の診療所に来てほしい。住所を教えよう」

ミスター・レインマ・テル・サリスはなんとなくぼんやりしていた。おそらく、サファイアラのことを考えているのだ。ひょっとしたら、彼女は空港に迎えに来ているかもしれない。飛行機は空港の中心の建物からだいぶ離れた場所に着陸した。車を用意して待っていたきちんとした身なりのたくましい男性が、ミスター・レインマ・テル・サリスを丁寧に、親しみをこめて出迎えた。サファイアラの姿はない。彼女は家で待っているのだろう。

言われるままに、ミスター・レインマ・テル・サリスの隣に乗り込むや、車はすぐさま発進し病院を目指した。玄関に着くと彼は、ユージェニーのおみやげやスーツケースをポーターに渡し、明日遅れないようにと念を押して、そのヤープという名前の男性と一緒に、走り去ってしまった。

お楽しみは、これでおしまいなのね。いいわ、今までのことは忘れましょう。ユージェニーは自分の部屋へ向かった。

言うはやすく行うはかたし、とはこのことだ。惨めな悲しい気分で、ユージェニーは一時に出勤した。彼があんなふうにキスさえしなければ、忘れるのはもっと簡単だったろう。シスター・コルスマが快く迎えてくれた。「あなたが戻ってきてくれて嬉しいわ。手術はほとんど申し分なかったと聞いています。マデイラ訪問を楽しめましたか？　ところで、あなたはこれから玄関へ直行してください。車でミスター・レインマ・テル・サリスの診療所へ案内します。用事がすんだら、病院へ送り帰されるはずなので、夜勤の看護師が来るまで勤務してください」シスター・コルスマは机の上の勤務当番表をじっと見た。「土曜日と日曜日は手術の予定がないので、休暇を取ってかまいません。月曜日にはペースメーカーを埋め込む腹側開胸術があります。その次の日には、弁膜交換があります。心臓弁膜症の赤ん坊もいます。いつどのような処置がなされるかまだ決まっていません。さあ、行って。遅れてしまうわ」

ともかく、忙しい状態が続くのね。ユージェニーは足早に玄関へ歩いていった。ローヴァーのそばに立つヤープに挨拶され、ユージェニーは後ろに座ることを拒んで、助手席に乗り込んだ。「英語を話せるかしら?」望みをかけて尋ねた。

かなりなまりがあったが、彼はすらすら話せた。

「ミスター・レインマ・テル・サリスのところで働いているの?」

彼はそうだと答えた。もう何年にもなる。妻も家政婦として働いている。ユージェニーはもっとききたかったが、やめておいた。天気の話や、イギリスへ帰る前に絶対見ておくべきフローニンゲンの名所について雑談した。やがて、背の高い家々が並ぶ広い通りに車が止まった。彼はユージェニーを、大きな真鍮製のノッカーがついた重厚な扉の前に導いた。ヤープはノッカーを鳴らさず、鍵を取り出して扉を開け、彼女に階段を上るよう指示した。

玄関ホールは天井が高かったが、一方の壁が階段でふさがれて狭かった。ユージェニーはきょろきょろしながら、ゆっくり上っていった。踊り場で立ち止まり、そこにある四つのドアに書かれた名前を読んだ。全部、ドクターとあるみたい。ミスター・レインマ・テル・サリスの名は一番奥にあった。彼だけがプロフェッサーの肩書きだった。

ドアを開けると、待合室になっていた。椅子があちこちにあり、縦長の窓の下には雑誌を置いた小さなテーブルがある。受付に座る女性は、グレーの髪をきっちり後ろに引きつめて怖い顔をしていたが、笑うとすてきだった。「シスター・スペンサーですか？　少しお待ちください」

彼女の英語は、完璧に近い発音だった。わずかなオランダ語もなかなか覚えられないユージェニーは、うらやましさを覚えた。

「どうぞ」受付の怖そうな女性に示されたドアを開けて、ユージェニーは中へ足を踏み入れた。

机に向かって書き物をしていたミスター・レインマ・テル・サリスは、ユージェニーの姿を見て立ち上がった。「やあ、座って、ユージェニー。間もなく患者が来る。話がすんだら、その患者と病院へ戻って、手術棟を案内してもらう。麻酔医と助手に会えるだろう。彼らと話すあいだも付き添って、帰りの車に無事乗り込むのを見届けてほしい。ずいぶん珍しいと思うだろうが、特別な患者なんだ」言葉に詰まっているユージェニーを見て、どういう人物か彼は説明した。「彼女は世界的名声を博し、名前を隠したがっている。病気を認めたくないんだ」

「それならなぜ、私たちに会い、手術室を見る必要があるんですか？　どうして、関係者に会いたいのかしら?」

「怖いのさ。僕らに会い話をすることで、手術を理性的にとらえようとしている」彼は窓辺に歩み寄り、外を眺めた。「マデイラは楽しかったかい?」

「ええ、とても」ユージェニーは落ち着いた態度を装う努力をしたが、顔が赤くなってしまった。

彼は気づかない様子だ。「大成功だよ。きみは実によくやった。ユージェニー、沈着冷静な人だ」

そうでないと反論しても、意味がなかった。患者が入ってきたので、それ以上話をせずにすんだ。

そのあとの約一時間は、腹立たしかった。有名であることがそんなにたいへんなら、自分はこのままでいい、とユージェニーは思った。美しくて魅力たっぷりのその患者は、完全に強迫観念にとらわれていた。ミスター・レインマ・テル・サリスが負けずに彼の魅力で、公衆の面前から一時期姿を消して手術を受けるべきだと説得した。ユージェニーは彼の機転と途方もない忍耐に感心した。麻酔医に精いっぱい慰められ、シスター・コルスマと助手に詳しく説明を受けた患者は、最後には自分が気高い勇気を体現していると確信し、帰っていった。

「こんな患者はめったにいなくて助かるわ」シスター・コルスマが言った。「もちろん、あなたが立ち合うのですよ、シスター・スペンサー。ミスター・レインマ・テル・サリスの担当ですからね」

その週は、楽だった。ミスター・レインマ・テル・サリスは全然姿を現さず、ペースメーカーや心臓血管造影を扱う助手たちも、彼がどこにいるのかいっさい口にしなかった。金曜の夜に仕事から解放されたユージェニーは、落ち込んでいた。彼がどこかでサファイアラと楽しんでいると思うのはやめて、自分の週末について考えよう。大まかなプランはすでに決めてあった。日曜日には聖マルティニ教会を訪れ、歩いて町を見物し、どこかのコーヒーショップで軽いランチを食べ、午後はプリンセンホフの庭園で過ごす。お茶の時間にはホテルへ行ってゆっくりしよう。月曜日は忙しくなりそうだから……。

土曜日はちがった。フローニンゲンで見るべきものもたくさんあるが、周辺の田園地帯を知るいいチャンスだ。バスに乗って出かけよう。時刻表を持っているし、いくつかの町の名前にとても興味をそそられた。名前がおもしろいというだけで、ヘイリヘルレーへ行ってみることにする。すぐ近くのヴィンスホーテンまで行くバスがあった。地図で見るかぎり、幹線道路わきか、その近辺のはずだ。四十キロ弱といえば、たいした距離ではないし、列車も通っている……。

ユージェニーは週末のプランを立て終えて満足すると、居間で非番の同僚と楽しい夕べを過ごした。

6

ユージェニーは、十一時少し前のバスに乗る予定でいた。そうすれば、お昼にはヘイリヘルレーに着く。そこで午後を過ごしたら、夕方フローニンゲンに戻って、静かに食事できる場所を探そう。だが、まず買い物をする必要があった。石鹸(せっけん)、練り歯磨き、シャンプー、それに適当なものがあったら、プレゼントをひとつか二つ。彼女は太陽が照って暖かい朝の空気を吸い、にぎやかな通りに足を運んだ。店を回って買ったものを部屋に持ち帰り、再び外へ出た。バスが来る前に、コーヒーを飲む時間がある……。

喫茶店にいるあいだに、運悪く空が曇ってきた。バスに乗り遅れないようすたすた歩く彼女の頭の中は、ミスター・レインマ・テル・サリスのことでいっぱいだった。彼がどこにいて何をしているのか、知る由もない。

見覚えのあるベントレーがそばで静かに止まった。ドアを開けたのは彼だった。「どこへ行くんだい?」

目の前が急に明るくなったとはいえ、あまり突然だったので、ユージェニーは青ざめて癇癪(かんしゃく)を起こした。「こんなふうに忍び寄らないで！　バスに乗るのよ……」

「じゃあ、乗って。バス停で降ろしてあげるよ」

「ご親切に。でも歩いていけるわ、遠くないから」そう言っているうちに空が暗くなり、大粒の雨がぽつぽつ落ちてきた。「そんな必要はないと……」

稲妻が光り、すぐあとに激しい雷鳴がとどろいて同時に雨が降ってきた。どしゃ降りだ。雷が大嫌いなユージェニーは、巨大な手にあと押しされるように車に飛び乗った。目を固く閉じる。

「嵐が怖いの」恐怖を与える雷鳴がますますひどくなるにつれ、ユージェニーは悲鳴をあげた。

「ここではひどい嵐が何度かある。次のバスに乗ればいい。待つあいだ、コーヒーをごちそうしよう」

彼女は目を細く開けた。「ごめんなさい、とんだ醜態ね。もう大丈夫よ。そこがバス停だわ……」

車はバス停を通り過ぎてしまった。「まだ嵐はおさまっていない」彼の指さす先で、稲妻が光った。「しばらく待ったほうが利口だ。長くは続かないよ」

彼は豪雨の中を平気な顔で進んでいく。聖マルティニ教会や市街地を過ぎ、美しい旧家や運河をあとにした。人心地ついたユージェニーは、つっけんどんに尋ねた。「この何日か、どこにいらしたの？」

「フローニンゲンには病院が三つある。僕はそのすべてで、外来患者を診察しているんだ」

「そう、私の出る幕ではないわね」つぶやいたとたん、稲妻がまた光り、ユージェニーは息をのんだ。嵐はちょうど真上を通過していた。

破風造りの大きな家々が水面に影を落とす運河に沿って、道が延びている。そこを半分ほど行ったところで、彼は車を止めた。

「ここはどこなの？」

「僕はここに住んでいるんだ」

立ち止まって、議論しても始まらない。まだ雨が激しく降っていた。しかたなく、彼女は戸口の石段を上り、包囲攻撃にも十分持ちこたえそうな頑丈で重い扉を通って中へ入った。

玄関ホールがあり、その奥に両開きのガラスドアがあって、広い廊下につながっていた。壁は黒っぽい板張りで、床は黒と白の大理石だった。クリスタルのシャンデリアが天井から下がり、階段には木彫りの手すりがついている。

「足が濡れている」彼が言った。「サンダルを脱ぐんだ。ミーントイェーが乾かしてくれる」

ユージェニーは言われるままにサンダルを脱いでから、片手で髪を触った。

「気にしなくていいよ。さあ、コーヒーを飲もう」

そう言って彼が振り向くと、廊下の奥のドアから太った女性が出てきて、二人を迎えた。

「ああ、ミーントイェー……」彼は少しのあいだオランダ語で話してから、英語に戻った。

「ユージェニー、こちら家政婦のミーントイェーだよ」

ユージェニーは手を差し出した。「はじめまして」親しみをこめて英語で言ってみた。

その笑顔から判断して、ミーントイェーは理解したようだ。

ドアの裏手で犬が鳴いていた。ユージェニーは探求心旺盛(おうせい)な目で、家の主人の顔を見た。

「バッチだ。すぐに会えるよ」家政婦に合図を送ってから、彼はユージェニーの腕を取り、広間に招き入れた。すばらしい部屋だ。漆喰(しっくい)の天井は高く、壁にはシルク織物がかけられ、窓が大きく縦に開いている。巨人族の部屋を思わせる。ミスター・レインマ・テル・サリスはまさにそれに近かった。大きなアームチェアが数脚、暖炉の側面にソファが二つ、壁ぎわには一枚ガラスを用いた飾り棚があり、マホガニーの三脚テーブルが使う人の好みに合わせて置かれていた。二つある大きな窓には、暗紅色のサテンのカーテンが優美なひだを作り、巨大なシルクのカーペットが木の床を大部分おおっている。

「まあ、なんて豪華なんでしょう!」感嘆の声をあげたユージェニーは、サファイアラがアームチェアから立ち上がり、近づいてくるのに気づいた。

サファイアラはユージェニーに冷笑を浴びせ、ミスター・レインマ・テル・サリスにオランダ語で話しかけた。彼は英語で答えた。「やあ、サファイアラ。これはいい。三人でコーヒーを飲もう。嵐が去るまで雨宿りするためにユージェニーを連れてきたんだ」ユージェニーに椅子を勧めて、自分は女性二人と向き合うように、アームチェアに座った。

ユージェニーはふさわしい話題を探した。「バッチは何犬なんですか？　見てもいいかしら？」

「純血種じゃないと思う。きっと、帰る前に会えるよ。サファイアラは家の中に犬や猫がいるのが嫌いだから、彼女がここにいるときはキッチンに追いやられるのさ」

サファイアラはカシミアのツーピースのスカートを撫でた。「服がだめになるんですもの」彼女はユージェニーのデニムのスカートに軽蔑したまなざしを向け、ブラウスとマークス・アンド・スペンサーで買ったカーディガンをしげしげ見た。「もちろん、どうでもいい服なら……」

なんて無礼な人かしら。ぎゃふんと言わせてやりたい。代わりに、ユージェニーはやさしく笑ってみせた。「ええ、ほんとにどうでもいい服でしょう？　動物でも、子供でも大丈夫。動物や子供は、時間をむだにするものでもありますけど」

ミスター・レインマ・テル・サリスは笑いをこらえた。「たぶん人間は、時と場合に応じて服を着るのさ。さあ、コーヒーが来た」

ユージェニーを診療所まで連れていった男性が、トレーを運んできた。彼はそれを小さなテーブルに置くとき、彼女に会釈した。サファイアラが厳しい口調で何か言うと、主人のほうをちらっと見た。

ミスター・レインマ・テル・サリスは穏やかにオランダ語で話した。何を言ってるか理解できればいいのに。唇を噛み、怒った表情を浮かべたサファイアラは立ち上がり、コーヒーを注いだ。彼は自分をあと回しにしてユージェニーにカップを渡し、椅子に座り直すと質問した。「どこへ行く計画だったんだい、ユージェニー？」

「ヘイリヘルレーです。ちょうどいいバスがあるの」

「どうしてそんなところへ行きたいの？　なんにもないじゃない」サファイアラが口をはさんだ。

「名前が好きなの」

「知らない場所を訪れるのにいい理由だ。そこは鐘作りで有名なことを知っていたかい？世界じゅうに輸出されている。小さな町だが美しい。楽しめるよ」

嵐は通り過ぎつつあった。ときどき稲妻が走り、雷がごろごろ鳴るが、空はもう暗くない。ユージェニーはコーヒーカップを置いた。「雨宿りさせていただいて、ありがとうございます。きっと、旅の気分を味わえるでしょう。天気が回復してきました」

ユージェニーが立ち上がると、彼も席を立った。「行く前に、バッチに会って」

「さようなら、お邪魔でなければよかったのですが、サファイアラ」

サファイアラは肩をすくめた。「よい一日を。おひとりで行くんでしょう?」

答えるのもばかばかしいので、ユージェニーは無視した。

ミスター・レインマ・テル・サリスが広間を横切って階段わきのドアを開けた。何段か下がったところにもうひとつドアがあり、それを開くと広いキッチンに出た。ユージェニーはそのすばらしさに感嘆のため息をついた。板石張りの床、深皿や浅皿、ふたと脚のついたスープ入れなどがたくさん並ぶ大きな食器棚。伝統ある雰囲気にうまくとけ込む最新流行の大型レンジ、ラダーバックの椅子に囲まれた中央のテーブル。棚にはいくつもの銅製鍋が並び、テーブルの上にはいろんな野菜が雑然と置かれ、傍らにミーントイエーがたたずんでいる。キッチンの奥にある流しでは、二人の少女が食器を洗っていた。ミスター・レインマ・テル・サリスとユージェニーが入っていくとみんな手を休め、ミーントイエーの号令でまた仕事を始めた。

彼は何かおかしいことを言ってみんなを笑わせ、嬉しそうにしっぽを振るバッチの歓迎を受け流した。いろんな品種の混ざっている犬で、どう形容したらいいかわからない。ラブラドル犬ぐらいの大きさで、もじゃもじゃした毛でおおわれ、顔はきつねみたいで、恐ろしい歯に似合わず、情熱的な目をしていた。

ユージェニーはひざまずいて、犬に語りかけた。「立派な姿ね。すぐれた品種のいいところを少しずつ受け継いだのね」

彼女が頭のてっぺんをかいてやると、バッチは目を閉じ、幸せそうに鼻を鳴らした。

「キッチンにいなくてもいいんでしょう?」

「ああ。家の中を走り回っているよ」

「でも、あなたが結婚したら……」彼と目が合った。

「取り越し苦労はしない主義だ」

ユージェニーは立ち上がった。「本当にありがとうございました。感謝しています」

彼は玄関まで一緒に来て、扉を開けた。

「ダートムーアはずいぶん遠い感じがする。帰りたいかい?」

「離れていると寂しいわ。でも、ここも好きよ」

「どうして?」

「あの、いろんな理由で」彼女は外の石段に足を踏み出した。「さようなら」

「楽しんでおいで、ユージェニー」

彼女はバスに乗り、午後をヘイリヘルレーで過ごした。鐘を見ながら通りをぶらつき、家並みを観賞した。数少ないオランダ語を駆使して、小さなカフェでランチも食べた。夕方前には帰りのバスに乗り、夜はどうしようか考えた。病院に戻ったら、せっかくの休暇がもったいない。といって、ひとりでレストランへ行って夕食をとるのも心もとない。映画でも見に行こうか。決めかねて、バス停に立っていた。

「ここで会えるとは、なんてついているんだろう」ミスター・レインマ・テル・サリスがぬっと現れ、ユージェニーをびっくりさせた。「僕を気の毒に思うなら、少しつき合ってもらえないかな。サファイアラはディナーダンスに行ってしまった。僕は呼び出しがあると困るから、家にいないといけない」

ユージェニーは、彼を見つめて慎重に答えた。「病院へ戻るつもりなんですけど」

「ほかに予定もないのなら、いいだろう？　ひとりで食事をするのが嫌いなんだ」

ユージェニーは彼の言葉を信じた。「わかりました。私もそうですから——特に外国では」

「よかった。歩いていくところなんだ。遠くない」

「くつろげるところにしてください、お願いします。きちんとした服を着ていませんし、歩き回ったので、埃だらけだわ」

「くつろげると思うよ」

しばらくして、彼の家へ向かっていることがわかった。ユージェニーは歩道の真ん中で立ち止まり、彼の顔を見つめた。口を開きかけると、彼が先手を打った。

「いやかい？　万一呼び出しがあるといけないからね。僕を捜し回るのにどれだけ時間がかかると思う？　それに、月曜日の手術について話し合うこともできる」

ミスター・レインマ・テル・サリスは、表面上はさりげなくユージェニーの顔を見たが、彼女が何を考えているのか見抜いていた。彼自身いろいろ思うところがあるようだが、決して顔には出さなかった。

家に着くと、ミーントイェーが一時間で簡単なディナーを用意しましょうと請け合った。ヤープはユージェニーが身支度できるよう、階上のすてきな客用寝室に案内した。また愉快なひとときが過ごせるんだわ、と思いながら彼女は鏡台に姿を映した。髪はひどく乱れ、顔もなんとかしなければならない。どうにか取りつくろって、十分後に階下へ下りていった。きれいなドレスでもあればいいのに。いや、何を着ても同じだ。ミスター・レインマ・テル・サリスは私のことなど見ていないのだから。

居間で飲み物を飲むあいだ、二人にはさまるように座っていたバッチは、ダイニングルームにもついてきた。そこでユージェニーは、マッシュルームスープに鴨（かも）のブラックチェリーソース、ホイップクリームをたっぷりのせたオランダ風アップルパイをごちそうになった。彼はいつも、こんなすばらしい麻のレースのテーブルクロスや年代物の銀食器やカットグラスを使って食事をするのだろうか。それとも、私がいるから？ どういうわけかユージェニーは、質素なテーブルで目の前に本でも立てかけ、ひとりで食事する彼の姿を想像していた。もちろん、サファイアラが一緒でなければの話だが。

サファイアラの話はまったく出なかった。いろんなことについて語り合ったが、個人的な話題や深刻な問題は避けた。本や音楽の趣味が合い、テレビはあまり見ず、雨の中を歩くのが好きなところも似ていて、ユージェニーは嬉しかった。お互いのことについて語ったのは、これが初めてだ。彼と一緒にいると、とてもくつろげた。悲しいことに、月曜日には思い出に変わってしまうけれど。

二人は居間へ戻り、コーヒーを飲んだ。バッチはあごを主人の靴の上にのせ、きつねのような目を閉じて居眠りしている。張り出し棚に置かれた黒檀(こくたん)製の時計が鳴って時を知らせると、広間の柱時計もゆっくり静かな音色を響かせた。ユージェニーは話を中断した。

「もう十時だわ。すっかりお邪魔してしまって！　何か予定がおありでなければよかったんですけど」

ユージェニーは少しあわてて立ち上がった。彼もゆっくりそのあとに従った。「楽しい夜だった。つき合ってくれてありがとう。何も予定なんてないから、心配しないで。病院まで車で送ろう」

帰り道、彼が日曜日はどうするつもりか、ときかなかったことを感謝した。誘われるのを期待していると思われたくなかった。でも、よく考えれば、誘うなんてサファイアラが絶対に許さないはずだ。

翌日ユージェニーは計画どおりに過ごした。連れがいたらいいのに、とは思わないことにした。病院の看護師たちはみんな親切で協力的だが、ユージェニーは短い期間しかいないので、誰かと親友になるところまではいかなかった。月曜の朝、勤務についたときシスター・コルスマが説明してくれたように、ミスター・レインマ・テル・サリスの手術室看護師は、住み込み看護師とまったく同じ時間数働くわけではなかった。

「なぜかというと、ミスター・レインマ・テル・サリスはいつ急に呼び出されるかもしれませんん。手術室看護師は常に彼と同行し、必要なかぎりその場にとどまる必要があるからです」シスター・コルスマはゆっくりした英語で話した。「この病院に数週間いたかと思うと、突然別のところにいたりします。あなたはこれまで、実によくやってきたと思うわ。さあ、手術室をチェックしていらっしゃい。三十分もすれば、ミスター・レインマ・テル・サリスがいらっしゃいます。長い手術になるでしょう」

ユージェニーは器具をのせた台に囲まれて立っていた。患者は手術台の上だ。ミスター・レインマ・テル・サリスがやってきてよそよそしく挨拶し、手術が始まった。それ以上を期待してはいなかったが、マスクの上で光る冷たい目にぎょっとしてしまった彼女は、急いで雑念を振り払い、仕事に集中した。四時間後に、彼に付き添われ、患者は集中治療室に運ばれていった。残されたユージェニーとスタッフは器具を片づけ、午後遅くに予定されている次の手術に備えた。ミスター・レインマ・テル・サリスは、水曜日まで執刀しないが、助手に必要とされるかもしれないので、手を洗っておこう。

彼女はまさしくそういう人間だった。

心臓弁膜症の赤ん坊は、水曜に手術を受けられるまずまずの状態だった。技術と忍耐を要するむずかしい手術だが、うまくいった。手術室での緊張した数時間が報われるすがすがしい思いで、ユージェニーは仕事から解放された。

手術室を去るミスター・レインマ・テル・サリスに礼を言われ、ユージェニーはおとなしい声で答えた。その週は彼が担当する手術はもうなかったので、三、四日会えなくても大丈夫なように、穏やかな彼の顔をいつもより長く眺めた。品位ある礼儀正しい彼の態度に、あのときの気安い快活さはもうなかった。ユージェニーは、週末にも二日休める予定で休暇に入った。どうやって過ごそう。ガイドブックを引っ張り出して、また計画を立てないと……。

ところが、計画は向こうからやってきた。あまりに突然のことで、彼女は呆然とした。ガウンをはおって寝る準備をしていたとき、電話に呼び出された。

「明朝八時に、ボスニアへ飛ぶ」ミスター・レインマ・テル・サリスは、まるでマーブル・アーチ行きの七十三番のバスに乗れとでも言うような口ぶりだった。「制服は……搭乗に適したものが一式、渡されるはずだ。手術しないと運搬不可能な負傷者が二人いる。爆弾の破片による傷で、二人ともまだ幼い。ラフ・ヴァーン・フロートと技師が一人、同行することになっている。僕の手術器具を鞄に詰めて、血漿その他の道具と一緒にまとめておいてほしい。頼んだよ。明日、朝七時に迎えに行く」

返事をする間もなく、電話は切れてしまった。ユージェニーはすぐに自分の部屋へ戻り、また制服を着た。結局、自分はこんなときのために、ここにいるのだから。束ね上げた髪の上にキャップをのせて、自分に言い聞かせた。

シスター・コルスマは勤務中で、夜勤の看護師たちに命令を下していた。ユージェニーは戻ってきた理由を説明した。そんなときのためにここにいるのですよ、とシスター・コルスマが告げるのを黙って聞いてから、ユージェニーは器具を準備しに行った。

点検にはしばらくかかった。途中で、麻酔医のラフ・ヴァーン・フロートが来てユージェニーを励まし、患者を完璧からほど遠い状態で処置しなければならないと告げた。「ひょっとしたら、僕たちも砲撃や銃撃にあうかもしれないな」彼は陽気に言った。

器具の点検を終え、器材が万全か、血漿、臨時の排膿管、チューブ、手術針、縫合糸がそろったかチェックした。それから、インスタントコーヒーとミルクの缶と魔法瓶を探しに行った。食事は当然出ると思うが、ミスター・レインマ・テル・サリスはいったん仕事を始めたら、中断して食事をとりそうにない。二つの手術を続けておこなってしまう気構えでいるなら、熱い飲み物が必要だろう。いくら巨人とはいえ、少しの休息は必要だ。それは彼女も同じだった。

彼女がシャワーを浴びてベッドに入ったのは、だいぶ遅い時間だった。ボスニアへ行くニュースが広まり、次から次と同僚が話しにやってきた。最後に現れたひとりがきいた。

「怖い、ユージェニー?」

「まだ実感がわかなくて。でも、ぞっとすることになると思うわ」

六時半には身支度を終え、ユージェニーはまだ誰もいない食堂で朝食を食べた。ショルダーバッグには、下着とタオル、練り歯磨き、石鹸、ヘアブラシ、シャンプー、パスポートが入っている。それと現金を少し持ってきた。何が必要か見当がつかないし、ミスター・レインマ・テル・サリスも教えてくれなかった。たぶん、そんな余裕はなかったのだろう。いずれにせよ、手術をして患者が動けるようになったら、フローニンゲンに呼び戻されるのだ。早いに越したことはない。

おなかはすいていなかったけれども、何か食べておくほうがいい。彼女はバターつきパンとチーズを口に押し込み、眠たげな女の子が運んでくれたコーヒーを飲んで、玄関へ向かった。

ミスター・レインマ・テル・サリスは元気よくおはようと言ってから、ユージェニーのショルダーバッグを見て、少し不審そうな顔をした。「僕たちは、五、六日いることになるかもしれないんだよ」

「そのつもりよ。必要なものは全部入っているわ」

本当かなという表情で、彼が後部座席にバッグをぽんと置いたので、ユージェニーは頬を赤らめた。「ペティコートは入っていないの?」

「ペティコートはなしよ」ユージェニーは車に乗り込み、彼が荷物を積むあいだおとなしく座っていた。

ようやく、彼は運転席に着いた。カジュアルなズボンとオープンネックのシャツは、どこかへ遊びに行くような格好だ。ユージェニーはきっぱり言った。

「どこへどうやって行くのか、どのくらいの期間になるのか、教えていただくくらいの時間はあったと思います」

「腹を立てたい気持はわかる。それで気がすむなら、僕にあたればいい」彼はユージェニーを横目でちらっと見た。「僕たちは郊外の飛行場から空軍機で移送される。戦闘服が用意してあるはずだから、発つ前に着替えてもらう。負傷者は電話で話したように、二人の子供だ。可能ならば、手術する。一日か二日はいなければならないだろう。子供たちを無事に運び出せれば、それで任務は終わりだ」

早朝の通りに車を走らせる彼は、ピクニックにでも行くようなのんびりした態度だった。

「搭乗したら、怪我の程度について検討しよう。ヴァーン・フロートとヴィムは飛行場で待っている」

車は穏やかな緑が広がる田園地帯に来ていた。彼らに会えるのが嬉しい。

「週末に何か計画していたかい？」

「いいえ。またぶらぶらしてみようと思っていただけ。ゆうべ、お母さんに電話したけれど、どこへ行くかは伝えなかったわ」

「賢明だね。僕も電話してきみのお父さんと話したよ。どこへ派遣されるか、お母さんに教える必要はないとおっしゃった。戻ったら電話すればいい」

「まあ、そうなんですか。ありがとうございます。父は心配していませんでしたか？」

「きみはしっかり守られていると言っておいた」

「ありがとうございます。サファイアラは心配しているでしょうね……」どうしてそんなことを口に出してしまったのか、ユージェニーは自分でもわからなかったが、どきどきして彼の返事を待った。

「いいや。心配などしていない。週末、リンブルグの友人に二人で招待されていたから、少し怒っていた。でも、きっとひとりで行くよ」

「おそらく、理解してくれるわ。だって、あなたの奥さんになったら、あなたが家にいないことなんてしょっちゅうあるんだから」おせっかいでなく思いやりをこめたつもりで、ユージェニーはゆっくりつけ加えた。「一般的にお医者さんの奥さんは、という意味よ。あなただって、家にいないことが多いでしょう？」

「そのとおりだ。でも、きみが僕の心配をしなくていいんだよ、ユージェニー」

「全然、心配なんてしていませんわ。どうして、心配しなくちゃならないのかしら？」

「興味深い質問だ」

車は速度を落とし監視ゲートの前で止まり、歩哨に声をかけてまた進んだ。建物がいくつかある。格納庫だろう。それに、管制塔のようなものもあった。赤れんがのいかめしい建物は事務所らしい。ミスター・レインマ・テル・サリスはその建物のそばで車を止めて降り、助手席のドアを開けた。

「ヴァーン・フロートとヴィムはもう来ている。あの一番手前にある扉から入るんだ。誰かが指示を与えてくれるはずだ」

ユージェニーは夢の中にいるような気分だった。だからこそ、異議も唱えず言われるままにしたのだ。扉を開けると、制服姿のかわいい女性がいた。

「こんにちは、私はセインといいます。あなたの服はここです。十分で準備してください」

ユージェニーは、椅子二脚とテーブル以外はほとんど何もない小さな部屋へ連れていかれた。

「今着ているものは、ここに置いていってください。ドアの向こうの化粧室に鏡があります。全部体に合えばいいのですが……」

ユージェニーは迷彩服の上下を着た。ズボンはだいぶ大きかったが、セインがしっかり留められるベルトを見つけてくれた。ヘルメットと肩かけ鞄も渡された。

「飛行機ではコーヒーが飲めます」

「何時間くらいかかるの?」

「五、六時間です。すばらしい話し相手がご一緒だから、時間なんて気にならないでしょう。私が代わってあげてもいいくらいです」

「彼はとても美しい人と婚約中だわ。それに、仕事の話しかしないの」

「お気の毒に。さあ、出発する時間です。幸運を祈ります!」

外にはジープが待っていた。ミスター・レインマ・テル・サリス、ドクター・ヴァーン・フロート、ヴィムの三人は運転手とともにすでに車の中にいて、ユージェニーを手招きした。ミスター・レインマ・テル・サリスと荷物のあいだに押し込まれた彼女に、ドクター・ヴァーン・フロートとヴィムは笑顔で挨拶し、執刀開始を待つ手術室にいるときのようにうなずき合った。ミスター・レインマ・テル・サリスから、ユージェニーを紹介された運転手はにっこり笑って元気よく挨拶し、ジープを出発させた。飛行場の一番隅まで行くと、エンジンがすでにかかった飛行機が待機していた。ユージェニーは車から降りてみんなの手を借り、飛行機に乗り込んだ。

「ここに座るといい」機能的な座席に腰を落ち着かせることができたユージェニーに、パイロットと副操縦士が自己紹介するあいだ、仲間は器材の搭載を監督した。「ジェイクとエヴァートです。あなたに乗っていただけて光栄です、シスター。美しい女性を乗客に迎えることなどめったにありません。よく派遣されるんですか?」

「一、二週間前にマデイラへ飛びました。飛行機はあまり好きではありません」

「気をつけて飛びます」ジェイクは請け合った。「離陸するときは飴をなめて、あとは美しい寝顔でどうぞおやすみください。もちろん無理にというわけではありませんが」彼がいんぎんにつけ加えた。

ちゃめっけたっぷりの表情に、ユージェニーは声をたてて笑った。搭乗してきたミスター・レインマ・テル・サリスがじろりと見るほど、楽しげな笑い声だった。

離陸してから、ジェイクに勧められたとおり目を閉じていた彼女は、ミスター・レインマ・テル・サリスが大きな体を隣の席に忍び込ませる気配にまぶたを開けた。

「僕たちは直面する事実をいくつか検討しておいたほうがいい」ユージェニーは眠ろうなどという気がいっぺんにうせてしまった。

ミスター・レインマ・テル・サリスは自分で作成した書類を鞄から取り出した。ユージェニーは姿勢を正して彼の話に注意深く耳を傾けた。飛行機の中はうるさく、エレベーターが上下するような乱気流もあったが、彼は気にかける様子もない。ユージェニーは、自分は今手術棟にいて執刀の前の指示を受けているのだ、と思い込む努力をした。

書類をのぞき込む彼の横顔を盗み見る。戦闘服に身を包み、腕まくりして襟元を開けた姿は、いつもより何歳か若く見えた。突然、彼が目を上げたので、ユージェニーは視線のやり場に困った。彼の表情がゆっくり和らぐ。

「仕事がうまくいくことを願うとしよう」彼はユージェニーの手に、軽く自分の手をのせた。「ヴァーン・フロートとも話し合っておく。さあ、目を閉じて。起きたらコーヒーを飲むといい」

そうしよう。ユージェニーはまぶたを閉じていたが、眠らなかった。再び彼と一緒にいられるのが嬉しいと感じる自分を、恥ずべきではないか。不幸な人や病気の人が大勢いて、そのうちの何人かにこれから会いに行くというのに。

彼のことが好きでたまらなかった。どうにもならない報われぬ恋だ。二、三週間もしたら、代わりの人がやってきて、私はイギリスへ戻り、彼と会うこともうないだろう。

頭が朦朧（もうろう）としてきて、ユージェニーは眠りに落ちた。

コーヒーのマグとサンドイッチの包みを持ったヴィムが、彼女を起こしに来てくれた。

「さあ、食べて。もうすぐ着くよ。よく眠れた?」

彼に礼を言い、ユージェニーは時計を見た。二時間も眠ってしまった。コーヒーを飲み、サンドイッチにかじりつきながら窓の外を見る。陸の上を飛んでいたが、場所はわからない。森が続いている。

手にサンドイッチを握ったミスター・レインマ・テル・サリスが、また隣に腰かけた。

「気分はいいかい?　首を伸ばしてごらん、アドリア海がちょっとだけ見えるよ。ドイツとオーストリアの国境付近を飛んでいる。目的地はもうすぐだ。少し山を登らないと、いけないだろう。山の多い国だからね。でもジェイクによると、三十分もすれば着くらしい。まっすぐ病院へ行き、外科医に会う。今夜じゅうには、手術できるだろう。外科医との話にきみも同席するといい」

「はい、ミスター・レインマ・テル・サリス」

「アデリクと呼んだらどうだい？」

「わかりました、ミスター……アデリク」

　ユージェニーは、肩に彼の大きくてやさしい手を感じた。

　彼が仲間のところへ戻って間もなく、飛行機は着陸した。みんな急いでジープに乗り込み、空港の建物へ運ばれた。そこに少しだけ止まったあとは、穴ぼこだらけの細い道路を疾走した。片側に山々が連なり、反対側には畑と人が去って廃墟（はいきょ）と化した農家が数軒、寂しく立っている。町はずれを走っていたとき、四、五百メートル離れたところで、砲弾が炸裂（さくれつ）した。びっくりして叫び声をあげるユージェニーを守るように、筋向かいにいたミスター・レインマ・テル・サリスが身を投げ出し、彼女の手を取った。

「停戦命令がある。間違って発射されたにちがいない」

　みんなが笑い、わずかに動揺したユージェニーも、つられて笑った。怖がる必要などなかった。アデリクがここにいる――私のそばにいるのだから。

7

夜遅くになってようやく、ユージェニーは病院であてがわれた部屋に入ってやすんだ。疲れ果てていたものの、一日を振り返るくらいはできた。長かったきょうの日は、おそらくいつまでも記憶に残るだろう。アデリクの存在がなければ、突然泣き出したり、ずっとめそめそしていたかもしれない。彼がそんなことを望まないのは明らかだった。個人的な感情抜きで、仕事に来ているのだ。だから、ユージェニーは医療関係者が話し合うのに耳を傾け、負傷者でいっぱいの病棟を通り抜けて二人の子供が寝ているところまで行き、ヴィムの助けを借りて手術の準備をした。そこで働く看護師たちの勇気と、ユージェニーたちが持っていった器具の荷物を開いたときの安堵と喜びの表情に、驚きの念を覚えた。

アデリクが手術を開始したのは、夜更けだった。心臓からほんの数ミリはずれた場所に刺さった爆弾の小さな破片を摘出するのに、長時間かかった。だが、彼は見事にやってのけた。その子供は回復して動かせる状態になったらすぐに、安全な別の病院へ移送されるだろう。二人目の子供は、手術ができるとしても、もっと深刻な状態にあった。心臓そのものに砲弾の破片が刺さっている。人工心肺装置が必要だろうし、少なくともあと十二時間は手術に適さない。忙しい一日が明日も続く。ユージェニーはかなり固いマットレスに丸くなって眠った。

早朝に起こされる覚悟はしていたが、午前四時は予想外だった。ユージェニーは看護師に体を揺さぶられた。「手術室に来てください。負傷者が運ばれます。この病院の医者が二人と私も立ち会います」

ユージェニーはシャツとズボンに急いで着替え、髪を束ねて頭のてっぺんに留め、廊下を足早に歩いて手術室へ向かった。アデリク、ドクター・ヴァーン・フロート、ヴィム、病院の外科医二人と看護師たちはすでにそろっていた。

彼女が入っていくと、アデリクが振り返った。

「大動脈に傷を負っている。縫いとじてみよう。そうでなければ、切除して端と端をくっつける必要が出てくる。十分もすれば、患者が到着する。ぐずぐずしている時間はない」

彼は立ち去り、ユージェニーは看護師たちと準備を始めた。手術室は万全だが、手を洗ったらすぐに滅菌ずみの器具を並べなければならない。

負傷者の青年は意識がなく、ヴィムが急ごしらえした非常灯に照らし出された顔は青白かった。間に合えばいいが……。

アデリクは手ぎわよく仕事を進め、困難な手術に没頭した。ほかの看護師たちから十分な協力を得ながら、ユージェニーは彼がついに背を伸ばすのを見て、安堵のため息をついた。

「助かると思う」一緒に手を洗う外科医たちに、彼が声をかけた。「若いし、かなり丈夫だ」

患者は運び去られ、男性たちも手術室をあとにした。ユージェニーは看護師仲間と残って、もう一度片づけをし、すべての準備を整える必要があった。病院は大きいが、使える手術室はひとつだけだ。ちょっとした急患は病室で処置された。二番目の子供に手術を施すことになるなら、急いで部屋をきれいにしなければ。

ユージェニーがアデリクの器具を整えるあいだ、仲間は手術室の準備を終え、コーヒーとパンとチーズの食事をとるよう、彼女を食堂へ連れていった。

ユージェニーは部屋へ戻るとすぐに手と顔を洗い、髪を整えた。化粧をする時間があったにせよ、口紅やおしろいを気にしている場合ではない気がした。再び手術室へ行ってみると、ミスター・レインマ・テル・サリスは午後に手術をする予定だと聞かされた。そのときまで、ユージェニーは病棟を手伝いたかった。すべきことがたくさんある。傷口をきれいにし、ベッドを整え、包帯を巻き、言葉が通じないので、患者たちと笑顔を交わした。

ランチはスープだった。アデリクが来てほんの数分、彼女の隣に座った。「一時間したら、手術を始める。午前中は忙しかったかい？」

「はい。悪夢の中にいるように」

「きみがいるかぎり、悪夢も悪夢ではないよ」

二人は見つめ合った。彼の視線はユージェニーの顔から動かない。彼女はあやしむようにその表情を探った。「まあ、もう行って始めなければ……」

アデリクも一緒に立ち上がり、ドクター・ヴァーン・フロートとヴィムのところへ戻っていった。ユージェニーは、いつもどおり入念な準備に取りかかり、彼の言葉を忘れようと努めた。それにしても、どういう意味だったのかしら？

間もなく、考えている暇はなくなった。手術は何時間にも及び、これほどいろんな装置が欠けている場合には、特に複雑極まりなかった。だが、アデリクは悪条件をものともせずに、落ち着いてメスを運んだ。子供は生き延びるだろう。小さな患者の術後の治療にあたるため、手術に立ち会った二人の外科医とともに、彼は退室した。ユージェニーはほかのスタッフと片づけを始めた。次に何が来ようと大丈夫な状態にまですべてを整えるのにしばらくかかった。それからみんなで引き揚げ、コーヒーを飲んで夕食のシチューを食べた。中身はじゃがいもばかりだったが、あっという間に平らげた。何人かの看護師は勤務を交代して非番に入る。自分も少し休めるだろうか、とユージェニーは思った。その日も昼間は砲弾が何発か飛んできたし、ライフル銃の発射音も聞こえたが、今は静かになり、気持のいい夜を迎えていた。建物の入口に立ち、どっちへ行こうか迷っていると、アデリクにやさしく腕をつかまれた。

「そっちはだめだ。病院の裏に安全な庭がある」彼はユージェニーを中に連れ戻し、迷路のような廊下を抜けて建物わきのドアを開けた。瓦礫（がれき）の散らばる、草が伸び放題の庭に出た。雑草や石のあいだから花々がたくましく生育し、甘い空気を漂わせている。

二人は足元に注意しながらゆっくりと進み、やがてくずれかかった石の壁にたどり着いた。そこから見える風景はすばらしかった。「なんて美しいのかしら。それに、とてもいい香りだわ」

「タイムの香りだよ。ユージェニー、あと二日で帰れると思う」

「どうやって？」

「来たときと同じようにさ。患者を何人か一緒に連れていく」彼はユージェニーに自分のほうを向かせ、ほほ笑んだ。「ありがとう、僕のいとしい人」

その言葉にユージェニーは息をのみ、いつかのように急いで言った。「もう戻ったほうがいいわ」

「そうだね。長い一日だった。明日もいくつかオペがある。手術に必要なものを僕たちが持ってきたから、それを使ってあげたい患者がたくさんいる。僕も手伝うつもりだ。きみにも何か仕事が割りあてられると思う」

病院内に引き返し、ユージェニーはアデリクにおやすみなさいを言った。彼のいとしい人になることを夢見ていた。でも、今ごろきっと、彼は口にしたことを後悔しているだろう。

なぜ、私を〝いとしい人〟と呼んだりしたのだろう？　サファイアラが恋しくてたまらず、話しかけている相手が私だということを一瞬忘れてしまったのでは？　それはありうる。彼の気持に応(こた)えるだけの愛情をサファイアラが持っていますように……。

いよいよ帰国の途につくまで、ユージェニーは彼の姿をほとんど見かけなかった。飛行機では患者の世話をしたり、できるだけくつろげるように気を配ったりで、来たときよりも倍くらい時間が長く感じられた。アデリクにも避けられているようだし……。

患者たちを、待機している救急車に乗せるのがひと苦労だった。彼女は、よちよち歩きの幼児を連れた涙に暮れる若い母親に付き添うよう命じられた。

「さよなら」ドクター・ヴァーン・フロートとヴィムが元気にユージェニーに声をかけてくれた。

だが、アデリクはぞんざいに言っただけだった。「じゃあまた、ユージェニー」

救急車は、ユージェニーが勤めるフローニンゲンの病院ではなく、町の反対側にある小さな病院へ向かった。彼女が自分の滞在する見慣れた建物の前にたどり着いたのは、それから二時間以上経(た)った夜更けだった。帰還したらすぐに、師長のところへ行くことになっていた。無事を喜んでくれた師長から、二日間の休みをもらった。「ミスター・レインマ・テル・サリスは、二日間手術を担当しません。ずいぶん苛酷な労働だったと聞いています。さあ、のんびりした時間を過ごしていらっしゃい」

二日のうちに気持を立て直し、アデリクに対しては、落ち着いた表情と冷静な態度で臨もう。部屋へ戻ったユージェニーは、非番の看護師たちにボスニアの話を聞かせてから、熱い風呂に長いあいだつかって真っ赤になって出てくると、また質問攻めにあい、コーヒーを何杯も飲みながら答えた。ようやくベッドにもぐり込み、数秒も経たないうちに、ぐっすり寝入ってしまった。

二日ある休暇をどうやって過ごそうかユージェニーは考えていなかった。目が覚めたあと、小さなキッチンで簡単な朝食を作ってとり、着替えてからベッドに腰かけ、町の地図を広げた。どこかでコーヒーを飲んで、それから美術館へ行って、くつろげる場所でお昼を食べる。午後はウインドウショッピングでもしよう。明日は、もうちょっと冒険して……。

ユージェニーはおいしいコーヒーの店を見つけ、午前中非番の看護師二人とおしゃべりを楽しんだ。仕事が待っている彼女たちと別れ、ユージェニーは一時間ほど市立美術館で古代の遺物や磁器類、絵を鑑賞して過ごしたが、アデリクのことが頭から離れなかった。彼は、きっとサファイアラと一緒だ。考えまいとしたが、無理だった。二人で何をしているのだろう。結婚式の計画を立てているのかしら？

　確かに、アデリクはサファイアラと一緒にいた。だが結婚式の話題など、まったく出なかった。町の中の不必要な車両通行を制限する決まりなど無視して、サファイアラはしゃれた小型のスポーツカーで乗りつけ、すでに妻気取りでつかつかとアデリクの家に上がり込み、彼と向き合って座った。腕のいいヘアデザイナーにセットしてもらったとひと目でわかる髪型、非の打ちどころのない化粧、鮮やかな柄のシルクの服を着たその姿は、絵のように美しかった。

「きょうは仕事がないのなら、どうして私と一緒にハーグへ行けないの？　国外で憂鬱な数日を過ごしたあとですもの、出かけるのが嬉しいとばかり思っていたわ。なぜ、あなたが行く必要があって？　ほかに外科医はたくさんいるでしょうに」サファイアラは、彼の穏やかな顔を疑いのまなざしで見た。「あの娘を連れていったんでしょう？　看護師だってほかに大勢いるじゃないの」

　彼が何も答えないので、サファイアラは尋ねた。

「代わりの人はいつ来るの？」

「来週か再来週だ。一緒に行けなくてごめんよ。病院以外にも、仕事がたくさんあるんだ」

　主人の足元に座っていたバッチが、小さくうなった。「おお、いやだ。お願いだから、その犬を追い払ってちょうだい。我慢できないわ」

「僕がバッチを追い払ったりしないことは知っているだろう。ヴァーン・フーヴェスに悪かったと伝えてほしい。きっと、楽しい一日を計画してくれていたにちがいないから」

「ときどき思うわ。私はあなたと本当に結婚したいのだろうかと。あなたって、人生の楽しみ方をまったくと言っていいほど知らないんですもの」

何か言いかけたように見えたが、彼は結局口をつぐみ、玄関からサファイアラを送り出した。

サファイアラが行ってしまうと、彼はバッチを隣に乗せて、病院へ車を走らせた。患者についてはすでに助手から電話をもらい、行く必要もなかった。それにもかかわらず、彼は少しだけ病室を回り、シスター・コルスマのコーヒーにつき合い、それから玄関へゆっくり向かった。

「シスター・スペンサーは?」彼は受付係に尋ねた。「もう出かけてしまったかな?」

「三十分前に」受付係は答えた。「市立美術館へ行く道を教えました。自転車をどこで借りられるかもきかれたので、駅前に行けばいいと答えました」

「そう」アデリクはぼんやりした様子で、車へ戻っていった。「森の中を散歩するのはどうだい、バッチ? おまえも僕も、気晴らしが必要だろう」

バッチは目をぎょろつかせ、舌をたらして嬉しそうにあえいだ。

美術館には人がほとんどいなかったので、オランダの巨匠たちのすばらしい絵画を前に、腰かけて休むユージェニーを見つけるのは簡単だった。コットンのワンピースを着て、膝の上にきちんと手を組み、傑作に心を奪われた様子は、実に美しい。

ユージェニーの隣に座ったアデリクは、彼女の驚きには頓着せずに告げた。「美術館で過ごすにはもったいない天気だし、バッチも自然の中ではね回りたがっている。きみも一緒に来ないかい？」

ユージェニーは呼吸を整えて、落ち着きを取り戻した。「ご親切にありがとうございます。でも、私はここで十分です」

「つまらないことを言っていないで」アデリクはユージェニーを立ち上がらせ、出口へ導いたが、そこで彼女は動きを止めた。

「あなたのサファイアラはどこ？」

「ランチョンパーティとファッションショーを楽しみにハーグへ行ってしまった」

「本当は、彼女といたいんでしょう……？」

「ファッションショーなんてごめんだ」

「ええ、でも……私はやはり、あなたとご一緒すべきじゃないわ。私がサファイアラの立場だったら、いやですもの」

「でも、きみはサファイアラじゃないよ」

「そうかしら?」

「そうだろう?」

「ええ」

「よかった。車は通りの向こう側だ」

バッチは大喜びでユージェニーを迎え、後ろの座席に移動して湿った鼻先を彼女のうなじに押しつけた。何がなんだかわからなくなりかけていたが、アデリクが運転席に乗り込むと、気分が落ち着いた。

「ここから南東へ少し行ったところに、テル・アペルという美しい町がある。森がすばらしくて、散歩するのにもってこいなんだ。バッチもたまには脚を伸ばさないと。それに、僕自身もね」

ユージェニーは良識をあっさり捨ててしまった。「気持よさそうね」彼女はアデリクのほうを向いてほほ笑んだが、すぐに目をそらした。彼もほほ笑んでいたからだ。彼女を〝いとしい人〟と言ったときのように。

もちろん、私は彼のいとしい人ではない……。

テル・アペルはフローニンゲンから約六十キロのところにあった。アデリクは幹線道路を行かずに、ヨットがたくさん浮かぶノートラールデルメールに寄り道して、運河にほど近い田舎道を進み、村のカフェで一服し、バッチに用を足させた。

テル・アペルは大きな村だった。「歩いてもよければ、そう遠くないところに中世の修道院がある」

ユージェニーは、きょうは一日とことん楽しもうと決め、サファイアラのことも忘れた。車からさっと降り、二人と一匹はぶなの森を歩いた。しばらく行くと修道院が見えてきて、古い回廊にひとしきり感心してから、車へ戻った。

「とてもすてきな田舎町ね」

「うっとりする。こういう村がいくつかあるんだ。そのひとつでランチを食べよう」

また車に乗って五キロほど北進し、ドイツとの国境まであと三キロというブールタンジェに着いた。十七世紀の農家を改造した、おもしろい小さな宿屋（イン）がある。そこで、バターつきパンにハムとチーズを重ね、さらに目玉焼きをのせたサンドイッチを食べた。かなり日差しが強かったので、アルコール分の低いビールのピルズを飲んだ。ユージェニーは初めて味わったが、とてもおいしかった。

「頭がふらふらしないといいのだけれど」彼が食後にコーヒーのポットを注文してくれたので、ユージェニーはひと安心だった。

二人はがらんとしたテラスに腰かけていた。バターつきパンと水をもらって満足したバッチは、気持よさそうに眠ってしまった。小鳥が二、三羽パンくずをついばみに来た。

「あの子たち、助かるかしら?」彼女が突然きいた。

アデリクはなんのことだかすぐにわかった。「ああ、そう信じている。設備も薬もそろった場所へ運ばれたから、適切な処置を受けられる。オランダに治療に来るようなことがあったらきみに知らせるよ。もしかしたら、イギリスやほかの国へ行くかもしれないが、いずれにせよ情報は得られるはずだ」

「知りたいわ。これからも、ずっと気にかかると思うの」

「そうだね。きみの代わりがもうすぐ来る。イギリスへ戻れるのが嬉しいかい?」

「ええ、もちろんよ。でも、オランダも好きだわ。それにマデイラへも行ったし、ボスニアへも……」

「ここを去る前に、また遠出しなくちゃならないかもしれないな。来週は二つ手術があるし、怠けてはいられない」彼はほほ笑んだ。「もし疲れていなければ、北へ行ってみよう。水位より高い土手に家々が立ち並ぶ、ヴァルフムという美しい村がある」

ヴィンスホーテンからアッピンゲダムへ向かい、それから海岸沿いの道を進んで、村にたどり着いた。やはり美術館があったが、アデリクは村の放射状の道が集まる教会へユージェニーを案内した。彼は地方史をよく知っていて、帰る時間になるまで、面倒くさがらずに彼女の質問に答えた。

フローニンゲンまでは二十キロちょっとしか離れていない。町のはずれにさしかかったとき、ユージェニーは口を開いた。「ありがとうございました、ミスター・レインマ・テル・サリス……」

「アデリクだ」

「ええ、アデリク。病院の外だけで、そう呼ばせていただきます。楽しい一日でした」

「よかった」彼自身にも楽しかったと言ってほしかったが、その言葉は聞けなかった。車は交通制限のない道を走り、彼の家の前で止まった。

「お茶でもどう？」ユージェニーが返事をする前に、彼はさっさと降りて助手席のドアを開けた。

「私は病院へ戻ったほうがいいと思います……」

「どうして？」

「なぜそんなふうにわざわざ理由をきくんですか？　私は病院へ戻るべきだと、ただ思うだけです」

アデリクは彼女の腕をつかみ、歩道を渡らせた。「一度くらいは、慎み深い良識を捨てて本当の気持を示してほしい。きみがジョシュア・ワット牧師とは結婚しないと決めてよかった。きみ以上の人を見つけようとして、彼は人生を虚しく過ごすことになるだろうが」

腕をつかむ彼の手を強く意識しながら、ユージェニーはじっと立っていた。「そんなことおっしゃるべきではないわ。失礼よ。すぐれたお医者さまがそんなこと言うなんて！」

アデリクは笑った。「すぐれた医者だって、みんなと同じだ。嫌ったり好きになったり、憎んだり愛したり、腹を立てることもあれば、物忘れもする、心の中を打ち明けることだって……」

「道の真ん中でこんな会話をするなんて、ばかげているわ」

「まったく同感だ。もっとばかげたことをしないうちに、中へ入ろう」彼の言葉に従ったほうがよさそうだ。家に入ったらすぐ、きょうの礼を述べてそっけなくさよならを言おう。冷静な態度でいたいと思うけれど、彼といるとなかなかそれがむずかしい。

ユージェニーの良識ある考えは、たちまち吹き飛んだ。居間に足を踏み入れると同時に、窓の外を見ていたサファイアラが振り向いたのだ。

サファイアラはユージェニーを無視して、オランダ語でまくし立てた。「歩道で何を話していたの？　どうしてこの娘がここにいるの？」

サファイアラの姿を見てアデリクが驚いたとしても、表情には全然出なかった。

「ユージェニーと僕とバッチで、田舎に散歩に出かけた。いい天気だったからね。ヴァーン・フーヴェス夫妻とは楽しく過ごせたかい？」

「仕事があると言ってたじゃない。私がいないのをいいことに、この娘と出かけるなんて」

「英語で話してもらえないかな？　ユージェニーはオランダ語がほとんどわからないん

だ」

サファイアラはユージェニーに目を向けた。「いいわ、そんなことしてどうなるっていうの？　あなたは、あと二、三日したらいなくなるんだから」

ユージェニーは自分のことが話題になっているのがわかった。だが、単語がところどころ理解できる程度でしかなく、不愉快な気持でたたずんでいた彼女は、ようやく口をはさむ機会を得た。腹立たしくてしかたなかったが、元気に答えた。

「そうです。時の流れはなんて速いんでしょう。病院へ戻ってもかまいませんかしら？今夜デートの約束があるので」

ユージェニーが本当らしく小さな嘘(うそ)をついたので、アデリクはちらりと彼女を見た。

「送っていこう」彼はそれだけ言った。

「まあ、ありがとう」ユージェニーは天使のような笑顔を、サファイアラに向けた。「発つ前に、またお目にかかれるといいですね」

病院へ戻るまでのあいだ、ユージェニーは楽しそうに話し続けた。教区牧師の娘として申し分ないような話題だった。天候の話、作物の生育状況、庭いじりのおもしろさ。アデリクは、どれもうわの空で聞いている様子だった。

病院に着くと彼は助手席のドアを開け、降りて遠ざかろうとするユージェニーの腕に手を置いた。

「サファイアラのことは謝るよ。口は悪いが、いつも本気じゃないんだ。不機嫌でごめんよ……」

「もうよしましょう。お二人が楽しい夜を過ごせますように。きょうはありがとうございました。オランダのよい思い出を胸に、イギリスへ帰れます」

「帰るのが嬉しい？」

「ええ」彼女は努めて笑顔を作った。「おやすみなさい、ミスター・レインマ・テル・サリス」

　ユージェニーは、次の予定が迫っていて時間をむだにできない印象を与えるように、そそくさと建物の中に入っていった。

　部屋でベッドに腰かけ、ユージェニーはひとりよがりな空想にふけった。サファイアラはひどい女性だわ。アデリクが彼女を愛しているとしても、一緒にいたら不幸になる。私といれば、全然ちがうのに……。それ以上考えるべきではなかった。自分はもうすぐイギリスへ帰るのだから。アデリクは、はっきりしたことは何も言わなかったが、サファイアラは彼の気持について知っているようだった。事実を受け入れなければならない。彼は私を同僚として見ていたのであり、異国の地にいるという理由で親切にしてくれたにすぎない。でも、なぜ〝いとしい人〟なんて呼んだのかしら？　一度きり、しかも緊張に満ちた状況だったから、そうだろう。きっと、サファイアラに会いたくてたまらなかったのだ……。

ユージェニーは夕食をとりに階下へ下りていった。それからほかの看護師たちと居間に座ってコーヒーを飲み、寝る時間までテレビを見た。

翌朝は早く目が覚めた。親しい看護師に教えられたとおり、ユージェニーは自転車を借りてデン・ハムまで行ってみた。なるほど、そこにも古い農家があり、中には入れないが一見の価値はあった。

愉快な遠足だった。村のカフェで軽いランチを食べ、オルデフーヴェまでサイクリングし、運河沿いにフローニンゲンへ戻った。

街でひと休みしてから自転車を返し、ユージェニーは病院に戻った。二、三人の看護師に夜コンサートへ行こうと誘われ、喜んで応じた。コンサートは教会で行われた。終わってからみんなで水門埠頭（ふとう）のレストランへ繰り出し、夕食をとった。バタートーストにのった鰻（うなぎ）の燻製（くんせい）、かりかりのベーコンをまぶし、シロップをつけて食べるパンケーキを、コーヒー数杯で流し込んだ。アデリクとサファイアラは今ごろ何を食べているだろう。きっとぜいたくなものね。このボリュームたっぷりの簡単な料理を見たら、サファイアラは鼻先であしらうに決まっている。

水曜日、ユージェニーは手術室でアデリクと再会した。彼は少し堅苦しい挨拶（あいさつ）をして、患者に関する注意事項をいくつか述べた。このあいだのことにはひと言も触れない。彼女もそれを期待していなかった。彼の姿を見ると、いつものように心臓がどきどきして頰が紅潮したが、マスクをしているので平気だった。訓練が行き届いているので、私情をはさまず仕事に集中することができた。

手術が終わるとすぐに、アデリクはいなくなってしまった。ユージェニーは、オランダ人の看護師と一緒に手術室の準備をし直す仕事に取りかかる一方で、ほかの看護師たちが持ち場をきちんとこなしているか確かめた。手を動かしながら、休暇の話をしていたときのことだ。二、三日したら自分の代わりが来ることをユージェニーは知った。なぜ、彼は何も言わなかったのだろう？　私が一番最初に知らされるべきではないか。同僚にはあいまいな返事でごまかし、師長のところへ行って自分で確かめるかどうしようか考えた。

遅い昼食を同僚と二人で食べに行き、午後は非番だった。もうじきイギリスへ帰されそうなので、ユージェニーはおみやげを買うことにした。まず実家に戻り、できればそこからあまり遠くないところで働き口を見つけたい。ロンドンはだめだ。アデリクに会う可能性がある。オランダを離れたら、もう彼のことは忘れたい。

ユージェニーはショッピングをした。母親のためには、純銀製の小さなコーヒースプーンを、父親のためには、めったに吸わないが机の上に置いて楽しめるよう葉巻を買った。それから友人たちにちょっとしたもの、自分にはフローニンゲンの思い出に、陶器の花瓶を購入した。そこで、ばったりサファイアラに会った。驚いたことに、サファイアラは手を伸ばしてユージェニーを立ち止まらせた。

「ユージェニー、お目にかかれて嬉しいわ。ちょうどお茶でも飲もうと思っていたところなの。ひとりではいやだから、つき合ってくださらない？」

オランダに来て初めて入ったあのカフェがすぐ近くにあった。サファイアラはもうそちらへ向かおうとしていた。

「あと一時間したら、勤務ですから……」

「三十分くらいよ。病院は歩いてすぐだし」

あからさまに拒絶する以外に、逃げる手立てが考えつかなかった。ユージェニーはしかたなく店に入り、サファイアラの前に座った。

サファイアラは愛想よく世間話をしながら、終始にこにこしていた。どうしたのだろう。私が彼女の未来になんの脅威も与えないと判断したのだろうか？　それとももう少し礼儀をわきまえるべきだと、アデリクに注意されたのか。ユージェニーはサファイアラのおしゃべりに適当に合わせていたが、彼女をこれっぽっちも信じていなかったので、猛烈な一撃に対する気構えを忘れずにいた。

案の定だった。二杯目の紅茶を飲みながら、親しげな表情を満面に浮かべて、サファイアラが告げた。「そうだわ、とうとう私とアデリクの結婚式の日取りが決まったの」青い目は、ユージェニーの顔に落胆の色を探し出そうとしたが、むだだった。「喜んでいただけるわね。婚約してからずっと、彼は早くしてほしいと何カ月も私を苦しめてきたのよ。でも……一生の問題ですもの。プロポーズされるたびに待ってほしいと言ってきたわ。ところが、このあいだ彼があなたと一緒だったのを知って私は気が動転してしまって、ほかの女性とは絶対につき合わないでと頼んだの。彼は笑っていたわ。おわかりかしら？
〝特効薬が必要だったんだ〟彼は言ったわ。
〝きみをちょっぴり嫉妬させるのに、ユージェニーはもってこいだった〟ですって」

ユージェニーはしゃれた小さなテーブルから身を乗り出し、サファイアラの横面をぴしゃりと叩きたい衝動に駆られた。だが、感情を抑制して快活に答えた。「本当に楽しい一日だった。少なくとも私は大満足だったわ。アデリクが今あなたの言った理由で私を誘ったのなら、悪くなかったと楽しんでいただけたらいいわ。でもあなたの話は信じられません。何しろ、彼は正直を絵に描いたような人だから」

サファイアラは音をたててカップを置いた。「私の言うことを信じないのね？　彼に直接きいてみたい？」

「いいえ、私にはどうでもいいことだわ。アデリクはあなたにお似合いよ。そろそろ行かないと、仕事に遅れるわ。ごちそうさま、もうお目にかかることもないでしょう。明日か、あさってにはイギリスへ戻ることになると思います」

握手をするのが礼儀だったので、上品な手袋をはめたサファイアラの手を、いやになるほど思いきり強く握りしめた。病院までの距離はわずかだった。怒りを払い落とすには、短すぎた。

翌日、アデリクに会わずにすんだのは幸いだった。ユージェニーは冷静な態度を装う時間稼ぎができた。シスター・コルスマから、代わりの人が二日したら着くと聞いて喜んだ。「あなたはイギリスへ帰ってしまうのね。寂しいわ」シスター・コルスマからの最大の賛辞だった。

次の日の午前中は、冠動脈バイパス術があった。ユージェニーは準備を終えて手を洗い、普段どおり落ち着いて外科医たちが手術室に入ってくるのを待った。アデリクはおはようと言って、マスク越しに彼女を見つめた。ユージェニーは静かにうなずき、仲間うちで一番息の合うドクター・ヴァーン・フロートと少し言葉を交わして、いつもどおり仕事に熱中した。手術が終わり、部屋を出ていく間ぎわに、アデリクはユージェニーに話があると声をかけた。

アデリクに従い、シスター・コルスマのオフィスへ来ると、そこに同席する風情でシスターがいたので、ユージェニーは安心した。ところが、希望は打ち砕かれた。シスター・コルスマは彼に何かささやき、二人を残して消えてしまった。

「あさって、きみは帰国することになる」

彼と目が合い、ユージェニーは陽気に言った。「ええ、わかっています。おととい聞きました」

「僕から告げるべきだったと思うが、時間がなかった。もう少し長くいたくはないかい？フローニンゲンをゆっくり見物し、ハーグやレイヴァーデンを訪れてもいい。手配するよ」

「この前ご一緒させていただいたときのように手配なさるの？　いいえ、結構です」

「なんのことだい？」彼の青い目が厳しくなった。

「言ったとおりよ。いつだってそうだわ。自分を恥ずべきよ、あんなふうに私を利用して。最初に理由を言ってくれればいいのに」

「なんのことを話しているのかわからない」

「まあ、聞いてあきれるわ。曲がりなりにも、友人だと思っていたのに、そうじゃなかったわけね。利用されるのなんて、ごめんだわ」

「なんてばかげたことを言っているんだ。このごたごたの真相を究明する時間がなくて残念だ、ユージェニー」

「私を〝ユージェニー〟と呼ばないで。消えてちょうだい。もう二度と会いたくないわ」

「きみが発つ前に手術が必要な患者が現れたら気の毒だな」

「ふん！」ユージェニーは背を向けた。

彼は行ってしまったが、泣くものですか。泣いている暇はない。シスター・コルスマが戻ってくるわ。

翌朝早く、急患が運ばれた。銀行強盗に撃たれた男性で、心臓に散弾を浴びていた。アデリクは、午前四時だというのに、いつもとまったく変わらない様子でユージェニーに礼儀正しく挨拶し、長時間にわたる手術を終えると、帰りぎわ、ありがとうと言った。次の日、ユージェニーは彼に会うことはなかった。空港へ向かうタクシーにユージェニーが乗り込むのを、彼は窓からじっと眺めていた。

8

ヒースロー空港からロンドン市内に入ったユージェニーは、エクセター行きの列車に乗った。エクセターにはマシューが待っていて、家まで車で乗せていってくれることになっていた。プラットホームに立つ人のよさそうな彼の顔を見て、ユージェニーは気分がだいぶ軽くなった。

「楽しかったかい？」

どこに行って何をしたか、家路を急ぐあいだずっと話したが、ユージェニーはミスター・レインマ・テル・サリスについてはひと言も触れなかった。マシューは変だと思ったかもしれないが、黙っていた。

両親とタイガー、スマーティが玄関で出迎えてくれた。マシューに中へ入って、何か飲み物でも飲んでいくよう何度も誘ったが、彼は応じなかった。

「どうぞ、親子水入らずで話に花を咲かせてください。いつものように、明日夕方に来ます。そのときごちそうになりますよ」

ユージェニーはおみやげを渡し、スーツケースを階上に運び上げてすぐに夕食の席に着いた。たっぷり時間をかけて食事しながら、伝えようとあらかじめ決めておいたことだけ語り、ミスター・レインマ・テル・サリスの話題は極力避け、一緒に出かけた話もほとんどしなかった。

夜もだいぶ更けて、部屋で寝支度をしていたユージェニーの母親が、夫に向かって言った。「アデリクのことをほとんど話さないのは、なぜかしら?」

「手術室以外では、きっと彼と会う機会があまりなかったんだろうよ」

ミセス・スペンサーは、編み終えた髪をピンクのリボンでしばった。今夜の娘は、快活にしゃべりながらも、ちっとも幸せそうではなかった。それを夫にわからせようとするのは時間のむだだろう。気の回しすぎと、やさしく言われるのが落ちだ。

ユージェニーは早く目が覚めた。荒野は朝靄(あさもや)の中に広がっていた。窓から見ているだけでは飽き足らず、静かに階段を下りて紅茶をいれ、スマーティに餌(えさ)をやり、タイガーと一緒に外へ出た。すがすがしく気持よかったが、暑くなりそうだ。散歩にちょうどいい。彼女は歩き出した。タイガーも草をゆっくり食(は)む羊たちにおかまいなく、ぴょんぴょんはねた。

考えごとにはもってこいだわ——アデリクのことじゃないけれど。一週間くらい家でぶらぶらしたら、そのあと、どこで働こう。実家からあまり遠くない場所ね。父は元気になったけれど、いつまた発作を起こして倒れるかもしれない。ワット牧師はいなくなったが、病気が再発したら、ほかの誰かが父の代わりを務めにやってくる。そうなったら、父から目を離さないでいられるよう、毎週家に帰れる場所でないとまずい。たとえば、エクセター、ブリストル、プリマスあたりの現代的な大病院だろうか。手術室看護師の職を得るのはむずかしいが、外科病棟の仕事なら……。先のことを考えると憂鬱になった。元気が取り柄なのに、目の前に広がる未来に気がくじけた。アデリクのいない未来。彼の妻になれないのなら、誰の妻にもなりたくない。

あれこれ考えて家に戻ったときには、自分が何をしたいのかよくわからなくなっていた。だが、散歩はいい効果をもたらした。雄大で美しい荒野が気持をなだめてくれたおかげで、彼女は明るい顔で朝食の席に臨めた。家にいるあいだ何をしたらいいか、父親の提案に耳を傾けて喜んで承諾し、週末から仕事探しを始めると告げた。

その週はあっという間に過ぎていった。家の仕事を手伝い、父の代わりに教区民を訪ね、日曜学校の補助をして、買い物する母親を車でアッシュバートンに連れていった。十分すぎるほど忙しかったが、それでもまだアデリクのことを考える時間があった。

計画どおり、週末にはちょうどいい仕事を求めて、看護師情報誌に目を通した。しかし、適当なのはひとつもなかった。来週こそは、と決意を新たにする。近所で見つからなければ、広告を出そう。オランダであまり使わなかったから、お金はまだ残っている。といっても、いつまでもあるわけではないし、父親に前借りする気もなかった。

ドクター・ショーが父親の様子を診に立ち寄ったのは、ユージェニーが帰郷して十日目だった。父親はしぶしぶ診察を受け、状況から判断して健康体に戻りましたという所見を聞いて嬉しがり、ドクターを交えて四人でコーヒーを飲んだ。

「きみはどうするつもり?」ドクター・ショーがユージェニーに尋ねた。

「ええ、さしあたり、この辺にはいい仕事がないみたい。家からあまり遠いところは望んでいません。休暇に戻ってこられる距離だといいのですが」

「トーキーの個人医の看護師として働くことに興味はないだろうか? きみの能力に見合わないだろうが、家にちょくちょく帰るには手ごろだ。一般的な外科医院と思えばいい。忙しい男でね、かなり気短だが、患者たちからはとても好かれている」

「お知り合いなんですか?」

「ああ、そうだ。何度か会ったことがある。言ったように、きみの技術は生かせないが、二、三カ月やってみたらどうだろう」

「もっと詳しく知りたい場合は、どうすればいいんでしょう?」

「履歴書を送るように。もし、彼に会ってみたいなら、僕に連絡してほしい」

いい気分転換になるかもしれない。なぜだか、病院へ戻るのは気が進まなかった。「やってみます。教えていただいて、ありがとうございました。広告に出ていたのでしょうか?」

「いや。先週会ったとき、個人的に聞いたんだ」

それは本当ではなかったが、ドクター・ショーはトーキーのミスター・ソーヤーと彼の旧友ミスター・レインマ・テル・サリスのあいだで交わされた電話や手紙の内容に立ち入る気はなかった。ミスター・レインマ・テル・サリスが、家の近所に早く気に入った仕事をユージェニーが見つけるよう取り計らいたいなら、反対する理由はどこにもない。ミスター・ソーヤーもこの計画に満足しているようだし、彼女にとってもおそらく一番都合がいいだろう。

「彼に手紙を書くといい」

言われたとおりにしたユージェニーは、三日後ミスター・ソーヤーに会うことになり、トーキーまで車で向かった。いい天気がもう一週間近く続いている。青空の下、町はこのうえなく美しく見えた。観光シーズンたけなわで、道がこんでいる。町に入ると、海から離れた広い並木道へ出た。その裏手にはきれいにペンキが塗られた赤れんがの重厚な家々がある。頑丈な玄関扉のわきに真鍮(しんちゅう)の表札がある家が何軒かあった。ユージェニーは車をゆっくり進め、目指す家を探した。それは、周囲の家よりやや大きい一軒家だった。きちんと車を止め、タイルを張った小道を少し歩いて玄関のベルを鳴らした。

仕事着姿の年配の女性が出てきて、ユージェニーは小さな待合室に通された。カーペットを端から端まで敷きつめた部屋には誰もいなかったが、待合室にしては明るい雰囲気だ。最新の雑誌が中央のテーブルにきちんと積まれ、本棚には花が飾ってある。ミスター・ソーヤーとは、どんな人物かしら……。

予想とは全然ちがった。診察室に案内されて入るやいなや、ミスター・ソーヤーはデスクの向こうから立ち上がり、ユージェニーと握手した。背が低く太っていて、両端がもじゃもじゃの口ひげを生やしている。赤い髪は頭のてっぺんで薄くなっていた。濃い眉の下で青い目が光った。顔は丸くにこにこしていて、今にも歌って踊り始めそうな風情だ。

「ドクター・ショーご推薦のミス・ユージェニー・スペンサー。どうぞ座ってください。少しお話ししましょう。お手紙は拝見しました。信用照会状もこの辺に……」彼は机の上に重なった書類の山をくずした。「ちょっと見つかりませんな。だが、まあ問題はありません。たいへん立派なものでした。いつから働いていただけますか？」

予期しない言葉だった。答える前に、彼が続けた。

「結婚する看護師がこの週末に辞めるんです」彼は古風な眼鏡越しにユージェニーの顔をのぞいた。「実にお美しい方ですな。あなたもご結婚が近いのでは？」

「その予定はございません、ミスター・ソーヤー。お望みなら、いつからでもまいります。仕事について、もう少し教えていただけるでしょうか？」

「それはよかった。土曜日の午前中に来てください。僕は毎朝九時から十時のあいだに患者を診察し、それから一時か二時まで病院で過ごし、戻ってきてまた患者を診ます。夜になるとよく急患があるが。木曜日は半日で結構。午後は病院で外来患者を診察するので。土曜も半日、日曜日は丸一日休んでください。実家へ帰れます。車を運転するんでしょう?」

「はい、そうです。結婚なさる看護師さんの住んでいるところを引き継ぐことができるでしょうか?」

「彼女は母親と二人暮らしなので、どこかほかにいいところが……」彼は書類をぱらぱらめくり、しわくちゃになった紙切れを見つけ出した。「角を曲がったところにある新聞店の階上(うえ)に住むミセス・ブルーワーが、下宿人を探しています。きょう、戻られる前に寄ってみるといい。お給料について言いましたか? まだでしたね」提示された額はかなりのものだった。「お話ししたことは全部文書にしておきます。契約書ではありません。問題が生じないかぎり、双方一カ月前に解雇解約の通告ができます」

友好的に話し合いは終わった。

新聞店のわきにドアがあって、急な階段がついていた。ユージェニーはそこを上って、突きあたりのドアを叩(たた)いた。腕に大きなとら猫を抱いたか細い小さな女性が現れた。

「ミスター・ソーヤーのところからいらした方ね、どうぞお入りください。お待ちしていました。いいお部屋ですよ、賄いつきです」狭い廊下の一番奥に、部屋があった。小さいが、荒れ放題の庭を見下ろす大きな窓があり、家具もすてきでとても清潔だった。

ユージェニーは賃料を聞き、下宿人として入居したいと告げた。

「かまいません。鍵を渡しますが、男性のお客さまは遠慮してください。しょっちゅう、出たり入ったりされるのは好きではありません」

「ご安心を。そんな人はおりませんわ」

「あら、いても不思議ではありませんよ。まったく、あなたは絵のようにお美しいわ」

帰り道、車を走らせながら新しい仕事について考えていると、アデリクのことが何度も頭をよぎった。働き始めれば、きっと忘れられる。それまでは、一緒に過ごしたあらゆるときを、彼が語った話の内容を、自分が癇癪を起こしたことを、思い出しても悪くはあるまい。いい友達として別れられたらよかったのに。「過ぎてしまったことだわ」彼女は声に出して言い、村を通り抜けて帰路を急いだ。

両親は喜んだ。「週末に帰ってこられるなんて、いいじゃない」母親は言い、父親も顔を上げた。

「日曜学校をまた手伝ってもらえるな」

ユージェニーは喜んで応じた。アデリクがいなくなってしまった心の隙間を埋める必要があった。日曜学校はきっと役に立ってくれるだろう。

服はたいしていらないと思うので、ユージェニーはアッシュバートンまで行って、白いナイロンの看護服と履きやすい靴、それにペーパーバックを二冊買った。夜が少し長く感じられるかもしれない。半日勤務の日に、町へ出かけて毛糸と編み棒、部屋を居心地よくする小間物をそろえよう。小さなラジオも必要だ。それに、花と本も。彼女は荷造りを終え、土曜の朝早く、タイガーを散歩に連れていき、両親とスマーティにいってきますと告げて、車でトーキーへ赴いた。

ユージェニーは午後にミスター・ソーヤーの家へ行くよう指示を受けていた。そこで退職する看護師にいろいろ案内してもらった。

「いい仕事よ。三年間勤めたわ。退職したいと思っていたけれど、もう少しいてほしいと頼まれてのびのびになってたの。それが先週になって急に、代わりの人が来てくれそうだから、辞めてもいいって。あまり突然なので、驚いたわ。でもよかった。ミスター・ソーヤーはたまに不機嫌になるけど、それ以外は気安い人よ。心配いらないわ」

戸棚や引き出しの中を観察し、カルテの棚を調べながら、ユージェニーはうなずいた。自宅の庭から摘んできた花を二つの花瓶に生け、荷物を片づけると、ミセス・ブルーワーから借りた部屋は見ちがえるようになった。小さなガスストーブとガスこんろ、それに洗面台もある。バスルームは、朝は八時前、夜は九時以降に使えた。飲み物を作りたいときは、キッチンへ行けばよかった。ユージェニーはミセス・ブルーワーと、その明るいキッチンで夕食をともにした。子羊の肉と野菜が食卓に並び、足元にはとら猫が寝そべっていた。

「モプシーはラムが大好物なの」ユージェニーが気をきかせて自分の肉をモプシーのために少し取りおくと、ミセス・ブルーワーは満足げにうなずいて言った。「いいかしら、夜はあなたと一緒に夕食をいただけません。メインとなる食事は昼にとってしまうので。普段は夜戻ってきたら知らせてちょうだい。それから準備します。トレーにのせて部屋で食べてね。朝食時はここにいます。八時半には終わらせたいので、八時ちょうどにいらしてね。週に二度ビンゴに出かけるときは、夕食はオーブンの中に入れておきます。夜は居間でテレビを見て結構よ」

翌日、ユージェニーは海岸の遊歩道を散歩し、近くのこんだカフェでランチを食べ、ダートムーアに思いをはせた。

月曜の朝になり、診療室へ行けるのが嬉しかった。パートタイムの受付係、ミス・パークスは年齢不詳で、四十歳にも六十歳にも見えた。とがった鼻をしてどことなく不満そうな彼女は、落ち着いた感じのスカートとブラウスを身につけていた。ミス・パークスによく思われていないことを、ユージェニーはすぐ悟ったが、理由はわからなかった。彼女の言葉におとなしく従い、ミスター・ソーヤーが現れて午前の仕事が始まるまで、自分の職務を果たした。

一日目はなんとかうまく切り抜けた。ミスター・ソーヤーは、いらいらしていないときはよかった。彼は患者に好かれ、最後の診療を終えると電話しながらコーヒーを飲み、手紙を一、二通書きとらせ、午後の患者のために何を準備したらいいかユージェニーに教えて、もし時間があったら、彼のデスクを整理してほしいと頼んだ。

これにはユージェニーも驚き、しばらくミスター・ソーヤーの顔を見つめると、彼はぶっきらぼうに告げた。「きみの言いたいことは、わかってるよ。どこかにカルテがあるんだ。それを捜している暇がない。ミスター・ハリー・ドーズとミセス・ウェザビーの分を頼む。二人とも午後に来るから、見つけておいてほしい」

彼が戻る時間までに、ユージェニーは書類をきちんと内容別に整理して、捜していたカルテはよくわかるようにデスクの真ん中に置いた。ミスター・ソーヤーは到着が遅れたため、ユージェニーは三十分ほど最初の患者とおしゃべりして、元気づけた。

デスクに着いたミスター・ソーヤーの疲れた顔を見て、ユージェニーは声をかけた。

「コーヒーを持ってきます。お昼を抜かれたんですか？」

「盲腸が手術中に破裂して、てこずった」

「何も召し上がってないんですね？」

「ああ。ミセス・ウェザビーは来ているかい？」

「はい、待合室に。でも、もう五分くらい遅れても大丈夫です。サンドイッチを作ってきます」

ミスター・ソーヤーは嬉しそうにうなずいた。アデリクの言うとおりだ。彼女は美しいだけでなく、よく気がついて冷静で、時間をむだにしたりしない。

コーヒーを飲み、サンドイッチを食べて人心地ついたミスター・ソーヤーは、最初の患者を部屋に呼び入れた。

一週間はまたたく間に過ぎた。ユージェニーは手術室よりはるかに負担の軽いこの仕事が楽しくなった。夜だけが少し寂しい。最初の夜は散歩に出たが、町は観光客でごった返し、ガールハントが目的の男性に目をつけられそうなのにすぐ気づいた。だから、ミセス・ブルーワーがいるときは部屋で夕食をとり、彼女がビンゴに出かけているときは、キッチンでとら猫と一緒に食事をした。

午後仕事のない日に、ユージェニーは毛糸と編み棒を買ってきて、父親に冬用の靴下を編み始め、あとは本をたくさん読んで過ごした。朝は早起きして、朝食の前に少し散歩をすることにした。気持のいいひとときだ。通りは静かで、牛乳屋と郵便配達夫以外にはあたりに誰もいない。昼休みにはサンドイッチとミルクを買い、近所の小さな公園へ行って食べた。ミス・パークスはどこへも行かず、お弁当を食べて自分でいれた紅茶を飲んだ。誘われたら一緒にお昼を食べようと思っていたが、前の看護師は昼休みにはいつも自宅に戻っていたと言われてしまった。

診療室を掃除して仕事を終えたのは、土曜日の一時過ぎだった。自分の部屋へ急ぎ、コットンのワンピースに着替えてショルダーバッグを肩にかけ、財布をつかんで店のそばのあき地に止めてある車に乗り込み、一刻もむだにせず実家を目指した。

アッシュバートンを出て荒野へ近づくにつれ、ユージェニーの胸は喜びに躍った。広大な荒野を縫って走る細い道にさしかかる。午後の光を浴びた村は静まり返っていたが、ユージェニーの車が丘を上っていく音が聞こえたにちがいない。両親とタイガーとスマーティが玄関を開けて待っていた。

母親が言った。「外でお茶にする？　荷物を階上に置いてらっしゃい。お湯を沸かしておくわ。あ、そうそう。あなたに手紙が来ていたわ。廊下のテーブルの上よ。オランダから」

廊下に飛んでいったユージェニーは、青い顔をしていた。きっとアデリクからだ。ひょっとして、来るのかしら。ばかげた考えが次から次と頭に浮かんだ。手紙を取り上げ、すぐにシスター・コルスマの字だとわかった。

失望があまりに大きく、彼女は泣き出しそうになった。私ったら、なんてばかなのかしら。彼が手紙を書く理由なんてないわ。どうして、そんなこと考えたのだろう。私のことなどもうとっくに忘れているわ。手紙を手にゆっくり母親のところへ戻った。

「フローニンゲンの手術室看護師さんからよ。すぐに読むわ」

楽しげに話すユージェニーの顔をミセス・スペンサーはちらっと見て、母親の直感でそれが娘の期待していた手紙でなかったことを悟った。考えれば、オランダから戻ってきて以来、娘は本来の姿ではない。いつものように元気だけれど、黙りがちだ……。恋をしているのね。相手はアデリクなんだわ。彼がユージェニーを好きにならない理由があるかしら。

ミセス・スペンサーは確認しようと思い、わざわざ時間を取ってみたが、ユージェニーは乗ってこなかった。母親が質問してもうまくかわして、病院の細かい説明や、そこにいる人々、そこで目にした光景を話して聞かせた。マデイラ島のことも詳しく述べたが、ボスニアについてはアデリクに触れずに語るのがむずかしかったので、ほとんど黙っていた。

日曜日の夕方、来週も帰ると約束して、ユージェニーは下宿へ戻った。ミセス・ブルーワーは外出中で、キッチンテーブルの上にメモがあった。〈冷蔵庫にハムとサラダが入っています。紅茶の準備もしてありますが、コーヒーのほうがよければどうぞ自分でいれてください〉

ユージェニーはラジオを聞きながら、キッチンで夕食をすませた。ハムはほとんど猫にやってしまった。猫とは対照的に、彼女は食欲がなかった。

次の週は、ミスター・ソーヤーが夜にずれ込むほど患者をたくさん診察し、電話を何本もかけなければならないような事態が次々起きたにもかかわらず、ゆっくり過ぎていった。

彼は紅茶やコーヒーを立て続けに飲んで気を引きしめながら、患者に付き添ってくる心配顔の家族たちにやさしく接した。だが、最大の忍耐を示してきたソーヤーも、週末近くになると、さすがに少々不機嫌になった。無理もない。病院でも同じように働いているのだから。ユージェニーとしては、忙しいほうがよかった。ミス・パークスは相変わらず不満げに仕事をこなしていたが、暇があっても紅茶のためにやかんを火にかけるでもなく、超然としていた。そんなことは、どうでもいい。実家の近くで働ける自分は幸運だ。手術室の仕事に比べ、気も楽だし。とはいえ、金曜の午後になると、土曜日が待ち遠しかった。午前中は患者が来ても、午後は解放される。タイガーを連れて、いろいろ考えごとをしながら荒野をゆっくり散歩しよう。

ユージェニーは診療室を出るのが遅くなった。下宿へ戻ると、勝手口からミセス・ブルーワーが顔を出した。「夕食は準備してあるわ。少し遅いわね」

「忙しい一週間でした。すぐに食事を取りに行きます、ミセス・ブルーワー」彼女はちょっと座って休みたかったが、女主人をいらいらさせたくなかった。根はいい人なのに、気むずかしいから……。

ソーセージとほうれん草にじゃがいも、デザートとしてプルーンとカスタードをかけて食べるプディングがついていた。健康食ね。コーヒーをいれようと彼女はガスこんろにやかんを置いた。食欲は全然ないが、食べなくてはならないとわかっていたので、ソーセージをかじり、久しぶりにアデリクのことを思った。

ぼそぼそ話し声が聞こえてきて、ユージェニーは我に返った。ミセス・ブルーワーがドアをノックして開けた。「男友達は困ると断ったはずです、ミス・スペンサー。どうやら、医療関係の方のようだし、ミスター・ソーヤーのお友達ということですから、これ以上は言いませんが」

わきへよけた女主人の後ろから、アデリクの大きな体が現れた。

フォークを刺したソーセージを口に運ぼうとしていたユージェニーは、思わず小さくうめいた。「男友達なんていません、ミセス・ブルーワー」声が震えた。目の前にいるアデリクは落ち着き払って、ちょっぴりおかしそうな顔をしてみせた。

「ご親切に感謝します、ミセス・ブルーワー。ミス・スペンサーとは一緒に働いた経験がありましてね。イギリスにいるあいだに訪ねることができれば、と思っていました」

ミセス・ブルーワーはうなずいた。「お医者さまですものね……」女主人がドアを閉めて行ってしまうと、彼は部屋の中へ進み出た。

「こんばんは、ミスター・レインマ・テル・サリス」なんとなく間の抜けた挨拶(あいさつ)だったが、ほかに言葉が見つからなかった。

「こんばんは、ミス・ユージェニー・スペンサー。気持のいい夜だね。でも、天気の話をしに来たんじゃないんだ」

「なぜ、ここにいるの？」

「きみが元気に暮らしているかどうか、確かめたかった。座ってもいいかい？」

「ごめんなさい、どうぞ。私はとても元気です、ありがとうございます。ここの病院に用事ですか？」

「いや。ジョージ・ソーヤーは古くからの友人で、二日間だけ休暇が取れたからね」

「そうでしたか。彼のところにいるんですね」

「いや」

「じゃあ、私のことをなぜご存じなの？　ミスター・ソーヤーの口からたまたま聞いたんじゃ……」

「そんな必要はない。きみの居場所は知っていた」

ユージェニーは彼の顔を仰ぎ見た。「なんですって！　どうやって……？」

彼女ははっと思いあたった。

「この仕事は……あなたが手配したの？　罪滅ぼしのため、ミスター・ソーヤーに私を雇わせたっていうわけ？」ユージェニーは顔を青くして怒った。

「そうだ。きみのことを教えたのは僕だ。看護師を探しているというので。いや、お互いに正直に話そう。きみに合った職場がどこかにないか、彼に問い合わせたら、ちょうど看護師を探していると言ったんだ。きみには、ときどき消息を聞ける場所にいてほしかった」

　ユージェニーはなんと答えていいかわからなかった。「コーヒーを召し上がりますか?」彼女はきいた。「召し上がったら、もうお帰りになったほうがいいと思います」

　ユージェニーはスプーンを取り上げ、プルーンとカスタードをぐるぐるかきまぜたが、おいしくなさそうだったので、手を止めた。

「一緒にディナーでもどうかな。そのトレーを隠してしまって」

「いいえ、結構です。夕食はここにありますから」彼女はソーセージから目をそらした。「それに、あなたと出かけたくないわ。もう会いたいとも思いません」

　アデリクは立ち上がった。「では、失礼するとしよう、ユージェニー」彼は皮肉な笑みを浮かべ、ドアへと進んだ。「そのソーセージはさぞおいしいんだろうね。言っておくが僕は、まくし立てられ、毒気を含んだ言葉にたじろぐワット牧師とはちがう」

　ぽかんと口を開けて彼を見つめていたユージェニーはやっとの思いで言葉を見つけた。だが時はすでに遅く、彼の姿はなかった。

　わめき立てるつもりはなかったのに。ユージェニーはソーセージに背を向け、コーヒーを注いだ。空腹だが、食べる気になれない。間もなく、ミセス・ブルーワーの重苦しい足音が聞こえ、ドアを叩く音がした。ユージェニーはあわてて、ナイフとフォークを取り上げた。

「お帰りになりましたよ。あの方のところで働いていたの？　賢いお医者さまは、ものの道理がわかっていらっしゃるわ。家の中に男性は入れないと言ったら、納得していました。やれやれ、ひと安心だわ。ビンゴに行ってきます。一ゲームか二ゲームね。床につくのだったら、鍵をかけて。十時半まで戻らないと思うから」

ナイフとフォークを適当に動かしていたユージェニーは、いってらっしゃいと明るく声をかけ、玄関が閉まる音を聞くまで息を殺した。それから、トレーを持って階下へこっそり下り、ごみ袋の中に残ったものを捨てて、ジャケットと財布を取りに戻った。歩いて五分の場所にフィッシュアンドチップスの店がある。気分は沈んでいたが、今になって空腹を感じた。持ち帰らずに、店で食べよう。ミセス・ブルーワーは魚のにおいにすぐ気づいてしまうだろう。そうなったら、たいへんだ……。

ミセス・ブルーワーが忘れ物を取りに来たりするといけないので十分ほど待ち、それから外へ出た。

アデリクが、壁にもたれてドアのわきに立っていた。彼はユージェニーの腕を取ると、さっそうと道を歩き出した。

「ぐるっとひと回りしてきた。次の通りにカフェがある。名前は忘れてしまったが、よさそうな店だ。食事ができるよ」

「どうかしているんじゃない？」ユージェニーは腕を振りほどこうと躍起になった。

「だめだよ、僕はワット牧師じゃないんだから」

「彼のことを言うのはやめてちょうだい」角を曲がって歩調が速まる。「どうしてこんなふうに私を困らせるの？」

「フィッシュアンドチップスを食べに行くつもりだったんだろう？　ミセス・ブルーワーは気分を悪くするだろうに」

彼女は急に立ち止まった。「まあ、ごみ袋をキッチンテーブルの上に置いてきてしまったわ」

「ソーセージが入ったやつ？　戻ったら僕が持って出て処分してあげるよ」

カフェに着いて、彼が扉を開けた。

「食事中はけんかをやめよう。きみは僕がいることを忘れて、何も話さなくていいよ。第一、おしゃべりしている時間がない、ミセス・ブルーワーは何時に戻ってくるんだい？」

彼は、半分ほど埋まった店の窓ぎわにユージェニーを座らせた。

「十時半ごろか、たぶんそれよりも早く」

「その場合には、言い訳を考えないと。でも、一時間ぐらいなら大丈夫だ」

中年の女性が、注文を取りに来た。上品な声で、身分にそぐわない仕事をしている印象を受けた。「チキンとかれいは終わってしまいました。ソーセージとオムレツがあります」

「オムレツをお願いします。それと、サラダ」

「ハムオムレッツとチップスとえんどう豆。飲み物は何にする、ユージェニー？」

「ソフトドリンクしかありません」中年女性が言う。

二人ともレモンスカッシュにした。怒っていたユージェニーも、彼がそれを飲んだときの酸っぱそうな顔を見て、もう少しで笑うところだった。

オムレッツは意外においしかった。ユージェニーはデザートのプディングは断り、コーヒーを頼んだ。それを飲みながら、食事に対するお礼の言葉をいくつか胸の内で考え出した。

「なんてお礼を言おうか考えて、時間をむだにする必要はない。意味がないからね。もうよければ、帰ろう。ごみ袋を片づけられる」

彼のあまりに事務的な態度に、ユージェニーは腹が立った。ぶっきらぼうであるべきなのは、私のほうなのに。下宿に着くまで彼女は黙っていた。そんなふうにいい加減に扱われると、いら立ちより寂しさがつのった。彼は、本当に私が仕事を得たかどうか見に来ただけだ。それ以外の理由などない。ほかにどんな理由があるというのだろうか。

彼女が渡した鍵でアデリクがドアを開け、二人して階上のキッチンへ入った。

「夕食をありがとう、それからこのごみ袋も。イギリスの休暇をどうぞ楽しくお過ごしください」ユージェニーは思わずつけ加えた。「サファイアラも元気でしょうね」

「このうえなく上機嫌さ」

彼女はアデリクに立ち去ってほしくなかった。今度こそ最後だろう。私が仕事を得たことに満足した彼は、フローニンゲンへ戻り、結婚するだけ。彼がすぐに消えてくれないと、泣き出してしまいそうだ……。

　ユージェニーはさようならと言って、しばらくドアを押さえていた。アデリクがまた会う日まで、とオランダ語の別れの挨拶をすれば、その言葉どおりまた会えるかもしれない。そんな彼女の気持をよそに、アデリクは無頓着に告げた。「さようなら、ユージェニー」彼はごみ袋を持っていってしまった。

　冷蔵庫の前に、とら猫が催促するように座っている。ユージェニーはキャットフードを取り出して、皿に少し置いた。頬を伝う涙を指で拭って、自分の部屋へ向かった。モプシーを一緒に連れていきたかったが、ミセス・ブルーワーが許さないだろう。ユージェニーは風呂に入り、心ゆくまですすり泣いた。泣くのにこれほどいい場所はない。それからベッドにもぐり、目を閉じた。「あなたは愚か者よ」彼女はつぶやいた。「泣いたって始まらないのに」

　とはいっても、ユージェニーはアデリクのことを思わずにはいられなかった。しばらくして、彼女は眠りに落ちた。

9

日が経（た）つにつれ、アデリクの面影は薄れていくと思っていたが、そうではなかった。彼のことばかり考えてしまう。頭の隅へ押しやってみても、決して消えはしない。ユージェニーは心が乱れた。彼を忘れるために、生き方すべてを変える必要があると本気で思い始めた。できるものならどこか遠くで――オーストラリアとかカナダ、南アメリカの僻地（へきち）で仕事を見つけたい。そういう場所に病院が存在するかどうか疑問だが、ともかくまったくちがった環境ならば、アデリクを忘れられるだろう。だが、それは両親との別れも意味した。反対しないに決まっているが、二人を残していくことはできなかった。それに、ときおりダートムーアに帰ってこられなくなったらどうしよう……。未来は暗かった。

一方、アデリクは自分の将来をどう切り開くか、よくわかっていた。もちろん、忍耐力と計画性が不可欠だが、彼はそのどちらも兼ね備えていた。フローニンゲンへ戻り、仕事に没頭してほかを顧みなかった。食事にもダンスにも劇場にも連れていってくれないとサファイアラに文句を言われるたび、仕事が優先だと告げた。

「きみが退屈しているのは、十分承知だ。でも、婚約したときにわかっていたはずだ、きみがなじんできた社交的な生活を送る暇は僕にはないと」

「結婚したら、変えなきゃだめよ。あなたがエスコートしてくれなくちゃ、どこへも行かないわ。そうだ！　あなたの仕事はほかの人にやらせれば……」

「まさか本気じゃないだろう？」

「あら、本気よ。富も名声もすでに手に入れたんだから、顧問医師になって、個人負担の患者だけ診ればいいのよ。人生を楽しむゆとりができるわ」

「僕は今、人生を楽しんでいるよ。結婚したら、もちろんきみや子供たちと家で過ごす時間を増やしたいとは思う」

「五、六年は子供なんてほしくない。子守りがいくらしっかりしていても、子供って厄介よ」サファイアラは笑みを浮かべた。笑顔がすてきな美人にはちがいない。「それに、男の子ひとりで十分だわ」

アデリクはそしらぬ顔で応じた。「大家族が夢なんだ……」

サファイアラは怒鳴り散らした。「あなたって人がよくわかったわ！　自分の思いどおりにならないと気がすまないのね。仕事より子供より大切なものが人生にはあるわ。私は愉快に過ごしたいの……」彼の無関心な表情を見て、サファイアラは急に話をやめた。

「アデリクったら、私をこんなに怒らせて。若くてきれいな私の立場にもなってほしいわ。遊びたいのよ。あなたは私を窒息させたいんでしょう。さんざん泣きわめく子供たちを相手に、夜は病院から帰るあなたを家で待つなんて。私を不幸にしたいの?」

「そんなことはしたくない」

サファイアラが勝ち誇った顔になった。「じゃあ、今から食事に連れていって」

そのとき電話が鳴り響き、会話は中断された。

「病院からだ。行かなければ。僕の車に乗るかい、それともヤープにタクシーを呼んでもらう?」

サファイアラは怒った。「タクシーを呼んで。ピート・ヴァーン・トウィストが喜んでディナーに誘ってくれるわ」

次の週、アデリクはローマへ飛び、そのあとロンドンへ赴いたが、ユージェニーには会いに行かなかった。彼女を妻にしたいと思うが、まだ待つ必要があった。外科医の妻がどういうものかを知れば、サファイアラは僕と結婚する気をなくすに決まっている。だが、ユージェニーの気持も確かめなければ。彼女は自尊心の強い女性だ。二度と会いたくないという言葉を信じてはいなかったが、きちんと確かめたい……。

フローニンゲンに戻り、一週間も経たないうちにアデリクは難民が収容されている北イタリアの病院へ飛んだ。そこに五、六日いて、ようやく我が家へ帰還した際、サファイアラが会いに来た。彼は家に着くなりシャワーを浴びて服を着替え、大喜びのバッチを庭に連れ出し、それから書斎に入って机の上に積まれた手紙の束を読んでいた。疲れきった彼は、ユージェニーがここにいたらいいのにと思った。そうすれば彼女に語りかけ、患者の容態を検討し、新しい技術についてじっくり考えられる。サファイアラに初めて会ったとき、彼女は医者という職業に興味があると明言したが、婚約すると、一緒にいるときは仕事のことは忘れてちょうだいと言って笑った。

〝本当のことを言うと、気持悪いのは大嫌いよ。おもしろおかしい話題はいくらでもあるんだから〟

そのときは、サファイアラを愛していると思い込んでいたので、仕事に関する話は彼女にしないように気をつけた。二、三カ月もすると、アデリクは彼女を全然愛してないことに、おそらく愛していなかったことに気づいた。ユージェニーの美しい顔が霧の中からぼんやり現れるのを目にし、飾らない声を聞いたとき初めて、とっくの昔に探すのをあきらめていた女性にめぐり合えたと感じた。だが、彼にはサファイアラという婚約者がいたため、節操を守った。最近になって、サファイアラが二人の将来についていろいろ要求し始めた。フローニンゲンには住みたくない。町からそう遠くない別荘に住んで、友人と会ったり、週末には遊びに来てもらいたい。パリに旅行して、南フランスへも行こう。あなたは病院の仕事からはほとんど手を引き、みんなの言いなりになってヨーロッパじゅうを飛び回るのも、重要人物以外の往診もやめるべきよ。もちろん、個人負担の患者だけは診て……。

サファイアラは、こんなことをずけずけと言ってのけたわけではない。一緒にいるときに、それとなく小出しにしてよこすのだ。この前会ったときには、怒ってつい本音をもらしたが、言いすぎたと気づいて彼女は必死で取りつくろった。例のピート・ヴァーン・トウィストは裕福で見栄えもよく、気ままに暮らしていくだけのお金は十分持っているらしい。最近、サファイアラは何度か彼の名を口にした……。

アデリクが書斎にいるところへ、サファイアラがやってきて、ヤープを押しのけ、机の正面に腰かけた。「やっと戻ってきたのね！　疲れてるみたいじゃない。気がついたら老人になっていてよ、アデリク。自殺行為に等しいわ。そういうのをなんと言ったかしら。勉強ばかりして遊ばないと子供はばかになる、だわ！　あなたって本当におばかさんよ」

サファイアラは彼を見つめ直し、不快な笑い声をたてた。「話をしなきゃ。言いたいことがあるの。何週間も前に言うべきだったかもしれない。私たちは合わないわ、アデリク。でも、つり合いは取れているのよ。あなたには、すてきなお屋敷があるし、田舎には別荘もね。私が好きなように暮らすだけのお金はあるし。ただ、私の好きなようには暮らせないでしょう？　あなたとの人生はとても退屈だと思う……」

サファイアラはひと息ついて彼を見上げたが、落ち着いたまなざしに合い、すぐに目を伏せた。

「本当のことを言うわ」サファイアラはかなりはっきりした声で告げた。「あなたと結婚したら、死ぬほど退屈だと思うの」

アデリクは、彼女と同じく嬉しそうに、穏やかな口調で言った。「それなら、きみを約束に縛りつけるようなことはしないよ、サファイアラ。きみが望む人生を与えてくれる人がきっと見つかるだろう」

「あら、もういるわ。ピート・ヴァーン・トウィストよ。私に首ったけなの。あなたはそんなことなかったものね。そうでしょう？」

「僕はきみの夫にはまったくふさわしくないことがわかったよ、サファイアラ。きみに幸せな未来が訪れそうだと聞いて嬉しい」

「ええ、それに関しては間違いないわ。あなたは二十四時間働き続けるのね。あなたの未来は退屈そのものよ」

そうではないことを知っていたけれども、アデリクは黙ってうなずいた。「婚約指輪は取っておいてほしい」家宝として伝わる古風な指輪よりいいと、彼女が選んだ大きなダイヤモンドの指輪だった。

サファイアラが立ち上がったので、彼も椅子から離れ、机を回って彼女に近づいた。

「週末はハーグへ行く予定なの、アデリク。新聞の記事に注意してね。ときどきお目にかかれるかしら」

「もちろん。幸せを祈るよ、サファイアラ」アデリクは少しかがんで彼女の頬にキスして、玄関まで付き添った。「歩いてきたのかい？　車で送ろうか？」

「ピートが通りの端にあるガソリンスタンドで待っているの。さようなら、アデリク」

　アデリクはもう疲れていなかった。ヤープに見守られながら、おいしい食事を平らげた。家にじっとしていられなくて、バッチを連れてフローニンゲンの通りという通りを歩き回った。家に戻るとヤープが玄関で出迎えた。

「おやすみになる前にコーヒーを召し上がりますか。お疲れなのでしょう？」

「全然疲れていないよ。でもコーヒーは歓迎だ」

　ヤープは用意しにキッチンへ向かった。「ご主人さまは、何かいいことがあったにちがいない。とても嬉しそうにしてらっしゃる。どうか、あのお嬢さんとは結婚なさいませんように。ここに働きに来たイギリス人の女性みたいに、若いのになんでも上手にこなせる人だっているのだから」

「残念ながら、あの娘はイギリスに帰ってしまいましたよ」ミーントイェーが言った。

「恋には道が見つかるもの、と言うじゃないか」

　忠実な使用人たちの未来に関する予測は知らずに、アデリクは明晰（めいせき）な頭脳が正常に思考するのをやめるに任せ、白昼夢にふけった。

ユージェニーは仕事が楽しかった。ミス・パークスは同じようにつんとしながらも、あきらめたような態度を示した。ミスター・ソーヤーは、短気なときもあったが、いい人だ。医院ははやっていてとても忙しく、ユージェニーに自分を哀れんでいる暇はなかった。夜になると、ときどきアデリクと一緒にダートムーアへ無性に帰りたくなる。彼女は毎週末には実家へ戻って日曜学校で教え、場合によっては父親を教区民のところへ車で送り、タイガーを散歩に連れていった。天気のいい夏で、早朝はいつも気持がよかった。あれこれベッドで思い悩むのがいやだったので、朝食の前に一時間ほど荒野をぶらぶら歩いてから、午前中は教会で過ごし、帰ってきて昼食の準備を手伝った。

「牧師のいい妻になれるよ」父親は笑って言った。

週末がまためぐってきて、ユージェニーは土曜の午後早く、車で実家を目指した。忙しかった午前中から解放され、月曜日まで自由だ。計画がいっぱいある。まず、母親が買い物をしたければ、バクファストリーかアッシュバートンへ車で行く。それからお茶にして、夕食前に散歩する。日曜日は特に変わりないが、月曜の午前中は、十一時まで診療室には来なくていいとミスター・ソーヤーに言われていたので、発つ前に洗濯機を車に積み込む予定だった。

すっかり満足して車を家のわきへ止め、ユージェニーは勝手口から中に入った。母親がサンドイッチを作っていた。

「おかえりなさい、車の音が聞こえなかったわ」母親は顔を上げ、娘のキスを受けた。

「買い物をしたい？　まだ十分時間があるわ……」ユージェニーは、サンドイッチの皿に目を落とした。「誰か見えるの？」

「ええ、見えるんじゃないのだけれど」ミセス・スペンサーはあきらめた声で告げた。

「ジョシュア・ワットがお父さんの様子を見に来たのよ。今晩は泊まるつもりだと思うわ」

「お母さん、どうして……週末に来なくたっていいじゃない？　長くいるの？」

「いいえ、今夜だけよ。朝の礼拝に出て、お昼を食べたら帰るわ。彼は午後遅くにと言っていたけれど、それはつまりお茶の時間だと思うわ」ミセス・スペンサーは娘の不機嫌な顔をじっと見た。「行儀よくしてね。お父さんが困らないように」

「今夜、彼を追い払えるような行事はないの？」

「残念ながら、ないわ。こんなにいい天気ですもの、みんな出かけてしまうから、ビンゴやトランプゲームの競技会は秋までお預けよ」

鞄を投げ捨てたユージェニーは、バターつきパンにからしをたっぷり塗った。「パンの耳を残しておこう」中身を乱暴にはさんで、思いきりよく三角形に切った。「噛み切るのがたいへんなように」

母親がくすくす笑った。「ユージェニー、機嫌を直して。がっかりする気持はわかるけれど、たった一日のことよ」

「運よく、月曜の午前中までいられるの。ミスター・ソーヤーがいないから。明日の夜はゆっくりできるわね」

「そうよ。ワット牧師はお昼からずっとお父さんと一緒よ。お父さんが説教の下稽古ができるように、一時間ほど彼のお相手をしてもらえない？」

「お安いご用よ。散歩に連れていくわ。タイガーが喜ぶから」

ユージェニーが父親の書斎へ入っていくと、ワット牧師が立ち上がった。

「ユージェニー、また会えて嬉しいよ」ワット牧師は近づいてきて握手を交わし、必要以上に長くユージェニーの手を握っていた。彼女は事務的に答えた。

「こんにちは、ジョシュア」彼女は父親のところに行ってキスした。「お父さん、説教の準備で忙しいんでしょう？　ジョシュアと散歩してくるわ」

ワット牧師が大喜びで同意したので、彼女はキッチンのドアから外へ出て、かごの中にいるタイガーに口笛を吹いた。母親の前を通り過ぎるときそっとウインクし、速い足取りで出かけた。

「歩くのには暑いわ」ふうふう言いながらついてくるワット牧師にユージェニーは声をかけた。

「息が詰まる職場から離れ、散歩を楽しむんだね」

「そうよ、新鮮な空気が何よりだわ。生活の利便性には欠けるけれど……」

「バスや電車や、ショッピング街のことだね？」

ワット牧師は急に元気になった。「そう、そのとおりだよ。きみも大きな町にしばらく住めば、都会の長所がよくわかるようになるだろう」

「別に、わかりたくもないわ」ちらりと盗み見たワット牧師は、真剣な表情をしていた。彼の気を引くために散歩に誘ったのだと思われたらたいへんだ。

どうやら、彼は誤解してしまったらしい。「教会のすぐ近くに、小さいがとても住み心地のいい家を持っている。歩いて十分もしないところにちょっとした公園もあるんだ。よく考えて、僕たちが一緒になったら、すてきな未来が開けるとわかってくれたんだね」彼は立ち止まり、感情が高ぶったせいか歩くのが速すぎたせいか、苦しそうに息をした。

「きょうのよき日に感謝します」そうラテン語で言うと、腕を大きく広げた。

「なぜ、そんなことを言うの？　どうして、きょうを思い出すことが喜びになるの？　散歩しているだけなのに」

「ほう、きみはラテン語がわかるのかい？　意味を教えてあげようと思ったのに」

「結構よ。あなたは私の父がラテン語の学者だったことを忘れているわ」

ユージェニーがまたすたすたと歩き始めたので、彼はあわててあとを追った。「きみが考えを変えてくれたと思ったらいけないかい？　きみを妻にする準備はすっかり整っているんだ……」

エドワード朝の小説に出てくる登場人物みたいな台詞だ。でも、彼の気持を傷つけてはいけない。「ありがたいと思います。でも、それは無理なの。私はあなたを愛していませんん、ジョシュア。そのうち相思相愛の仲になる女性がきっと現れて、幸せに暮らせるわ」

彼は考え込むようにつぶやいた。「うん、それはありうる。条件はそろっているし、僕には野心的な企てがあるんだ」

「その話をしてちょうだい」散歩の残りは、彼の考え方や計画を聞かされ続けて終わった。

キッチンで母親と夕食の準備をしながら、ユージェニーは、ジョシュアの新たなプロポーズについて語った。「彼はラテン語の引用なんてするのよ、お母さん。でも、本気じゃないわ。私を感心させたかっただけ。今まで経験したプロポーズの中で、きょうのくらいすぐに忘れてしまいそうなのはないわ」

「次のはちゃんとしたのだといいわね！」ミセス・スペンサーは娘の顔をちらっと見た。

ユージェニーはすかさず言い添えた。「でも、私はキャリアウーマンになりたいの」

ワット牧師は日曜日、お茶の時間がすむと去っていった。週末の時間は少ししか残されていなかったが、ともかく月曜の朝になると、タイガーとちょっと散歩し、診療室へ出勤する前に自分の下宿先へ立ち寄ることもできた。ミス・パークスはいつもどおり厳しい顔で挨拶したが、ミスター・ソーヤーはまったく陽気だった。何かひそかに楽しんでいるように、一度ならずユージェニーをじっと見つめた。診察の合間にコーヒーを持っていくと、彼が尋ねた。

「きみに言うのを忘れていたんだが、少し前に、旧友のミスター・レインマ・テル・サリスが私に会いに来たとき、彼とは会ったかい？　きみは彼のところで働いていたと……」

「はい、そうです。会いました。下宿先まで見えたので。ミセス・ブルーワーは男性を家の中に入れない主義で、ご迷惑をおかけしました」

ミスター・ソーヤーは大きな手でコーヒーに砂糖を入れた。「でも、彼は入れたんだろう？」

「はい、先生のお友達であるし、医療関係者ということで」

「ミセス・ブルーワーが下宿人にそれほど注意を払ってくれていると聞いて安心だ。居心地はいい？」

「ええ、おかげさまで」

「きみの能力はここでは役には立たない。ボスニアで立派に勤まったような人には、一流の病院で一流の仕事をするのがふさわしい」

「ええ、でも両親の近くにいたいんです」彼女は急いで問い返した。「ミスター・ソーヤー、私にご不満でしょうか？」

「とんでもない、満足しているよ。きみは僕が雇った看護師の中で一番すぐれている。僕のほうは、ずっといてもらってかまわない。でも、きみが結婚したら？　そのとき、ご両親はどうするだろう？」

「二人の面倒を私がみることを許してくれる人と結婚しなければ。でも、そういう人はなかなかいないものです」

「さあ、どうかな。ミセス・シムズを更衣室へ連れていってくれるかい？　検査する必要があるから」


アデリクは手術室で見せるのと同じくらい慎重に、計画をいくつか練った。ユージェニーが恋しくてたまらなくて、忍耐も限界にきていたが、週末まで待たなければならなかったので、金曜の夜までは落ち着いて仕事をこなした。それから、車に乗ってカレーへ行き、ホバークラフトでドーヴァー海峡を渡り、闇の中を休みもせずに運転し、トーキーのミスター・ソーヤーの家にたどり着いた。

だいぶ遅い時間だったが、友人は起きていて彼を出迎えた。

「かみさんは寝かせたよ、しゃべりたがるからな。時間は気にしなくていい。ユージェニーは午前中は勤務だが、昼前には帰る準備ができる。もちろん、ミセス・ブルーワーの家へ戻ってからだが。どこでつかまえるつもりだい？」

「ミセス・ブルーワーのところだ。角の見えない場所に車を止められる」

ミスター・ソーヤーは息を殺して笑った。「追い払われないといいがな、アデリク」

「その機会は与えないさ」


できるだけ早く実家へ帰ろうと思い、ユージェニーは下宿先に大急ぎで戻り、服を着替えて階段を駆け下り、外に出たところでアデリクの上等なベストに体あたりした。木の幹にぶつかりよろめく感じだったが、彼の腕がユージェニーを包み込んだ。再び息ができるようになった彼女が離れると、アデリクもすぐに腕を下ろした。

「あなただったの」何か批判めいたことを言おうとしながらも、ユージェニーの胸に喜びがあふれた。

「まさしく、僕だよ」アデリクがほほ笑むのを見て、彼女は胸が張り裂けそうになった。

「一緒においで、車はそこに止めてある」

「車？　私は自分で運転していくわ」

彼はかまわずユージェニーの腕を取り、やさしくベントレーに押し込んで、車を発進させた。

「どうしてここにいるの？」ユージェニーは、意地悪くつけ加えた。「サファイアラはどこなの？」

アデリクはにこっと笑った。「どうしてそんな質問をするのかな？　僕の知るかぎり、彼女は今ごろ南フランスで休暇を楽しんでいる。婚約を解消してから、連絡がないんだ」

「婚約解消ですって？　なぜ？　お似合いだったのに。〝きみをちょっぴり嫉妬させるのに、ユージェニーはもってこいだった〟というあなたの言葉をサファイアラが私に告げたことで、けんかしたのでなければいいけど」

「けんかは一度もしていない。あるとき、サファイアラと結婚することはないだろうと確信した。彼女が同じ結論に達するのは時間の問題だった。僕が働きすぎで、繰り返されるパーティに出席するのを断り続け、自分の妻には元気な子供たちを産んでほしいと願ったからだと思う」

　ユージェニーはきかなければならなかった。「でも、彼女を愛していたのでしょう？」

「たぶん、彼女に少しは恋していたと思う。だが、愛することとはまったく別なんだ。離れているとき、僕は彼女のことをほとんど考えなかった。あとで知ったんだ。誰かを愛すると、いつでもその人のことばかり考えてしまうことを」

「どうしてそんな話を私に聞かせるの？　あなたには二度と会いたくないと言わなかったかしら？」

「未来への道を開きたいからだ」彼は速度を落とした車を芝生の縁に止め、ユージェニーのほうを向いた。「きみは本気で僕に二度と会いたくないのか？　それとも口先だけか？　はっきりさせたい」

彼と目が合ったユージェニーは、視線をそらすことができず嘘もつけなかった。「そう言っただけよ」

アデリクの浮かべたやさしいほほ笑みに、ユージェニーは心が揺れた。だが、彼は何も言わず車をスタートさせ、運転を続けた。

沈黙が息苦しくなって、彼女は尋ねた。「休暇中なんですか?」

「三日間ほどね」

もっと何か言ってくれるのを待ったけれど、彼が黙っているのでユージェニーは別の質問をした。「ロンドンの病院にいらっしゃるんですか?」

「いいや、さしあたりフローニンゲンで働いている。二週間したら、イギリスに来る予定だ」車はバクファストリーを過ぎ、減速し始めていた。「今の仕事はどうだい?」彼は自分自身について語ろうとしなかった。

「とても満足しています」ユージェニーは答えたきり、また黙りこくった。その静かな状況を彼は味わっている様子だった。

牧師館に着くとアデリクは車から降り、助手席のドアを開けて、ユージェニーの後ろから彼女の母親が待つ玄関へ向かった。

娘を抱きしめてから、ミセス・スペンサーが言った。「ランチを一緒にいかが、アデリク? さあ、どうぞ。なんていい天気なのかしら。今年の夏はすばらしかったわ。ユージエニー、お父さんは書斎よ。お昼の用意ができたと伝えてちょうだい」

ミセス・スペンサーは、アデリクを居間へせき立てた。

「今、飲み物を召し上がる？　それともランチと一緒にビールがいいかしら？」

「はい、ビールをお願いします」

彼女は急ににっこりした。「すべて計画どおりにいっているの？」

「僕が望んだとおりです、ミセス・スペンサー。昼食後に姿を消してかまいませんか？」

ミセス・スペンサーは彼の穏やかな顔をまじまじと見た。「でも、戻ってくるんでしょう？」

「はい。僕を朝食に誘っていただけますか？」

「喜んで、アデリク！」ユージェニーの足音がしたので、ミセス・スペンサーは振り返った。「ここから見えるすばらしい夕焼けについて、ミスター・レインマ・テル・サリスにお話ししていたのよ」

ランチを食べ終えると、アデリクはスペンサー夫妻に礼を述べ、ユージェニーにもさりげなくさようならと言い、車に乗り込んで帰っていった。ユージェニーは涙をこらえ、彼の後ろ姿を見送った。できれば追いかけ、もっといてほしいと頼みたい。実際、その日の午前中は、アデリクは私に何か言うために会いに来たのだと一度ならず思った。午後は、アデリクの言葉を思い出しながら、父親と庭をぶらつき、お茶を飲み、花々がうまく飾られているか確かめに教会まで出かけた。生け花の好きな女性が、村には結構いて、そのうちの何人かはとても上手だった。

牧師館では誰も夜更かしをしない。早くベッドに入ったユージェニーは、アデリクのことを思ってなかなか寝つけず、新たな涙に暮れた。明け方近くにようやく眠り、はれぼったい目をして起きた。美しい彼女が不器量に見えたりすることはないが、いつものすてきな顔ではなかった。散歩に出かければ直るだろうと思い、一番最初に手に触れた服——着古した綿のワンピースと、少し流行遅れのサンダルを身につけた。戻ってきてから、教会へ行く服に着替える時間は十分ある。彼女はそっと階段を下り、ティーポットをじっと眺めはしたものの、お茶を飲むのはやめにした。あとにしよう。まだ六時をちょっと回ったにすぎない。そして、裏口から外へ出た。

ひっくり返したバケツに大きな体を丸めて腰かけていたアデリクが立ち上がった。彼は元気におはようと声をかけ、楽しそうにつけ加えた。「泣いていたんだね！」

ひどい夜のあとで気むずかしくなっていたうえ、惨めな顔をしていることは承知のユージェニーには、耐えられないひと言だった。

「あっちへ行って！」彼女は家の中へ駆け戻りたかったけれど、タイガーが散歩に行きたがり、てこでも動こうとしなかったせいで、かろうじてその場にとどまった。

少しして、彼女は尋ねた。「寝ていないの？」ばかげた質問だった。彼はぐっすり眠ったように、いつもどおりすっきりした顔で、ひげもきちんと剃り、髪も乱れていなかった。

アデリクはにっこりしただけだった。「一緒に来るかい？　一日のうちで一番気持のいい時間だ」彼はユージェニーの腕を取り、庭の木戸から出て、目の前に広がる荒野へ進んでいった。「きみと一緒に早朝の静けさの中、荒野にいる場面を何度も思い浮かべた。最初は夢でしかなかったが、夢は実現するものなんだね。ときとして、助力が必要だけれど」

二人は短く刈った草地を横切り、細い道をたどっていった。日差しは暖かく、明るかった。アデリクは立ち止まり、彼女を自分のほうに向かせた。

「ダートムーアで初めて会ったときから、きみを忘れることができなかった。あの日からきみはずっと僕の心に住み続けている。愛しているよ、いとしい人。僕の妻になって、これからの僕の人生を慈しみ育んでいってほしい」

アデリクは長い腕でユージェニーを包み込み、しっかり抱きしめた。彼女の乱れた髪、涙と寝不足で青白くなった顔を、愛情のこもったまなざしで眺める。ほほ笑みを浮かべた彼女の顔は、言葉にならないほど美しかった。「それは、私の願いでもあります。あなたの妻になりたいわ、アデリク。出会ってからずっと思っていたの、私……」

ユージェニーを抱く彼の腕に力が加わった。「静かにしていてごらん。僕がまたキスしようとしているのがわからないのかい？　もう限界だ」

ユージェニーはアデリクの首に腕を回し、顔を上げた。これからの幸せな日々に、話す時間はたっぷりあるのだから。

●本書は1996年8月に小社より刊行された作品を文庫化したものです。

少しだけ回り道
2024年4月1日発行　第1刷

著　者　ベティ・ニールズ

訳　者　原田美知子（はらだ　みちこ）

発行人　鈴木幸辰

発行所　株式会社ハーパーコリンズ・ジャパン
東京都千代田区大手町1-5-1
04-2951-2000（注文）
0570-008091（読者サービス係）

印刷・製本　中央精版印刷株式会社

定価はカバーに表示してあります。

この書籍の本文は環境対応型の植物油インクを使用して印刷しています。

Printed in Japan © K.K. HarperCollins Japan 2024 ISBN978-4-596-53813 0

3月29日発売

ハーレクイン・シリーズ 4月5日刊

ハーレクイン・ロマンス
愛の激しさを知る

星影の大富豪との夢一夜　キム・ローレンス／岬　一花 訳

家なきウエイトレスの純情　ハイディ・ライス／雪美月志音 訳
《純潔のシンデレラ》

プリンスの甘い罠　ルーシー・モンロー／青海まこ 訳
《伝説の名作選》

禁じられた恋人　ミランダ・リー／山田理香 訳
《伝説の名作選》

ハーレクイン・イマージュ
ピュアな思いに満たされる

億万長者の知らぬ間の幼子　ピッパ・ロスコー／中野　恵 訳

イタリア大富豪と日陰の妹　レベッカ・ウインターズ／大谷真理子 訳
《至福の名作選》

ハーレクイン・マスターピース
世界に愛された作家たち
～永久不滅の銘作コレクション～

思いがけない婚約　ペニー・ジョーダン／春野ひろこ 訳
《特選ペニー・ジョーダン》

ハーレクイン・ヒストリカル・スペシャル
華やかなりし時代へ誘う

伯爵と灰かぶり花嫁の恋　エレノア・ウェブスター／藤倉詩音 訳

薔薇のレディと醜聞　キャロル・モーティマー／古沢絵里 訳

ハーレクイン・プレゼンツ作家シリーズ別冊
魅惑のテーマが光る極上セレクション

愛は命がけ　リンダ・ハワード／霜月　桂 訳

4月12日発売　ハーレクイン・シリーズ 4月20日刊

ハーレクイン・ロマンス　愛の激しさを知る

傲慢富豪の父親修行	ジュリア・ジェイムズ／悠木美桜 訳
五日間で宿った永遠 《純潔のシンデレラ》	アニー・ウエスト／上田なつき 訳
君を取り戻すまで 《伝説の名作選》	ジャクリーン・バード／三好陽子 訳
ギリシア海運王の隠された双子 《伝説の名作選》	ペニー・ジョーダン／柿原日出子 訳

ハーレクイン・イマージュ　ピュアな思いに満たされる

瞳の中の切望	ジェニファー・テイラー／山本瑠美子 訳
ギリシア富豪と契約妻の約束 《至福の名作選》	ケイト・ヒューイット／堺谷ますみ 訳

ハーレクイン・マスターピース　世界に愛された作家たち　～永久不滅の銘作コレクション～

いくたびも夢の途中で 《ベティ・ニールズ・コレクション》	ベティ・ニールズ／細郷妙子 訳

ハーレクイン・プレゼンツ作家シリーズ別冊　魅惑のテーマが光る極上セレクション

熱い闇	リンダ・ハワード／上村悦子 訳

ハーレクイン・スペシャル・アンソロジー　小さな愛のドラマを花束にして…

甘く、切なく、じれったく 《スター作家傑作選》	ダイアナ・パーマー他／松村和紀子 訳

初恋は秘めやかに

ダイアナ・パーマー
野原はるか 訳

孤児のレイシーの初恋相手は
兄のような存在のコール。
出征した彼を一途に
待ち続けたすえに結婚するが、
初夜を最後に触れられなくなり、傷心。
だが別居先に夫が現れ…。

あのリンダ・ハワードをして
「誰にも真似できない」
と言わしめた、
大スター作家ダイアナ・パーマーの
幻のヒストリカル！

1920年代アメリカが舞台の、
ヒロインの
ひたむきな愛が光る感動傑作で、
ヒーローの弟妹の恋愛も楽しめる
読み応え充分の
群像ロマンスです。

巻末に特別付録！

ダイアナ・パーマー
全作品リスト一挙掲載！

ロマンスの巨匠、幻のヒストリカル

3/20刊

ハーレクイン文庫

「潮風のラプソディー」

ロビン・ドナルド／塚田由美子　訳

ギリシア人富豪アレックスと結婚した17歳のアンバー。だが夫の愛人の存在に絶望し、妊娠を隠して家を出た。9年後、息子と暮らす彼女の前に夫が現れ2人を連れ去る！

「甘い果実」

ペニー・ジョーダン／田村たつ子　訳

婚約者を亡くし、もう誰も愛さないと心に誓うサラ。だが転居先の隣人の大富豪ジョナスに激しく惹かれて純潔を捧げてしまい、怖くなって彼を避けるが、妊娠が判明する。

「魔法が解けた朝に」

ジュリア・ジェイムズ／鈴木けい　訳

大富豪アレクシーズに連れられてギリシアへ来たキャリー。彼に花嫁候補を退けるための道具にされているとは知らない彼女は、言葉もわからず孤立。やがて妊娠して…。

「打ち明けられない恋心」

ベティ・ニールズ／後藤美香　訳

看護師のセリーナは入院患者に求婚されオランダに渡ったあと、裏切られた。すると彼の従兄のオランダ人医師ヘイスに結婚を提案される。彼は私を愛していないのに。

「忘れられた愛の夜」

ルーシー・ゴードン／杉本ユミ　訳

重い病の娘の手術費に困り、忘れえぬ一夜を共にした億万長者ジョーダンを訪ねたベロニカ。娘はあなたの子だと告げたが、非情にも彼は身に覚えがないと吐き捨て…。

「初恋は切なくて」

ダイアナ・パーマー／古都まい子　訳

義理のいとこマットへの片想いに終止符を打つため、故郷を離れてNYで就職先を見つけたキャサリン。だが彼は猛反対したあげく、支配しないでと抗う彼女の唇を奪い…。

ハーレクイン文庫

「華やかな情事」

シャロン・ケンドリック／有森ジュン　訳

一方的に別れを告げてギリシアに戻った元恋人キュロスと再会したアリス。彼のたくましく野性的な風貌は昔のまま。彼女の心はかき乱され、その魅力に抗えなかった…。

「記憶の中のきみへ」

アニー・ウエスト／柿原日出子　訳

イタリア人伯爵アレッサンドロと恋に落ちたあと、あっけなく捨てられたカリス。2年後、ひそかに彼の子を育てる彼女の前に伯爵が現れる。愛の記憶を失って。

「情熱を捧げた夜」

ケイト・ウォーカー／春野ひろこ　訳

父を助けるため好色なギリシア人富豪と結婚するほかないスカイ。挙式前夜、酔っぱらいから救ってくれた男性に純潔を捧げる――彼が結婚相手の息子とも知らず。

「やどりぎの下のキス」

ベティ・ニールズ／南　あさこ　訳

病院の電話交換手エミーは高名なオランダ人医師ルエルドに書類を届けたが、冷たくされてしょんぼり。その後、何度も彼に助けられて恋心を抱くが、彼には婚約者がいて…。

「伯爵が遺した奇跡」

レベッカ・ウインターズ／宮崎亜美　訳

雪崩に遭い、一緒に閉じ込められた見知らぬイタリア人男性リックと結ばれて子を宿したサミ。翌年、死んだはずの彼と驚きの再会を果たすが、伯爵の彼には婚約者がいた…。

「あなたに言えたら」

ステファニー・ハワード／杉　和恵　訳

3年前、婚約者ファルコとの仲を彼の父に裂かれ、ひとりで娘を産み育ててきたローラ。仕事の依頼でイタリアを訪れると、そこにはファルコの姿が。まさか娘を奪うつもりで…？

ハーレクイン文庫

「尖塔の花嫁」

ヴァイオレット・ウィンズピア／小林ルミ子　訳

死の床で養母は、ある大富豪から莫大な援助を受ける代わりにグレンダを嫁がせる約束をしたと告白。なすすべのないグレンダは、傲岸不遜なマルローの妻になる。

「天使の誘惑」

ジャクリーン・バード／柊　羊子　訳

レベッカは大富豪ベネディクトと出逢い、婚約して純潔を捧げた直後、彼が亡き弟の失恋の仇討ちのために接近してきたと知って傷心する。だが彼の子を身ごもって…。

「禁じられた言葉」

キム・ローレンス／柿原日出子　訳

病で子を産めないデヴラはイタリア大富豪ジャンフランコと結婚。奇跡的に妊娠して喜ぶが、夫から子供は不要と言われていた。子を取るか、夫を取るか、選択を迫られる。

「悲しみの館」

ヘレン・ブルックス／駒月雅子　訳

イタリア富豪の御曹司に見初められ結婚した孤児のグレイス。幸せの絶頂で息子を亡くし、さらに夫の浮気が発覚。傷心の中、イギリスへ逃げ帰る。1年後、夫と再会するが…。

「身代わりのシンデレラ」

エマ・ダーシー／柿沼摩耶　訳

自動車事故に遭ったジェニーは、同乗して亡くなった友人と取り違えられ、友人の身内のイタリア大富豪ダンテに連れ去られる。彼の狙いを知らぬまま美しく変身すると…？

「条件つきの結婚」

リン・グレアム／槙　由子　訳

大富豪セザリオの屋敷で働く父が窃盗に関与したと知って赦しを請うたジェシカは、彼から条件つきの結婚を迫られる。「子作りに同意すれば、2年以内に解放してやろう」